불과 소금의 노래

불과 소금의 노래

불과 소금의 노래

김시일 소설집

차 례

안경 닦기

이틀째 해거름이 되자 나의 궁금증은 더욱 증폭되기 시작했다. 대체, 그 얼굴들은 모두 어디로 숨어 버렸을까. 첫날만 하더라도 그저 그러려니, 쌀쌀해지는 날씨 때문에 자리 이동을 했나 싶었다.

사흘째 내리 허탕을 치고 돌아오는 길에서 내 심장의 박동은 점점 세차게 켜를 더해 얼굴까지 차올랐다. 그 화끈거림은 두 눈에 불꽃까지 일게 만들었다. 의정부북부행 열차가 종로3가역에 멈추자 구파발행으로 갈아타기 위해 환승 통로를 따라 걸으며 마음을 굳히면서였다. 그것은 낮에 만난 왕초 패거리 부랑자한테 받은 느낌 때문만은 결코 아니었다.

— 뿔테! 별은 말야, 어른이 되면 못 따는 거야, 절대로……하지만 어릴 적 마음만 잃지 않았담, 살아서 한 번은 따낼 수 있지 않겠어?

배낭고래의 말은 사라지지 않고 여전히 귓전에서 맴돌았다. 그 여운과 함께 심장 박동은 좀처럼 진정할 기미를 보이려 들지 않았다. 열차를 기다리는 소음으로 가득 찬 역구내에서조차 심장 박동 소리가 뚜렷이 들리는 듯했다. 순간, 아내의 얼굴이 떠오르다가 사라졌다.

그저께부터, 여느 때 같았으면 뭉그적거리고 있을 오전에 서둘러 집을 나섰다. 거리에는 내려앉는 죽죽 풀죽어 드는 12월 초순의 햇살들이 바람에 휩쓸리고 있었다. 종묘공원부터 시작해서 종로3가와 을지로 지하보도를 거쳐 남대문시장에 다다르자 이미 점심때가 지나 버린 뒤였다.

서울역 대합실을 두 차례나 훑어보고 나서 서부역으로 빠져 나왔다. 충정로역은 일부러 올라가 보지 않았다. 지하철 운행이 시작되고 날이 밝으면, 그곳에는 노숙자들이 머무르지 않았기 때문이다. 바람만 나부끼는 하늘 서편으로 반쪽인 낮달이 덜덜거리며 떠 있다. 중림동으로 통하는 거리를 휩쓸어 버리는 듯한 바람은 오리털 파카의 깃을 세우게 만들었다. 서울역 소화물 취급소 앞을 지나 염천교로 이어지는 횡단보도에서 약현성당 쪽을 향하는데, 누군가 내 앞을 가로막아섰다.

그를 기억해 내는 데는 그리 오래 걸리지 않았다. 그는 서울역 부랑자였는데, 노숙자들 틈에 끼여 약현성당이라 불리는 중림동 천주교회에서 무료 급식을 점심으로 해결하고 나오는 눈치였다.

"내가 잘못 봤나 했수. 설마, 그렇게 차려 입고 배급 타먹

으러 가는 길은 아닐 테구? 신수가 훤해 뵈는데, 한잔 사라
구!"

　그는 순대국밥 한 그릇에 소주 한 병을 금세 비워 내고는,
술이 아직 남아 있기라도 하는 듯 빈 잔에 거푸 따르는 시늉
을 해 댔다. 나는 검지를 세워 보이며 고개를 끄덕였다. 그의
눈빛은 벌써 흐려졌고, 술잔을 쥔 손은 파르르 떨리기를 멈
추지 않았다.

　"씨발, 고래믄 대수여! 바로 어제가 옛날인 세상, 해떨어지
믄 배뀌는 게 형님인 줄 몰러? 요샌 나도 왕초랑 안면 깔고
사는데…… 오늘 자알 먹었수! 그래두 이렇게 소주 두어 병
비우고 나니 정신이 조금 드는 거 같네. 이 바닥에 부비다 보
면 너나할것없이 다 이런 꼴 나는 거 아녀?"

　"그럼, 코빼기도 못 봤단 말여?"

　"추운데 아는 얼굴 없나 찾고 댕기겠어? 이 바닥 인간들도
많이 줄었어. 천사들도 하나둘 사라지고 없잖여. 언제 봤는
지, 또 봤다 혀도 기억을 못 허지. 근데, 왜 찾는겨? 아, 맞
어. 옛날에 대빵으로 모셨던가?"

　몸을 가누기 어려울 정도로 비틀거리는 부랑자의 어깨 위
로 햇살만 엷다랗게 내려앉았다. 물끄러미 서 있던 나는 발
길을 돌렸다.

　배낭고래는 그 사이 어떻게 변해 있을까. 그에 대해서는 구
체적인 어떤 것들을 떠올려 볼 수 없었다. 가닥조차 잡히지
않았다. 아니, 나로서는 그려 볼 재간이 없었다. 꿈속에서조
차 한 번 만나 보지 못하고 지낼 수밖에 없는 나날이었다.

무료 급식을 마친 노숙자들이 드문드문 나오고 있는 약현 성당 정문 앞에서 머뭇거리다가 걸음을 재촉했다. 정문을 지나 본당으로 오르는 비탈길에 그간의 시간들이 마른 고개를 내밀며 나를 반기는 듯했다. 우리들 발자국 위로 숱한 노숙자들이 지나쳤을 자리에는 금방이라도 바스라질 것 같은 메마른 햇살만 내려앉고 있었다. 결코, 아는 얼굴을 찾아볼 수 없었다. 용산역과 영등포역 방향으로는 옮기지 않았을 거라는 생각에 그쪽은 둘러보지 않고, 남산도서관 앞까지 올라가 보았다. 몇 번인가 배낭고래를 따라 식물원 쪽엘 갔던 기억 때문이었다.

어두워지기를 기다려 무료 급식이 실시되는 을지로입구역까지 샅샅이 찾아보고, 서울역 지하보도에서 시작해 남대문시장을 한바퀴 돌아봤지만 허사였다.

밤이 되자 건물 사이로 불어 대는 바람은 얼굴마저 시리게 만들었다.

연신내역에 내려서야 겨우 진정된 듯한 심장 박동은 집 현관에 들어서기도 전에 다시 쿵쾅거리기 시작했다. 다행히 아내는 아직 귀가하지 않고 있었다.

평소의 습성대로 늦잠을 자게 될까 봐, 나는 거의 뜬눈으로 뒤척이면서 새벽을 맞이했다. 아내의 지갑에는 10만 원권 수표 세 장과 만 원권 지폐 네 장이 나를 기다리고 있었지만 그 중에서 수표 한 장과 만 원은 남겨 두었다. 아내의 돈을 가지고 배낭고래를 찾아 나서기로 하였다. 아내의 돈을 슬쩍한 셈이다. 예전의 주머닛돈이 쌈짓돈이었던 관계는 여지없이 무너지고, 내가 노숙자 생활에서 돌아온 이후 아내와 나의 소유권은 분명히 구분되었다. 그런 까닭에 훔쳤다고 말하는 게 정확할 터이다.

바깥세상은 바람만 차갑게 불어 대며 금방 눈이라도 뿌려 댈 것만 같은 아직 어둠 속의 새벽이었다. 이른 시간에 서울역 주변의 지하보도와 남대문시장 주변을 살펴볼 요량이었다.

집을 나서기 무섭게 서둘렀지만 지하철 첫차는 놓치고 말았다. 두세 번째 운행되는 듯싶은 지하철을 타고 서울역으로 갔지만, 환승역인 종로3가역에서 시간을 지체하다 보니 지하보도의 셔터는 벌써 열린 뒤였다.

이미 모자들은 보이지 않았고, 아직 술에서 덜 깨어난 부랑자들 몇 명이 4호선 연결 통로 한켠에 눕거나 주저앉아 머리를 벽에 기대고 있었다. 서울역 주변뿐만 아니라 어디에서건 노숙자들은 아는 사람이라도 만날까 봐 거의 야구 모자를 꾹 눌러쓰고 있었다.

남대문시장을 한 바퀴 돌아보는 사이, 후둑 빗줄기가 내리긋는가 싶더니 금세 멈추고 말았다. 나는 추위도 풀 겸 순대국밥으로 아침밥을 대신했다. 국밥집을 나서 서울역을 향하는데, 머리가 지끈거릴 정도로 불어 대는 차가운 바람 사이로 다시 몇 줄기 비가 뿌려졌다.

대합실에서 오래 기다리지 않고 09시 50분에 출발하는 여수행 새마을호를 탔다. 자리를 찾아 앉아 차창 밖을 내다보는 순간, 벌써 배낭고래를 만난 듯한 느낌이 들었다. 전주나

순천에서 차를 갈아타야 되는 줄 알았는데, 다행히 구례구역에 새마을호가 정차한다는 걸 표를 사면서야 알았다. 열차가 덜컹대는가 싶더니 서서히 서울역 플랫폼을 빠져 나가기 시작했다. 나누어지거나 합쳐지는, 닳고 닳아 반짝거리는 선로 위를 배낭고래와 아슬아슬 걸었던 기억이, 비 그친 뒤 쏟아지는 햇살에 흔들거렸다.

첫눈만 내리지 않았을 뿐, 이미 겨울은 자리를 틀고 앉아 있었다. 차창 밖으로는 앙상한 가지만 남은 잡목 숲들이 스쳐 지났다. 짚 태우는 연기로 눈길을 끌던 예전 시골 풍경은 보이지 않았고, 빈 들녘에는 햇살만 내려앉고 있었다.

차창을 통해 스치는 메마른 풍경들 속으로, 서울역 사건이 있던 날 밤의 소주 파티가 겹쳐지기 시작했다.

"구례라면 지리산 자락 아닙니까?"

"그러긴 하지. 내가 말하는 건 지리산이 아니고 구례 간전에서 광양 쪽으로 따리봉과 도솔봉 사이의 능선이야. 더 내려가면 백운산이지. 그쪽 산간에는 없는 약초가 없을 정도로 약재 천국이야. 그 한풀 찾는 일확천금파가 끊임없는 이유를 알겠제? 또 가을이면 억새들이 얼마나 키를 덮는지…… 내가 첨에 식물 군락 생태조사 나갔을 때 그 억새들 땜에 반했제."

"거기 살면 좋겠네유…… 그 한풀, 우리가 찾아 키우면서유!"

배낭고래 옆에서 얘기를 듣고 있던 빵모자가 말했다.

"그런 것들 뿐만이 아냐. 나는 거기서 진짜 별을 보았어. 도시에서는 절대 볼 수 없는…… 다시 갈 수만 있다면 살맛

날 텐데. 이 케이투 등산화도 그때부터 신던 거라구."

배낭고래는 그곳이 눈앞에 펼쳐지기라도 하는 양, 지그시 눈을 감은 채 주문이라도 외우듯 말했다.

"거기 가실 때, 꼭 좀 데려가심 안 되남유? 이 서울보다야 백배 천배 나을 거 같은디유…… 지는, 형님 떨어져서는 못 산다니께유."

나의 생각도 빵모자와 같았다. 배낭고래와 함께라면 그 어디에서도 못 해 내거나 또 못 할 일도 없을 거라는 생각이 들었다.

우리는 그날 밤부터서야 더욱 친하게 지낼 수 있게 되었다.

"이제부터 우리가 형님이라 부를게요."

그는 대답을 하지 않았다. 노숙자들 사이에서 이름이나 고향에 대해서는 서로 묻지도 또 정확한 대답도 하지 않았다. 호칭은 생략하고 말을 나누었을 뿐이다. 그러다가 어느 정도 노숙 생활에 익숙해지면 모든 게 반말로 통했다. 노숙 생활에서 나이는 그 누구에게도 통하지 않았다. 패거리 중 왕초 형님에게 하는 말 이외는 모두 반말뿐이었다.

그는 노숙자들 사이에 고래라고 불리고 있었다. 아마, 건장한 체격에 늘 앞뒤로 메고 다니는 배낭 탓이 아닐까 싶었다. 그를 처음 봤을 때는 코라고 부르는 걸 들은 적도 있었다. 모자챙 때문에 코밖에 보이지 않기 때문이라는 걸 나는 단번에 알아차릴 수 있었다.

"왜, 내 주먹 땜에?"

"진심입니다. 감히, 헛소리를 하겠어요……"

나는 들고 있던 술병을 내려놓으며 안절부절 뒤로 물러앉
았다. 배낭고래의 비위를 거슬리지 않겠다는 진심을 보이기
위해서였다.

"크럼요."

옆의 빵모자도 맞장구를 쳐, 내 말을 거들어 주었다.

그날 한낮이 조금 지난 시간, 그러니까 점심 급식을 마친
뒤, 우리는 서울역 광장 벤치에 앉아 역사 뒤편으로 기울며
내리쬐는 햇살에 녹아들고 있었다. 벤치라고 해 봤자 철근
파이프로 만든 가로막이 일종의 가드레일이었다. 오가는 승
객들을 보며 제각기 두고 온 가족이나 고향을 떠올리며 입고
있는 옷의 찌든 땟국처럼 윤기 흐르는 나른함에 젖어들고 있
을 무렵이었다.

천사는 아까부터 서울역 정문 로비로 들어서는 맨 오른쪽
기둥에 등을 기대어 우리 쪽을 바라보며 서 있었다. 걸을 때
마다 왼쪽 다리를 약간 절었는데, 알코올 중독 중증으로 서
울역 천사 중의 한 명이었다.

그렇게 서 있는 천사 옆으로 다가서는 사내가 있었다. 서울
역 부랑자 왕초였다. 천사 앞으로 바짝 다가서서 왕초는 무
슨 말인가를 주고받으며 웃음소리를 흩어 놓기도 하였다. 그
러던 왕초가 갑자기 천사를 껴안고 입맞춤을 해 대기 시작했
다. 천사의 손이 왕초의 등이며 머리를 두들겨 댔지만 소용
없었다.

순식간에 일어난 상황이었다. 오가는 여행객들은 힐끗거리
며 지나쳤지만 부랑자들은 달랐다. 탄성을 지르며 몰려들기

시작했다. 그 누구 하나 왕초를 제지하려 들지 못했다.

겨우 왕초의 완력에서 풀려난 천사는 우리와 마주친 눈길을 얼른 피하는 눈치였다. 이내 퍼지르고 앉은 자리에서 들먹거리기 시작한 천사의 어깨는 그 움직임이 점점 커져 갔다.

왕초는 천사를 뒤로 한 채, 부랑자들을 휘둘러보며 씨익 누런 치아를 드러내 보였다.

그 순간이었다. 언제 배낭을 벗고 뛰어갔는지 배낭고래가 왕초의 얼굴에 주먹을 날렸다. 내가 왕초의 행동에 정신이 팔려 있을 때, 배낭을 벗고 뛰었는지 몰랐다.

"어, 어!"

배낭고래에게 한 방을 당한 왕초는 어이없다는 표정으로 우리 쪽을 향하더니 입가에 씨익, 웃음까지 지어 보였다. 왕초도 보통이 아니었다. 그 이름을 그저먹이로 서울역 부랑자들 위에 군림한 것만은 아닌 듯싶었다. 둔해 보이는 몸매와는 다르게 날렵한 돌려차기로 배낭고래에게 일격을 가했다. 멈칫거리던 배낭고래는 잽싸게 왕초에게 달려들었다. 어설픈 듯한 싸움이지만 배낭고래는 왕초를 놔주지 않고 함께 뒹굴었다.

어느 새 왕초 패거리 부랑자들이 모여들었지만 이미 그 누구의 편도 아니었다. 왕초의 편을 들기는커녕 구경하는 데 정신이 없었다. 싸움은 오래가지 않았다. 벌써, 왕초는 숨을 씩씩거리며 다음에 보자는 투였다. 왕초 패거리들이 자리를 떠나기 무섭게, 언제 그랬냐는 듯이 천사는 울음을 그쳤다.

왕초 패거리의 뒷모습을 바라보며 배낭고래는 모자를 두어 번 손바닥에 맞춰 털었다. 뒤이어 모자를 꾹 눌러쓰고 나서 앞뒤로 배낭을 메었다.

역사 그림자에 가려져 잘 보이지 않았지만 땟국 절은 얼굴에서도, 배낭고래를 바라다보는 천사의 까만 눈은 물기를 머금은 채 반짝거렸다.

"이거, 마실 테여?"

모로 누워 있는 내 얼굴 앞으로 디밀어진 건 소주병의 몸통이었다. 순간, 나는 조건 반사라도 일으키듯 벌떡 일어나 앉았다.

이 바닥에 소주가 어떤 건데, 나눠 마실 성질의 것이 아니었다. 그것은 밤의 지하도에서는 담배와 더불어 가장 귀한 물건이었다. 술과 담배를 나누지 않아 서로 피비린내 날 정도로 싸움을 벌이는 경우가 다반사였다. 노숙자들보다 서울역 부랑자들이 더욱 술과 담배에 목숨을 거는 듯싶을 정도였다. 누가 어떤 경로를 통해 구했건 패거리들끼리 나누어야 하는 게, 부랑자나 노숙자들 모두의 셈법이었다.

서울역 부랑자들은 노숙자들을 꺼려했다. 텃새를 부리는 탓이기도 하겠지만, 먹물 출신이 많을 거라는 선입견이 더욱 크게 작용하고 있음을 얼추 짐작할 수 있었다. 더러, 어떤 노숙자들은 그들과 조금씩 안면을 터서 어울리다가 어느 틈엔지 함께 생활하는 부랑자로 변신해 버리는 경우도 있었다.

"이거, 우리가 구해 와야 되는 건데……."

뜻밖의 소주 파티가 펼쳐지는 판이라, 나와 빵모자의 눈은 금세 크댐해졌다. 소주 한 병을 내 앞으로 디밀고 배낭고래는 다른 한 병의 뚜껑을 따고 있었다. 구겨진 종이컵조차 우리 주변에서는 눈에 띄지 않았다. 나와 빵모자는 번갈아 병나발을 불어 댔다. 낮의 서울역 사건 이후 혼자 어디론가 사라졌다가 돌아왔다는 걸 이제야 알았다.

"거, 천사도 이젠 마음 자리를 잡어얄 텐데, 그러다가 알코올 중독으로 죽어. 몸이 녹아나지, 어디 견뎌 나겠어. 그렇잖아도 시원찮은 몸일 텐데…… 그렇게 떠난 천사들 한둘이 아니라구……."

혼잣말처럼 중얼거리던 배낭고래는 벌컥대며 소주를 몇 모금 마셔 댔다.

"아까 보니께, 왕초도 별거 아니덤만유?"

빵모자가 배낭고래와 나의 눈치를 살피며 말했다.

"제깐엔 믿는 구석이 있다구, 폼 좀 잡았던 거야. 패거리 없이 그럴 수 있겠어? 이런 바닥에서 그것두 힘이라구…… 하긴, 그것두 조직의 힘이지. 기대거나 비벼 댈 언덕이 얼마나 힘이 되는 줄 모르제?"

"지가 고향 믿고 내려갔는디유, 막상 집에는 죽어도 못 들어가졌드만유. 다시 서울역으로 돌아오고 말았지유. 그날 밤에 혼자 마신 게, 이 쐬주유!"

"서울역에 내렸다면 돈푼깨나 있었네? 서울역은커녕 용산역에도 못 오고 영등포역에서 내리는 걸구들도 많아…… 서울로 쳐들어올 때는 차표 끊어 오잖아. 그런데도 여비가 딸리면 서울역 들어오는 새마을이나 무궁화는 꿈도 못 꾸지.

그저, 비둘기 그것도 삥차 안 타면 다행이구. 요샌, 비둘기가 없어지고 통일호로 바뀌었나?"

빵모자가 소주병을 만지며 내뱉는 말을 배낭고래가 되받아쳤다.

"슈퍼마켓에서 라면보다 더 싼 요깃거리 본 적 있어? 라면, 우습게 대하지 마라! 이왕 짱박은 거, 끝까지 감춰 혼자 처먹어야지, 소주 한 병 안주로 뽀개면 쓰겄냐구?"

배낭고래는 빵모자가 배낭 밑창에 감춰 두었다가 소주 안주로 내놓은 라면을 보며 말했다. 빵모자는 겸연쩍은 듯 베레모를 벗어 머리칼 몇 없는 머리를 연신 긁적거렸다. 분위기 탓에 아무래도 내놓지 않을 수 없었던 모양이었다. 우리 셋의 소주 파티에 다른 노숙자들은 깊이 잠든 척 코를 골아대기도 했다.

"저라고 별다르겠어요. 여기 모인 인간들 모두 비슷할 걸요."

빵모자의 몇 마디에 이어 내 얘기를 조금 내비쳤다.

"이래 봬도 저, 한때는 반듯하게 넥타이 매고 잘 나간다는 직장에 다녔어요. 무슨 바람이 불었던지, 강원도 여행 혼자 간 게 탈이었죠. 사실, 명퇴 강요에 못 이겨 회사를 사직한 이틀 뒤 출근한다고 나섰지만 어디 갈 만한 데가 있어야죠. 그 길로 차를 몰아 바람이나 쐰다며 강릉 경포대며 안목항이며 다녀오는 길에 정선 쪽으로 빠져 고한에 들른 게 사단이었어요. 거기서 퇴직금까지 싸악 날린 거죠."

"악마의 성! 거, 한국의 라스베가스라는 데 말여? 동양 최

대라며? 놀래믄, 친구들허구 고스톱이나 한 판 때리고 말지…… 미친 짓거리 했구먼?"

"그러다가 겨우 서울로 왔지만 집 부근으로는 얼씬도 못했죠. 친구들 주머니 신세 좀 지며 여관도 아닌 여인숙에 나중에는 독서실까지 전전하다가, 결국 배낭 하나 덜렁 떠메게 된 거죠."

"도박, 거 무서운 거유…… 마약은 끊어도 그건 못 끊는다는 말이 있잖유?"

내 말끝에 안돼 보인다는 표정으로 빵모자가 끼어들었다.

"아무래도, 그때 봄바람이 났었나 봐요. 블랙잭하고 바카라나 이틀 하니까 거덜나더라구요. 나중엔 끌고 간 아반테를 전당잡혔는데 사흘도 못 버티고, 아예 전표까지 그 전당포에 팔았다니깐요. 그것도 사정사정해서요. 그건 슬롯머신에 다 털어 넣고, 거기 군청에서 파견된 직원이 나눠 주는 여비 타 가지고 내려오며 자살 생각까지 떠올렸는데……."

"그러고 보니 우리가 강원도 허구 전라도 백운산에서 놀았구먼? 그 악마의 성이 정선 백운산 꼭대기에 있다며? 나도 따리봉에서 조금만 더 내려갔음 백운산이었는데…… 결국, 뽈테와 내가 백운산이나 그 언저리에서 깨진 거구먼?"

약현성당 뜰에는 가을로 넘어가는 햇살이 잘디잘게 뿌려지고 있었다. 우리는 기다랗게 이어 서서 무료 급식을 기다리며, 새치기를 경계하는 눈을 번득여 댔다. 그런데 배낭고래는 쪼그려 앉아 성당 뜨락의 아직 지지 않은 꽃들을 바라보며 혼자 중얼거리고 있었다. 분명히 꽃을 들여다보며 하는 말이었다.

"왜, 하필 여기서 피었니? 네가 살 데는 여기가 아니라, 높고 넓은 산이나 들판일 것 같은데…… 답답해 뵌다. 아무리 성당 뜰이라 해도……."

마치 실성한 사람처럼 아이 같은 미소를 지어 가며 얘기를 하다가도, 사뭇 진지한 표정으로 타이르는 듯한 어투를 들려주기도 했다. 옆에서는 이해하기 어려운 말이었다.

"형님, 줄서라니깐요!"

그제야 배낭고래는 자리에서 일어서며 꽃 한 송이를 쓰다듬어 주었다.

무료 급식 시간에 외부인이 성당 시설물에 손대는 걸 싫어하는 수녀님이나 관계자들이 봤다면 핀잔을 들었을 게 뻔했다.

밤이 되어 모여도 우리들은 일찍 잠들지 못했다. 다른 노숙자들보다 잠이 없는 편이거나 서로 할 말이 많기도 한 탓이었다.

"그 마루에 오르면 키보다 더 큰 억새들 사이로 별들이 쏟아져 내리제. 도시에서는 돈 주고 볼래야 볼 수 없는 별들이야. 이 책의 화가도 마찬가지였을 거야. 비록, 외국 화가지만 말야."

배낭고래는 손바닥만한 화집을 펼쳐, 점심시간이면 잠깐씩 들렀던 회사 지하의 카페에 걸려진 패널 그림을 보여 주며 말했다. 나는 그때까지 낯익은 그림이 고흐의 〈별이 빛나는 밤〉이라는 걸 모르고 있었다.

"거긴 정말 살 만해. 이젠 다른 거 없이 교통비만 생겨도 갈 수 있을 거 같은데…… 우리가 비록 여기에 난장을 폈을 망정, 이 책 속에 있는 어떤 그림 제목처럼 〈밤의 카페〉에 앉아 소주 한 잔 마시는 셈치면 돼. 〈별이 빛나는 밤〉이라는 제목도 말야, 내가 보기에는 빛나는 게 아니라 자꾸만 흐르는 밤으로 느껴져. 〈별이 흐르는 밤〉으로 말야."

배낭고래의 강렬한 눈빛으로 인하여 어둠 속에서도 얼굴 윤곽이 드러나는 착각이 일었다.

"거기에 가족이 있나요?"

"살긴, 내가 다시 찾아가는 거지…… 친형이나 친척 그 누구도 도와 주지 않아. 내려올 때만 해도 아는 사람들 만나 한풀 얘기를 해서 적은 액수라도 만들어 다시 올라갈 요량이었지. 하지만 세상일 어디 뜻대로 되는 것도 아니고 결국 포기 상태로 지낼 수밖에 더 있었겠어…… 다시 가고 싶어. 그 한풀이라는 약초를 찾아서가 아니라 밤에 쳐다보이는 별들 때문에라도……."

얘기를 하다 만 배낭고래는 남아 있는 소주를 한입에 털어 넣었다. 깊은 한숨을 내쉬었다.

배낭고래의 희망이었다.

어느 누구도 그의 꿈을 이룰 수 있도록 도와 주지 않은 모양이었다. 한편으로는 저 정도 성품으로 미루어 보아 주변에서 도움을 외면당했다는 게 전혀 이해되지 않았다. 그가 앞에 메는 작은 배낭에는 몇 권의 사전과 문고판 고흐의 화집이 담겨져 있었다. 뒤에 메는 큰 거야, 다른 노숙자들의 그것과 다를 바 없는 잡동사니들이 들어 있을 게 뻔했다.

귀가 후 내내 나는 배낭고래에 대한 생각을 떨쳐 버릴 수 없었다. 학생 시절이나 직장 생활을 통해서 내 주변에는 그런 사람이 없었다. 어쩌면, 그 점이 바로 내 삶의 한계일는지 모른다는 생각마저 들기도 했다.

배낭고래와 첫 만남은 유난히 무더위가 맹위를 떨치던 재작년 여름 서소문공원에서였다. 그곳은 잔디밭이건 벤치건 언제나 노숙자들로 꽉 들어차 붐빌 정도였다. 어디 그늘진 한 군데를 눈을 씻고 찾을래야 찾을 수가 없었다. 그때만 하더라도 나의 행색은 그리 남루하지 않았고 배낭도 이스트 백이었다. 나는 천주교 순교 기념탑이 정면으로 보이는 그늘진 벤치 사이를 서성대고 있었다.

"신삥이네?"

나에게 배낭고래가 처음 내뱉은 말이었다. 그 발음의 정확도를 떠나서 나는 그 의미를 금세 알아차릴 수 있었다. 뒤이어 나를 보고 대뜸 뿔테라고 불렀다. 아마, 내 안경테와 연계시킨 뜻이었으리라.

"모르긴 몰라도, 이 생활 작심했으면 모든 걸 포기해야 돼! 일 초라도 빨리…… 아니면 되돌아가든지."

아무런 대답 없이 연신 이마의 땀만 훔쳐 대는 나를 바라보다가 말을 멈춘 배낭고래는 다시 말을 이어갔다.

"여기 오기 전에 어떤 자리에 앉아 무슨 일을 했건 그건 전부 황이야. 여기 나름대로의 법에 재빨리 적응해야 돼. 그렇잖으면 자기만 손해야. 어쩜 세상 살아가는 이치가 가장 정확하게 이해되고 실천되는 곳이라 한다면, 내 말이 너무 심하게 들리겠제?"

나를 빨려들게 하는 어떤 힘 이상의 것이 그의 말에는 버티고 있는 것처럼 느껴졌다. 그는 나에 대해서는 어떤 것도 물어 보지 않았다. 아주 오래된 친구를 만난 것처럼 반말도 천연덕스럽게 해 댔다.

"이 생활 시작하면서 단단히 마음먹을 건, 홈리스니 노숙자니 하는 개뼈다귀 같은 생각 말고 스스로 거지라고 여기는 거야. 그렇지 않으면 견딜 수 없어. 그냥, 나는 거지다라고 복창하면 돼. 거지! 무슨 대책이 있어 나가면 되겠지만 그럴 가망이 없으니 흘러왔겠지. 나도 처음에는 급식 같은 거 타먹으려고 생각도 안 했어. 그러다가 며칠을 굶기도 했었제."

배낭고래의 말이 무서웠다.

그 무서움조차 며칠 가지 않아 내게서 점점 멀어지기 시작했다. 찬바람이 일기 시작하는 가을이 되자 끼니 해결 이상으로 잠자리가 문제였다. 추위가 찾아오는 순간부터 노숙자들은 떼밀리기 시작했다. 일부 노숙자들은 서울시에서 운영하는 기관이 있다는 소문의 행방을 찾아 영등포로 가기도 했다. 하지만 배낭고래는 그럴 기미를 보이지 않았다. 늘 혼자서 무언가 골똘하게 생각하는 눈치였다. 아침 급식을 마치기 무섭게 나와 빵모자를 따돌리고 점심때 이전까지는 어김없이 혼자서 행동했다.

"따라오지 말고, 혼자 가라니까!"

배낭고래한테서 해가 떠 있는 낮에 들을 수 있는 몇 마디

중의 한 마디를 들은 나는 멈칫거렸다. 그는 밤에 난장 폈을 때를 제외하고는 말이 거의 없는 편이었다.

"이따가, 여기서 다시 봐."

저녁 급식을 마치고 나서 서울역에서부터 남대문시장까지 한 바퀴 돌고 행인들의 발길이 뜸할 정도로 밤이 깊었을 때에 배낭고래는 따라오라며 엄지를 세워 까딱거려 보였다.

"내가 봐 둔 데가 있어."

배낭고래를 따라간 곳은 지하철 2호선과 5호선이 교차하는 충정로역이었다. 지하철이 끊기고 셔터가 내려진 다음에도 중림동과 종근당 빌딩 사이의 지하보도는 폐쇄되지 않았다. 24시간 개방 통로인 까닭이었다.

"어때, 이 정도면 호텔 수준이제? 외풍도 안 들잖어!"

우리들이 난장을 펴게 될 밤의 궁전이었다.

며칠 지나지 않아 어떻게 알았는지 난장을 펼 때쯤이면 노숙자들이 하나둘 모여들어 훈기를 더했다. 점점 좁혀지는 난장이지만 가운데 자리는 늘 우리 차지였다. 그곳의 밤은 배낭고래가 왕초였다. 전직이 무엇이었던 간에, 땟국이 윤나는 차림에 배낭을 메었거나 말았거나, 난장을 펴려면 먼저 배낭고래에게 신고할 수밖에 없었다.

"오늘도 소주가 왔습니다! 자, 여기."

충정로 지하보도에는 밤마다 파티가 열렸다. 순하디순하게 까만 눈동자만 멀뚱거리던 노숙자도 술에 취해 흥이 나면 벌떡 일어서서 약장수 흉내를 내기도 했다. 그럴 때면 예외없이 손에는 어느 틈에 풀어 냈는지 혁대가 뱀을 대신하고 있

었다. 그런데 이상한 것은 절대 노래는 부르지 않는다는 점
이었다. 술에 취하면 나올 법한 콧노래조차 결코 들어 본 적
이 없다. 노래가 감정을 과다 노출시킨다는 걸 노숙자 모두
알고 있는 탓인지도 몰랐다.

　날씨가 추워지는 탓에 저녁 끼니를 해결한 다음의 급선무
는 시장통이나 지하철역을 돌면서 라면상자와 신문지를 구하
는 일이었다. 그걸 구하지 못하면 맨바닥에 누워 잘 수밖에
없었다. 어떤 노숙자들은 아예 낮부터 그걸 구해 옆구리에
끼고 다니기도 하였다. 아니면 늦은 시간에 슈퍼마켓 주변을
서성대다가 얻어 오기도 했다.

　서울역 사건 이후 왕초와 배낭고래의 부딪침은 없었다. 그
렇다고 왕초가 서울역 부랑자들 사이에서 떠난 것도 아니고,
배낭고래 역시 여전히 우리와 어울려 서울역 주변에 남아 있
었다. 어쩌면 상대방을 서로 인정하며 재결투까지는 바라지
않는 묵시적인 합의가 어느 틈에 이루어졌는지도 모른다.

　역사 뒷켠의 서녘 하늘로 홍시 같은 노을이 물들고 있었다.
우리는 하루에 한 번씩 그것도 오후에만 서울역 광장 벤치에
우두커니 앉아 있게 되었다. 배낭고래를 따라다니며 생긴 하
나의 습성이었는지도 몰랐다. 그러다가 지리함이 느껴지면
우리는 염천교를 건너거나 서부역을 통해 서소문공원으로 향
했다. 그 길에 약현성당 종탑 너머로 노을 바탕에 수를 놓는
비둘기 떼의 비상이라도 보일라치면 부러워하는 감탄사만 연
발했다.

　그런 생각들은 열차가 덜컹거리며 익산역에 도착했을 때

멈추고 말았다. 마음이 급한 탓인지 지루했다. 이른 시간에 서울역 주변을 둘러본다는 서두름 때문에 고속버스 편은 생각조차 하지 못했다. 그 편이 더 빠를 거라는 뒤늦은 후회가 커피만 두 잔째 사 마시게 만들었다.

열차는 계속 달렸고, 나는 등받이에 기대어 지그시 눈을 감았다. 열차의 흔들림 속에서 무언가 눈을 베이고 들었다. 강물에 반사된 은빛 햇살이었다. 어느 새 남원을 지난 열차는 섬진강을 따라 달리고 있었다.

차창 밖으로 열차와 함께 흐르는 섬진강 물빛은 초겨울 햇살에 은어 비늘 되어 반짝거리고 있었다.

구례는 구례구역에서 버스를 타고 들어가야 되었다.

"간문리라는 데서 삼산리 가는 버스를 갈아타야 돼. 그러니까 구례구역에서 구례읍까지 간, 그 다음에 말야. 삼산리에서 산정부락까지는 걸어야 되고, 그 다음부터는 완전한 등산이야. 따리봉과 도솔봉 사이까지…… 늦게 닿으면 마을에서 신세를 지고, 다음날 서둘러 올라야지."

배낭고래의 설명을 다시 떠올려 보았다.

어제 저녁 배낭고래를 찾으러 가야겠다는 결심할 때만 하더라도, 이리 복잡할 줄은 전혀 예상하지 못했었다.

어디 오지에라도 가는 것마냥 군내버스는 산길을 구불구불 달리다가, 나와 몇 사람을 산 그림자 드리워진 삼산리 정류장에 내려놓고 떠나 버렸다. 함께 내린 사람들은 재빨리 방향을 잡아 걸었지만, 나는 사방을 휘둘러보며 서 있었다.

병풍처럼 빙 둘러진 산은 온통 희끗거렸다. 산 중간쯤이라 여겨지는 곳곳에 하얀 띠를 둘러쳐 놓은 듯이 억새가 너울대고 있었다. 금방이라도 배낭고래가 그 억새를 헤치며 나타나 나를 부를 것만 같았다.

정류장에서 그렇게 서 있다가 삼산슈퍼라는 간판을 내건 가게에 들러 디스플러스 한 갑을 사면서 주인아저씨에게 물었다.

"저기, 산정부락은 어디로 가야 합니까?"

"산정? 음, 거기 뉘기를 찾간디? 에지간한 사람들은 내가 다 아니께……."

"아, 거기 사는 사람이 아니라, 그 부락에서 더 올라가야 찾을 수 있을지 모르겠네요."

주인아저씨는 나를 위아래로 훑어보며 애매하다는 표정으로 고개를 가로저었다.

"산정에서 더 올라가 뉘기를 찾는다는 게여? 그 위로는 사람이 안 살아. 더군다나 이 세한에……."

나는 주인아저씨의 말을 들으며 손에 쥐고 있던 담배갑의 비닐 겉포장 필터를 풀어 냈다. 그러고 나서 포장을 뜯고 한 개비를 뽑아 내 입에 물었다.

"대체, 산정에서 더 올라가 누가 산다고 그러는디?"

"그러니까, 약초 캐거나 키우는 사람들요. 그런 사람들 많지 않아요?"

내 말을 듣고 있던 주인아저씨는 어이없는 듯한 웃음을 지으며 고개를 끄덕였다.

"내가 이 자리에서 점방을 대를 이어 하는디, 산정 넘어 오르는 사람은 다 알아. 글구, 요새는 그런 사람들 없어. 그 뭐여, 환경 보호 땜세 입산이 금지된 지 한참 되아 뿌렀제. 아, 산도 쬐께 쉬어야제…… 안 그려?"

"그래도, 혼자 들어가면 누가 모르잖아요?"

"그 양반, 되게 고지식해 뿌네! 거기 오르는 길은 여그서 산정 거쳐 오를 수밖에 없는디, 누가 암두 모르게 오른단 말요? 하긴, 작년까지만 혀도 여름에는 등산객들도 오르고, 약초 캐고 키우는 사람들도 더러 있었제. 하지만 인자는 그런 사람 없어져 뿌렀어. 산정 위로는 못 올라가. 암튼간에, 나라에서 입산 금지시켰다니께."

"그럼, 산정부락 가는 길만 가르쳐 주십시오!"

"지금 시간에 산정 올라갔다 내려오면 해떨어지는 줄 모르남. 시간이 맻 신디…… 산정에서 타관 손님이니 누군가 재워야 주겠제만. 그런 거라면 올라가 보나마나라니까 그러네. 참말, 호랭이 물어 가네……."

주인아저씨의 표정에는 무척이나 나를 답답하다고 여기는 눈치가 역력했다. 나는 주인아저씨에게 담배를 권했다.

"누군 줄 모르제만, 그렇게 해서 어찌 찾는다고 그러남."

나는 주인아저씨의 말을 듣고 망설였다. 하지만 이내 그럴 필요가 없다는 것을 주인아저씨 말을 통해 알 수 있었다.

"정, 내 말이 안 믿기믄 산정 이장님한테 전화를 해 뿌러! 그럼 담방 알아 뿔제? 또 여기서 산정 오르는 게 어디 쉬운 줄 아쇼? 날도 찬데, 젊은 양반 생각해서 하는 얘긴 줄도 모르고…… 거긴, 여기보다 더 추워."

그랬다. 올라가서 물어 보는 거나 전화로 물어 보는 거나
대답은 별 차이 없을 듯싶었다. 하지만 주인아저씨 말마따나
이장과 통화라도 나눠 보는 것도 괜찮을 듯싶었다.

"그럼, 전화를 해 보는 게 나을까요?"

"그거야 젊은 양반 맴이제……."

그 사이 주인아저씨는 소형 금고 주변에 붙어 닳아진 종이
에 쓰여져 있는 숫자들을 하나하나 손끝으로 짚어 댔다.

"전화 한 통화만 써도 되겠어요?"

나의 부탁에 주인아저씨는 어이없는 표정이었다.

"핸드폰 없소? 요새, 애들도 들고 댕기는디…… 그것두 모
르고 번호 불러 주려 애써 짚어 뿐졌네."

나는 아차 싶었다. 내게 그런 표정을 짓는 게 별 이상한 일
이 아니라는 걸 느낄 수 있었다. 강릉을 향해 출발하면서부
터 휴대폰을 계속 꺼두었다. 강원랜드에서 나온 뒤에도 가지
고 다니긴 했지만, 그걸 어떻게 했는지 뚜렷한 기억이 없다.
언젠가 한번 휴대폰이 있다는 생각에 배낭에서 꺼내어 켜 보
았지만 그때는 이미 사용 중지 되어 있었다. 집으로 들어간
뒤에도 휴대폰을 구입할 의사도 없었고, 아내는 그걸 하나쯤
개설해 줄 기미조차 보이지 않았다. 순간, 오늘 아침 자리에
서 일어난 아내가 지었을지 모르는 표정이 스쳤다.

"예, 급히 오느라, 그만……."

어설픈 변명이라 마음 한구석이 착잡해져 오는 걸 느낄 수
있었다. 그제야 주인아저씨의 표정이 풀렸다.

"그렇담, 내가 번호를 눌러 주지. 전화 받으면 어른이니 인

사부터 공손히 하시오."

이장 할아버지의 목소리는 예상과는 달리 쩌렁쩌렁 수화기를 울려 댔다.

"이장님! 죄송합니다만, 하룻밤 묵을 수 없을까요?"

나도 모르게 불쑥 튀어나온 말이었다. 말을 하면서도 뜻밖이라는 생각이 들었다.

"댁에 하룻밤 묵으면서 몇 가지 여쭤 볼 게 있어서요."

"아, 한여름에 산에 올랐다가 늦는 사람들 재워는 봤제만, 일부러 자러 온다는 사람은 첨이네. 그럴 필요 없이 아예 올라올 요량은 하덜 말어 뿌러!"

산정부락 이장 할아버지는 나의 모든 의지를 차단해 버리듯이 단호했다.

"보쇼. 올라가 물어 보나 여그서 전화 하나 똑같제. 그 이장님은 요 아래 백운산부터 저 위 지리산까지 자기 손금 보듯 훤한 분이셔! 또, 이쪽을 통하지 않으면 산정 이상은 올라갈 수가 없다니까 그래 쌌네…… 그래 갖곤 지리산하고 백운산을 몇천 번 왕복함서 한풀 찾기나 매한가지여."

수화기를 제자리에 내려놓는 나를 바라보던 주인아저씨가 말했다.

별다른 도리가 없었다. 삼산슈퍼에서 조금 기다려 띠를 두른 듯한 억새를 뒤로 한 채, 간문리로 나가는 군내버스에 몸을 싣고 말았다. 산 그림자는 더욱 짙게 빠른 속도로 드리워졌다.

간문리를 거쳐 구례읍으로 나왔다. 까치밥 몇 개 남긴 감나무들이 서 있는 농가들 굴뚝에서는 어느 새 저녁 연기가 피어오르고 있었다. 산간 지방 특유의 빠르게 깔리는 어둠과 함께 차가운 공기는 서울과는 확연히 다른 느낌으로 나를 에워쌌다.

결국, 구례읍에서 하룻밤을 묵기로 작정했다.

여기까지 와서 어쩌면 배낭고래가 머무르는지도 모를 곳을 찾아 오를 수조차 없다니. 하지만 내 스스로 찾아 나선 무모성을 탓하지 말기로 했다. 밤차를 타고 서울행을 못할 바 없지만, 하룻밤이라도 묵어 지나야 될 것만 같았다. 쉬이 잠을 이룰 수 없었다. 잠을 청하려 해도 떠오르는 건 배낭고래와 지내던 때뿐이었다. 재떨이에 꽁초만 하얗게 쌓여 갔다.

곤한 늦잠까지 자고 말았다. 1년 만에 지방에까지 내려와 이러저러한 신경 쓰며 든 낯선 잠자리인데, 집에서보다 훨씬 편한 늦잠을 잘 수 있었다는 게 신기했다.

나는 서둘러 구례를 떠나기로 했다.

내려왔던 길을 거꾸로 구례구역에서 여수를 출발해 올라오는 서울행 새마을호에 몸을 실었다. 구례읍에서 서울행 고속버스가 있었지만, 다시 서울역으로 가 봐야겠다는 생각 때문이었다.

내 옆자리는 아직 비어 있었다.

스치는 차창 밖 풍경들을 바라보다가 열차의 흔들림 속으로 빠져들며 눈을 감았다.

대우 빌딩 앞 로비로 들어서는 한켠 화단 옆에서, 우리는 서울역에 밝혀진 환한 불빛을 바라보며 번갈아 소주를 병나발 불며 앉아 있었다. 말이 저녁이지 일반인들에게는 밤이나 다름없는 시간이었다. 날이 추워지기 시작하면서 우리는 어둠이 내리기 시작할 즈음부터 남대문시장 주변을 돌아다녔다. 늦은 시간에 주는 무료 급식을 받기 위해서였다. 그러고 나서야 충정로역으로 아주 서서히 걸어가곤 했었다. 아무래도 지하철 운행이 끝나야 되었으니까.

"뽈테, 다시 밤이 올 모양이야."

"아무래도 겨울이 다가오니 해가 짧아지는 거 아니겠어요?"

"그 안경 유리를 잘 닦는다고 별들이 잘 보이는 것만은 아냐! 낮에도 별은 떠 있다는 것을 사람들이 가끔씩 망각을 하니까 문제지. 눈에 보이는 것만 잘 보믄 뭐하나? 작년엔가 내가 뽈테 첨 만났을 때, 무료 급식 처음에는 안 먹었다는 얘기했었제?"

"아, 기억나요."

"그 무료 급식 때문에 우리가 버티긴 했지만, 물론 지금도 그렇구. 그러다 보니 노숙자나 부랑자들이 늘어나고 또 서울로 몰려드는지도 몰라."

"설마, 그렇다고 노숙자들이 늘어나겠어요?"

"이거 봐, 뽈테! 우린 아예 빨가벗은 노숙자지만 저기 지나는 사람들도 따지고 보면 이 지구에선 노숙자나 다름없어. 뽈테는 첨부터 이 생활했나?"

나는 배낭고래의 말을 건성으로 들으며 안경을 벗어 닦기 시작했다.

"안경을 닦으면 세상이 잘 보이나? 적당히 흐릿하게 보이
는 게 편할 텐데…… 이런 때에 잘 안 닦인다고 너무 세게 닦
다가 렌즈를 깰 수도 있잖어? 그러면 안 되지…… 앞길이 어
두워 보여. 내가 아침 먹고 나면 어디 가는 줄 알아? 허드렛
일도 하고 빈 병 주워…… 목돈은 안 되지만……."

나는 무슨 말대꾸를 할 엄두조차 낼 수 없었다. 순간, 세상
의 모든 것들이 숨통을 조여 오는 느낌이 들었다. 발버둥을
쳤다. 병나발을 불던 배낭고래가 그런 나를 바라보며 삐긋이
웃어 보였다.

꿈이었다. 스팀 탓이겠지만 속옷이 땀에 흠뻑 젖은 느낌이
들었다. 이마에도 땀이 배어 손바닥에 묻어났다.

열차는 조치원을 지나고 있었다. 그때부터 차창 밖으로 제
법 날리던 진눈깨비가 천안을 앞두고 멈추었다. 차창의 성에
가 서늘함마저 느끼게 만들었다.

작년 늦가을이라 하기에는 너무 추웠던 11월 말쯤 나는 서
울역 지하보도에서 아내와 처남의 손에 못 이기는 척 이끌려
집으로 들어갔다. 그 사이 나는 외출도 하지 못한 채, 마치
안방 한쪽 벽을 차지하고 있는 장롱처럼 아무 하는 일 없이
식구들의 눈치를 살피며 벌써 1년을 훌쩍 넘기고 말았다. 그
렇다고 배낭고래와 함께 지낸 재작년 늦봄에서 작년 늦가을
까지 1년 반이 넘은 시간들을 되새기지 않은 적이 없었다. 그
런 배낭고래를 꿈에서 만나기는 처음이었다. 그는 꿈속에서
조차 여전히 소주를 마셔 대고 있었다.

언젠가 서소문공원에서 낮시간을 보내던 기억이 새로웠다.

"뽈테! 나는 언제나 저게 말야, 혹시 잘못 새긴 거 아닐까 싶을 때가 많아. 여기 누워 실눈을 뜨고 보면, 꼭 외로움으로 읽힌단 말야. 외로움에 굶주리고……."

배낭고래의 차지인 벤치에서 마주 보이는 천주교 순교기념탑 아래쪽에는 청동판에 굵은 글씨로 '복되어라 의로움에 굶주리고 목마른 사람들!'이라고 새겨져 있었다.

대체, 배낭고래는 어디로 숨어 버린 걸까.

그런 생각들 탓일까, 상하행 시간대만 달리 같은 거리를 새마을호로 달렸을 뿐인데 올라오는 편의 속도가 빠른 듯싶었다. 승차한 지 얼마 되지 않은 것 같은데 열차는 벌써 서울로 들어와 있었다.

영등포역 진입을 앞두고 안내 방송이 끝나 갈 무렵 차창 밖으로는 한 점 두 점 눈꽃들이 희끗희끗 소담스레 피어 날렸다. 승객들은 창 밖을 내다보며 감탄사를 내지르는가 싶더니 이내 내릴 채비를 서둘러 댔다.

첫눈이었다.

점점 굵어지는 눈발은, 열차가 영등포역을 벗어나는 순간부터 마치 가속도를 더하는 듯이 날려 댔다. 첫눈치고는 제법이었다. 열차가 한강 철교를 지날 때, 잿빛 강물은 퍼붓듯이 내리는 눈발에 그 흐름조차 멈춘 채 젖어들고 있었다.

오후 4시를 갓 지났을 뿐인 서울역 플랫폼에는 벌써 밝혀진 조명 속에 눈의 입자들만 선명하게 나풀거리며 내려앉았다.

일부러 역광장으로 통하는 지하 집표소가 아닌 2층 대합실로 올라왔다. 어제 아침 내려갈 때처럼 한 바퀴 휘둘러보았지만 배낭고래는 물론이고 아는 얼굴조차 보이지 않았다. 바깥 날씨 탓인지 대합실은 모자들로 붐볐다. 그들은 평소와 다르게 부랑자들을 제치고 텔레비전 앞에 모여 앉아, 마치 자신들이 점프하여 골을 넣기라도 하듯 프로 농구 중계에 열을 올려 댔다.

사방은 눈발 속에 어두워졌고, 그 속도의 빠르기로 한기까지 엄습해 오고 있었다.

역광장을 가로질러 지하 서울역으로 이어지는 지하도 계단을 밟기 시작했다. 개찰구를 향해 오른쪽으로 방향을 돌리려던 나는 남대문으로 통하는 지하보도 쪽을 힐끗거리다가 걸음을 멈추었다.

사람들이 모여 무언가를 들여다보며 웅성대고 있었다.

경찰 통제선이 쳐 있고 의경 몇 명이 각 방향 정면을 향해 서서, 노숙자나 행인들의 접근을 가로막았다.

나도 모르게 터져 나오려는 소리를 가까스로 삼키며 거푸 안경테만 만지작거렸다.

배낭을 머리맡에 세워 두고 소주병들이 나란히 서 있는 곁으로 머리를 두고 자는 듯 누워 있는 사내는 분명 배낭고래, 바로 형님이었다. 흐릿한 지하보도의 불빛 속에서도, 작은 배낭 뒷주머니 위로 빼꼼이 내민 샛노랑은 고흐의 문고판 화집 표지 모서리 부분이 분명했다.

그때, 구경꾼들 틈을 비집고 드는 바로 뒤쪽에서 수군대는 소리가 뒤통수를 때리며, 사흘째 계속되던 내 증폭의 켯속을 여지없이 해체하려 들었다.

"점심때부터 내내 저리 있었대…… 글쎄, 술 처먹고 자는 줄만 알았대나 뭐래나. 감히, 누가 건드려 볼 엄두나 냈겠어?"

월장(月葬)

"삔닥지 기는 것 맨치로 골통 사난 일잉께, 샛바람 타고 싸게 들와야 쓰것다아!"

전보지의 타이핑 된 글자들은 한 자 한 자 읽을 때마다 막내할머니의 목소리 되어 카랑카랑 들리는 듯했다. 종가의 대청을 거닐며 온 집안을 쩡쩡 울리게 하던 모습이 눈에 선했다.

"니가 피잉허니 댕겨 온나! 이래서 종손 노릇허기 힘들단 거이여. 해필 느그 아부지도 안 계신 참에…… 오늘은 니가 있어 준다아 싶었는디, 이 양반은 메 채려 놀 때만 되믄 어디를 그리 가신지……."

어머니의 재촉에 망설이지 않을 수 없었다. 막내할머니가 보내 온 상게망게한 전보의 속사정과 날짜가 5일밖에 남지 않은 재출국 때문이었다. 그 검푸른 바다에 급작스레 폭풍주의보라도 발효돼 물섬에 갇히게 될 경우 2년 계약한 재출국은 물거품이 되고 마는 것이다. 하지만 막내할머니의 애태우는 모습이 눈에 선한 속달 전보지를 손에 쥐고, 아버지가 돌아올 때까지 무작정 기다릴 수 없는 노릇이었다.

"그놈의 싸에란가 싸에딘가 가서 돈 벌어 왔음, 조상네 찾아 뵙고 했어야제…… 큰집 작은엄니가 엔간해선 그런 전보 안 칠 거인디…… 믄, 큰일이 있는갑다! 느그 아부지를 찾으신 것 본께. 싸게 댕겨 온나! 내친 참에 선산도 돌아보고……."

전보를 읽는 순간에도 그랬지만 어머니의 말씀에 사우디아라비아에서 귀국한 뒤로 종가를 지키는 막내할머니를 찾아 뵙지 못한 게 새삼 마음에 걸려 왔다.

물섬에 기항하는 일반 여객선은 이미 오전에 출항해 버렸고 하루 두 차례 그나마 본도까지만 왕복하는 쾌속선을 가까스로 탈 수 있었다.

일반 여객선으로 일곱 시간이나 걸리는 물길을 쾌속선은 시간 반 남짓해 다 갈라 버렸다. 말이 시간 반이지 막내할머니의 전보 내용에 대해서 얼추 짐작조차 할 수 없는 시간이었다.

뭍에 내리자마자 갯바람에 묻은 비린내가 코끝을 훅 찔러 왔다. 그것은 막내할머니의 전보를 받았을 때 느꼈던 당혹감처럼 대대로 삶을 일구어 온 고향을 너무 잊고 있었다는 부끄러움을 일깨웠다. 결코 낯설지만은 않았다. 섬의 서쪽 면 소재지에 바로 진외갓집이 있어 유년 시절 부모님을 따라갔을 때마다 밤이면 중강 건너 이 항의 불빛들을 넋을 잃고 바라보기도 했었다. 그리고 이 항에서 물섬으로 건너가는 배를 몇 차례 탔던 적도 적지 않았다. 요즈음에야 덜한 편이지만 한동안 파시로 몰려드는 선박들의 기관 소리만큼이나 노랫가락이 끊이지 않았던 항이다.

9월이 며칠 남지 않았는데도 다섯 시 반의 햇살은 그 열기가 아직 대단해 선부들의 살갗에 희끗희끗 간꽃을 피워 대고 있었다. 문제는 물섬으로 건너갈 선편이었다. 정기 여객선은 하루에 한 차례뿐이어서 내일 아침까지 기다려야 한다는 점이 마음을 조급하게 만들었다. 어릴 때처럼 물섬으로 가는 선편이 있을는지 모른다는 기억이 떠올랐다. 선창을 한 바퀴 돌아보기로 했다.

선창이래야 물양장을 따라 방파제 있는 쪽까지가 전부였다. 방파제 입구 북쪽에는 십수 년 전까지 번창했다는 고래 어판장의 낡은 골조만 앙상하게 서 있었다. 그 사이로 물섬 방향의 바다가 검푸르게 으릉대며 들끓었다. 방파제 쪽으로 좀더 걷자 그 바다는 더욱 검게 펼쳐지며 다가왔고, 마치 고래의 물기둥처럼 어슴푸레 물섬이 형체를 드러냈다.

어쩌면 아버지는 고래인지도 몰랐다. 물섬을 가운데 한 검푸른 바다는 아버지에게 있어 바로 종가일는지 모른다는 생각이 들었다.

물결만 끝없이 밀려들어 항만을 보채 댔다.

그 순간 반짝 현기증이 일었다. 쭈욱 뻗은 방파제를 중심선 삼아 어슴푸레한 물섬이 마치 고래가 숨을 내쉬듯 가라앉았

다가 부상하기를 되풀이해 댔다. 아니면 서 있는 방파제가
바다에서 너울대는지 분간하기 어지러웠다. 거기에다가 방파
제에 밧줄이 매달려 마치 굿거리 장단에 맞춰 춤이라도 추는
듯 너울대는 전마선들이 더욱 어지럽게 하였다. 머리가 지끈
거려 왔다. 서둘러 걸었지만 사우디아라비아 리야드 현장과
멀리 떨어지지 않은 모래밭에서처럼 중심을 못 가누는 건 물
론이고 발이 땅에 닿지 않고 딛는 만큼 푹푹 빠지는 느낌이
었다.

　가까운 가게를 찾아 들어갔다. 머리를 감싸며 풀썩 주저앉
는 내게 가게주인은 실눈을 하면서 말했다.

　"배를 첨 탔구먼? 그런께 갓멀미를 안 허고 배길 재간이 있
나. 갓멀미가 징헌 거시여!"

　어릴 적부터 배는 많이 타 보았고 자주는 아니었지만 비행
기를 타 봤어도 멀미를 했던 적은 없었다. 어쩌면 갓멀미는
쾌속선 잔교에서 일기 현황판을 본 순간부터 시작됐는지도
몰랐다. 1주일 뒤쯤에는 이 항에도 태풍이 불어닥칠 전망이
니 주의를 요망하는 내용이었다.

　참으로 신기했다. 쾌속선 안에서는 하지 않던 멀미를 뭍에
내려서야 하게 된 것이. 마치 물결을 타는 듯 너울대는 어지
럼증만 심해졌다.

　음료수를 사서 한 모금 입에 대기가 무섭게 바닥에 토하고
는 가게에서 도망치듯 뛰쳐나오고 말았다. 입안에 침이 고이
면서 자꾸 헛구역질이 나왔다.

　방파제 쪽에서 불어온 바람은 선창의 비린내를 쓸어갔다.

갓멀미 증세가 조금 가시는 듯했다.

서둘러 물섬으로 가는 선편을 찾아야 했다. 쉼없이 들볶던 물결은 느닷없이 불어 댄 한바탕 하늬바람으로 숨을 죽이며 배들 밑창에서 곱작거렸다. 방파제와는 달리 바람보다 선박들의 기관 소리와 상륙한 선원들의 노랫가락으로 선창은 부산댔다. 물양장을 따라 걷다가 즐비한 식료품 가게 중에서 물섬식료라는 간판을 발견하고 하마터면 소리를 지를 뻔했다.

순간, 넓은 마당의 종가와 아버지, 그리고 장구 모양 허리가 잘록해 만을 이루는 물섬이 떠올랐다가 이내 지워져 버렸다. 물섬은 장구테가 산이라면 허리통 부분과 산기슭에 마을을 이루었다.

가게 안에는 맥주 깡통을 들고 있는 청년 두 명과 사내가 무언가 얘기를 나누다가 웃어 댔다.

"뭇을 찾납녀!"

열려진 문 앞에서 서성대는 내게 주인인 듯한 사내가 자리에서 일어서며 물었다.

"말씀 좀 묻겠는데요, 물섬 가는 배를 알아볼 수 없을까요?"

사내에게 말하는 순간 맥주를 마시던 청년들이 나를 힐끗 돌아보았다.

"폴새 철지나 번 물섬에 뭇하러 가시게?"

사내는 나를 관광객으로 여기는 모양이었다. 하긴 8월이 다 가는데 아직까지 섬을 찾는 관광객이 흔할 턱이 없었다.

"천촌댁넨 언제 온대?"

사내가 청년들을 향해 물었다.

"해름 지나서야 올 거시요! 그래야 물때를 맞추지라우. 그 댁네 아니믄 진작 가 부렀제, 하누바람 터진 지금까장 있겄소?"

청년들의 대답을 듣던 사내는,

"이 사람들 자알 구슬러 보씨오. 물섬 가는 이들잉께! 느덜, 같이 타고 안 갈 테여?"

라고 말하면서 나와 청년들을 번갈아 보았다.

"배삯은 톡톡히 낼게요!"

"아, 그럴 거 없고, 술이나 한잔 받아 주씨오! 기왕 가는 밴디……."

"정말 고맙소! 지금 마신 것까지 염려 마십쇼. 아저씨, 여기 깡통 더 주고 갈 때 몇 개 담아 주세요!"

가게 안에서 맥주 깡통을 비우는 사이에도 선박들의 기관 소리가 연기를 풀풀거리며 점점 항만을 메꾸었다. 불어 올 태풍 탓인지 벌써부터 입항하는 선박들이 그 수를 더했다.

태양이 검푸른 바다를 붉게 물들일 때서야 천촌댁은 봇짐을 머리에 이고 손에 든 가방은 질질 끌다시피 하면서 나타났다.

"참, 정종 두 병만 묶어 주실래요? 깜박 잊을 뻔했네요."

"정종이랍녀어? 놀러가는 것이 아닌 모양이오?"

모두 의아해하는 표정들이었다.

물섬으로 가는 배는 방파제 안쪽에 매달려 너울대고 있었다. 자동차 엔진을 장착한 전마선이었다.

"이짝에다 대어 두기를 잘했당께. 까딱 했으믄 중선들 틈새 끼여 빠져 나오덜 못했을 텐디."

뒤로 물러서는 항만에 가득 채워진 선박들의 돛대들은 노을에 타오르는 듯하여 눈이 부셨지만 잠시뿐이었다. 항만을 완전히 빠져 나오기도 전에 어둠은 바다를 덮어 왔다.

어느 새 물섬으로 향하는 바다에는 달빛이 줄을 그으며 너울거렸다. 달은 거의 채워져 있었다. 바람을 등지고 앉았지만 염기에 머리칼은 뻣뻣해지고 살갗은 끈적거렸다. 기관 소리는 바람에 풀풀거리며 달빛 속으로 흩어졌다. 바람은 점점 쌀쌀해져 몸을 웅크리게 만들었다.

기관을 다루는 청년이 물섬식료에서 사 온 맥주 깡통을 하나씩 나누었다.

"나는 송진 냄새 난시 이것은 못 묵겄드라! 낼이 벌써 백중이라 달이 참말로 곱다잉. 올해는 음력이 양력보다 한 달 늦지야? 이거 느그덜 묵으랑께!"

천촌댁은 앞에 놓여진 깡통을 디밀면서 말했다.

"형씨, 듭시다! 보기엔 코 앞 같어도 한 시간은 잡어야 되라우."

이들이 나를 알아볼 리 만무했다. 선대의 뼈가 묻힌 곳이지만 아버지가 일찍부터 객지 생활을 시작해 물섬에서 거주는 전혀 하지 않았으니까. 취학 이전에야 수없이 다녔던 기억이 떠오르지만 그후로는 고작 방학 때만이 가능했다. 그러다가 막내할아버지가 돌아가셨던 고등학교 3학년 여름 방학 때 들른 이후로는 이번이 처음인 셈이다.

　종가라 하지만 지키는 이는 막내할머니 혼자일 뿐이다. 종
손인 아버지는 물론이고 둘째 할아버지의 객지 생활로 막내
할아버지가 종가를 지킬 수밖에 없었다.

　연통을 빠져 나오기 무섭게 검누리를 만드는 연기에 갇힌
달은 유난히 물색으로 배가 불렀다. 열나흘 달은 천촌댁의
말마따나 고와 보이긴 해도 밤바다에서는 왠지 차갑게만 느
껴졌다. 배의 속도감만큼이나 바람은 고물 뒤쪽으로만 달아
났다. 전마선인 까닭인지 물결이 타락을 넘어 튕겨 달빛 속
에 반짝이며 흩어졌다.

　"오늘 새벽에 들온 상여는 아직꺼정 카만 있으끄나? 소문
에 동백나무 집안 것이라든디……."

　"소문은 그래도, 증말 그런다믄 그 집안이 어뜬 집안인디,
그렇코롬 카만 나뒀겠어? 무신 곡절이 있겠제!"

　청년들의 얘기를 듣는 순간 추위가 싹 가시었다.

　동백나무 집안이라면 물섬에서 우리 집안을 가리켜 부르는
말 아닌가. 막내할머니의 속달 전보가 께끄름했다. 물섬에서
동백나무가 있는 곳이라고는 섬 전체를 털어 종가 뒤안밖에
없었다. 입도조인 9대 조부가 가져와 심은 것인데 아직도 두
그루가 초록으로 버티며 종가를 지키고 있으리라.

　"고것이 믄 흰소리여어? 그 집안 상여가 아닌갑제. 인자 첨
듣는 야아그제만 이치에 안 맞는 소리 아니여!"

　밤바람을 피해 가져온 짐에 기대며 청년들의 얘기를 듣고
만 있던 천촌댁의 말이었다.

"맞어, 그 말이! 그 상여가 동백나무 집안 거라면 회관 앞 고샅에다 놔 뒀겄냔 말이여? 우리 올 때도 상여 따라온 사람들만 있는 걸 못 봤어?"

"그래도, 그 집안 노인장들이 동백나무 집으로 모태는 걸 내가 똑똑히 봤당께!"

이제 스물 남짓한 청년들은 기관 소리에 목청이 사그라질세라 더욱 큰소리로 입씨름을 했다.

"어이서 왔는지 몰라도, 배로 실어 왔는디 상여꽃들은 쌩쌩하더라잉? 돈푼 꽤나 있는갑제. 널만 들온 것은 여러 번 봤어도 상여로는 첨 아니여?"

막내할머니의 골통 사나운 일이 바로 청년들이 얘기한 상여와 무관하지 않을 거라는 예감이 들자 마음이 급해졌다.

배의 기관 소리에 귀가 따가울 정도였다. 소리의 되울림 탓이었다. 배는 벌써 물섬으로 들어가는 풍선 모양의 돛단여 사이를 지나고 있었다. 바다 가운데와는 달리 바람의 속도가 점점 느려졌다. 배가 물섬 중강으로 미끄러지듯 입항하자 기관 소리의 되울림은 더욱 크게 들려왔고 집들의 불빛은 장구 허리통 윤곽을 드러내며 반짝거렸다.

청년들에게 고맙다는 인사를 하고 선창에 먼저 내려서야 내가 밟아야 할 진정한 땅을 딛고 선 느낌이 들었다. 집에서 떠나올 때 망설였던 게 후회스러웠다. 기관 소리가 그치자 먹먹해졌던 귀가 뚫리고 온몸에 아늑함이 느껴졌다. 아버지가 고향에 와서 느끼는 감정이 바로 이런 것일까 하는 생각이 들었다. 축항을 따라 걷자 마을의 윤곽은 더욱 뚜렷해졌다. 배들을 매달아 놓은 밧줄에 걸려 몇 차례 넘어질 뻔했다. 그렇게 걷다가 나는 기이한 상여와 맞부닥치게 되었다. 마을 회관인 듯한 건물 앞에 상여가 놓여 있었고 그 앞에 상복 입은 몇 사람이 흐느끼는 광경이었다. 물론 청년들에게 들은 얘기가 있어서 먼발치서부터 관심을 가졌지만 그저 모깃불마냥 향이 타오를 뿐이었다.

그 앞을 지나 종가로 오르는 골목으로 들어섰다. 돌담 골목은 고즈넉해 밟히는 자갈 갈리는 소리에 몇 번이고 깜짝거리며 종가를 향했다. 입구 양켠의 오동나무는 여전히 넓은 이파리를 받치며 종가의 수문장처럼 서 있었다. 어릴 때처럼 손바닥으로 나무통을 탁탁 치면서 대문에 다다랐다. 개 짖는 소리가 커엉하고 하늘을 찢어 댔다.

마당 건너의 사랑채 뒤쪽으로 보이는 언덕 위의 당산숲이 웅크리고 있어 섬뜩했다. 밤에는 언제나 무서움을 느끼게 하던 당산의 검은 모습이었다.

안채 쪽에서는 머리수건을 한 여자들이 얼핏 보이는가 했는데 바로 두세 발 앞까지 달려와 으릉대는 건 토종개 한 마리였다.

"뉘시랍녀!"

안채에서 몇 발짝 마당 쪽으로 나와서 묻는 얼굴이 자세히 보이지 않았지만 막내할머니는 아니고 모르는 여자였다.

"할머닌, 안 계셔요?"

내 말이 채 끝나기도 전에 여자는 안채를 향하여,

"숙모님, 손님인디요!"

하고는 머리의 수건을 고쳐 매면서 부엌 쪽으로 가버렸다.

　나는 으릉대는 토종개를 한 발짝씩 뒷걸음치게 만들며 마당으로 들어섰다.

　"이 밤중에 무슨 손님이여? 거, 뉘시오?"

　"할메! 관철이여라우."

　"머, 관철이라고? 아이고 내 새끼, 우리 당주, 그래 이 밤에 어이서 오는 길이라냐? 어서 들온나. 저것들은 즈그 당주도 몰라 보고 손님이라니, 허기사 낯짝 뚜꺼운 손님들헌티 디어 놔서……."

　대청으로 올라서 막내할머니께 문안 인사를 올리고 나자, 아까 그 여자와 다른 두 명이 대청 앞마당에 서 있었다.

　"그란디, 왜 늬 애비가 안 왔다냐? 하도 복장이 터져 싼게 꼭 내 말대로 전보를 치락혔다. 어디 아랫면으로 들려오는 길이냐? 나는 낼이나 늬 애비가 들올 줄 알었는디…… 빈손이면 으짠다고 비싼 정종이여? 애빌 탁해서 챙기는 것은 각별허구나! 그래야 쓰제, 아암!"

　마루에는 나물이랑 생선 말려 놓은 채반들이 늘어져 있었는데 아주머니들은 그것들을 손보느라 분주했다.

　"그래, 늬 애비는 잘 있냐? 안 온 것 보니게 집에 읎는갑제? 낼이 백중인디 기양 넴기기 그래 노물 가지나 손보라 혔다. 어디 상 안 차려 놓는 달이 있어야제!"

　어머니도 그랬었다. 종가에 살지 않으면서도 최소한 한 달에 한 번인 제사를 두고서,

　"에고, 내 전생에 뭐 죄진 게 많어 갖고 종갓집 메느리 됐

을꼬!"

라면서 길다란 한숨을 내쉬는 경우가 많았다. 모든 제사는 종가에서 지낼 터이지만 어머니는 다른 친척들의 시선을 의식한 탓인지 제사에 더욱 신경을 썼다. 물론 그런 데에는 종가 며느리라는 마음도 있었겠지만 아버지의 영향이 절대적이었다.

"내 종가 못 지키고 객지에 사는 것도 말이 아닌데, 거기다가 제사까장 안 지낸다 해 봐? 세상 사람덜이 나를 으짜꼬 볼 거냐 말여? 더구나 우리 집안 어른덜 성깔에 나를 얼매나 비웃건냔 말이여?"

한편으로 체면치레라는 생각을 하면서 자랐지만 부모님들에게는 결코 그렇지만은 않은 어떤 절대적인 신앙 같은 것인지도 몰랐다.

"이 백중엔 다른 때와 틀려 임자 없는 혼들 모태서 상 차려 놓는 게 우리 내림인께, 늘 염두에 둬!"

비록 어렸을 때지만, 아버지는 나에게 제례 절차를 숙지시켰다. 그런 까닭에 나는 집에서 올리는 제사에 대해서 그 절차와 선대의 행적, 그리고 사망 원인까지도 소상하게 알 수 있었다.

"아부지! 물섬 큰집 할매가 제사는 다 지낸다든디, 우리 집서는 지낼 필요 없는 거 아녜요?"

"니가 아직 몰라서 그런디, 그분들 중에서도 젤 원통한 분이 계셔…… 철들믄 알게 된께 어른덜 하는 거 봐 두기나 잘혀! 저런 걸 종손이라고…… 쯧쯧."

말이 임자 없는 혼들이지 백중날의 제사는 어쩌면 제일 원통하다는 분을 위한 것처럼만 느껴졌다.

그 점은 내가 군입대를 앞두기 전까지 쉬이 이해되지 않았었다. 백중 때마다 내가 아버지께 들을 수 있었던 것은 구체성 없이 겉도는 얘기뿐이었다.

"인제 너도 엔간히 커서 말귀를 알어 묵을 것 같은께 허는 얘긴디, 우리 집안 생기고 젤 놈부끄런 일이었다! 형제간이 형제를 죽게 했었응께 말이다."

놀란 나는 반문의 감탄사마저 낼 수 없었다. 아버지의 표정은 마치 그 광경을 떠올리기라도 하는 듯 뭍에 올라온 고래처럼 괴로워하는 기색이 역력했다. 하지만 그 표정에서 더욱 성장하면 알게 될 테니 이쯤만 알라는 걸 읽어 내기란 그리 어렵지 않았었다. 어머니를 졸라서 백중에 올리는 제사의 제일 원통한 분에 대해서 물었지만 역시 아버지와 다를 바 없는 내용만 되풀이했었다.

"인공 때에 그 양반이 하도 앰허게 돌아가 놔서 제를 올려 드린 거이여. 그란디, 하도 앰허게 생귀신이 돼 놔서 집안 어른들이 지금도 그 얘길 못 허게 하는 것 아녀! 니도 모르는 척혀라. 늬 아부지 아시면 날베락 떨어진다아!"

매년 백중날 부모님의 마음을 사로잡는 제의 주인을 함평 아제라고 부른다는 것과 그의 죽음에 대해서 어렴풋이나마 알 수 있게 되었다. 다니던 공장을 그만두고 입대를 기다리면서 '대동보' 편찬 관계로 집안 어른들의 왕래가 잦을 무렵이었다.

"그래, 천번 만번 한 뱃속으로 나온 친성제가 아니고, 일가가 아니고, 설령 황소가 달구새끼 내려보는 맨치라 혀도, 사람의 가죽을 쓰고 그럴 수 없는 벱 아니여어?"

자손들의 명부를 작성해 온 어른들이 의견을 주고받을 때 곰방대를 내젓는 막내증조부의 역정이었다.

"녜예, 백번 지당하지랍녀! 입에도 담기 거시기한 그런 놈을 족보에 올린단 건 자손들 볼 낯짝을 없게 맨든 일잉께, 없는 셈 쳐얀다아 이 말씀 아니겠습니껴? 사실, 우리 집안이 그 일로 얼매나 맘고생 혔는가 암두 모를 거시구만요!"

그랬었다. 집안 어른들은 함평아제를 죽게 만든 장본인의 이름조차 입에 담기 꺼려했었다.

밑자리에 멈추었던 그림자가 시나브로 움직이기 시작할 무렵 산꿩은 울음을 그쳤고, 감산 일대에는 햇살만 내리꽂혔다.

8월의 태양 아래 익어 가는 차조밭은 마른 흙내 섞인 훅훅 찌는 듯한 열기를 뿜어 냈다. 차조 이삭은 제 몸조차 못 가누는 듯 달아오르는 지열 속으로 고개를 떨구었다. 바람 한 줄기 흐르지 않았다.

약간 비틀거리며 앞장 서 걷던 일그러진 얼굴의 주천이 걸음을 멈추었다. 주천의 윗눈썹에는 머리께에서 이마를 타고 흐른 땀방울이 맺혔다. 뒤따르던 인민군 무장 병사 둘이 잽싸게 주천과 나란히 서며 물었다.

"어딥메?"

힐끗 병사들을 흘겨본 주천은 땀을 훔친 손으로 차조밭 가운데를 말없이 가리켰다.

바람 한 점 없는 차조밭은 팽팽히 햇살만 내리쬐 보송보송한 차조 이삭의 까끄라기만 배이게 만들었다.

"틀림없지비?"

그때 바람 한 줄기가 그들 등뒤에서부터 불어 차조밭을 스치었다. 순간 차조 이삭들은 한낮인데도 거머번드르한 물이랑을 이루며 서걱댔다.

병사들이 차조대를 헤치면서 밭 가운데로 향하자 주천은 밭둑에 풀썩 주저앉고 말았다. 얼굴은 피멍이 들고 서로 다른 얼굴을 반쪽씩 붙여 놓은 듯이 일그러졌지만 눈은 물기를 머금어 야릇한 빛을 발하고 있었다.

허리께까지 차오른 차조대를 병사들이 총부리로 헤쳐 대며 나아갈 때마다 밭이랑에서는 푸석푸석 흙먼지가 일었다.

차조댓잎 서걱대는 소리에 이내 섞이고 말았지만 아침나절 보리개떡을 갖다 주던 주천의 발짝 소리가 아니었다.

입술은 흙 마냥 말라붙어 아무리 혀를 놀려도 축여지기는커녕 갈라진 틈이 쓰릴 뿐이었다. 눈을 감으면 온통 벌겋게 타오르는 듯한 하늘, 엎드리면 숨을 막히게 하는 마른 흙내에 모로 누울 수밖에 없었다.

법성포를 겨우 빠져 나와 백수와 염산, 그리고 손불을 거쳐 감산까지 꼬박 닷새가 걸렸다. 감산 뒷산에 쪼그려 앉아 주천의 집만 내려다보아도 한결 마음이 놓였었다. 하지만 법성포는 물론이고 영광 일대와 주천이 살고 있는 함평 감산까지

수배되어 있는 몸이었다.

그가 주천의 집으로 숨어들 때에 달은 잠깐 구름 뒤로 숨는 듯하더니 개 짖는 소리가 감산에 울리자 금세 환히 비추었다.

"에구, 성님! 우리 집도 벌써 여러 차례 댕겨갔당께라우. 법성서 이 감산까지 왔습디다! 초, 총을 들고라우. 성님은 악질 반동이람서 즉결 처분감이라덤만요."

"이 판국에 내가 어딜 갈 것인가? 여기서 당분간 나야겠네!"

"성니임! 첫 달구 홰만 치면 변한 세상인 줄 모르시오? 나도 아까 생각해 본께로 요로코롬 사는 기 아닙디다. 뭇난시 민허게 살았는가 모르겄어라우! 성님 여그선 안 된께 서숙밭으로 숨으실라요? 함평, 영광, 이 도랑서 성님 모른 사람 어딨겠소? 싸게 피하시씨요!"

사내는 어금니를 굳게 물었지만 어찌할 도리 없이 주천이 안내하는 감산 둔덕의 차조밭으로 이슬에 젖으면서 숨어들었다.

마치 투망질당한 물고기처럼 도망할 수 있는 반경은 점점 좁혀지며 숨을 막아 왔다.

차조밭 가운데쯤에 차조대가 쓰러지지 않게 조심스레 누웠다. 풀벌레 소리만 달빛처럼 차조대 사이사이에 비집고 들어왔다.

사내는 주천이 감산 둔덕에서 되돌아가며 하던 말을 되새겨 보았다.

"나사 못 배워 까막눈이제만, 성님이사 동경 유학까장 갔다 와 법성서 객주 함시로 창고를 고쳐 야간 중학도 맨들고 또 감산 요 도랑 땅뙈기가 전수 성님 것이나 다름없잖나요? 나사 전수가 우리 집안 것인 줄 알지만요, 사람들은 모두 성님 거이라고 생각헌단 말이요. 그랑께 여그서도 오래 있을 요량 마시씨요. 말 들어 보믄 성님 같은 인텔리들 난시 우리가 요 모양으로 산다더랑께요!"

어쩌다 풀벌레 소리가 끊길라치면 차조댓잎에 이슬 내려앉 는 소리까지 들리는 듯했다. 차조밭에는 달빛만 교교히 뿌려 져 적막감만 더했다.

물섬 어장과 법성포를 연결해 얻은 수익으로 함평 감산의 농지 구입에 투자해서 집안의 재산을 늘려 나갔다. 그 관리 인으로 물섬 집안에서 어렵게 생활하는 주천 남매를 감산으 로 이주시켰었다. 물론 집안 회의 끝에 결정된 일이었지만 주천은 감산과 법성포 사이를 오가며 사내를 도와 집안의 재 산 관리에 구슬땀을 흘렸었다.

사내는 주천의 애기를 떠올렸지만 신경이 쓰이는 건 발짝 소리였다. 금방이라도 질식할 것만 같다는 생각으로 한숨을 내쉬었다.

병사들은 비록 충혈돼 있었지만 이글거리는 눈빛으로 차조 대를 제쳐 대며 한발 한발 나아갔다.

분명 주천의 발짝 소리가 아니었다. 밭일 나온 아낙네들이 라면 도란거리는 소리가 수다스럽게 들릴 텐데, 발짝 소리는 마른 흙만큼이나 예민하게 점점 가까워졌다. 사내는 모로 누운 몸을 돌려 퍼실거리는 흙에 엎디었다. 마른 흙내에 숨이 막히며 등골에 맺힌 식은땀이 주르르 흘렀다. 발짝 소리가 멈추고 등 위로 햇살만 쏟아졌다. 차조 이삭의 까끄라기마저 숨을 죽였다.

─탕, 타앙.

총 소리는 오수에 졸고 있는 감산 일대를 울렸고, 에구 하는 비명을 지르며 벌떡 일어선 주천이 차조밭으로 비틀대며 뛰어들었다.

사내가 입은 옥양목 와이셔츠의 등을 흥건히 적시고 핏물은 그 위에 걸쳐진 차조댓잎을 타고 조르르 흘러내렸다. 엎드린 사내의 손에 움켜쥔 차조대가 뿌리째 뽑혀 부들거리다가 이내 맥없이 쓰러졌다.

"성니임!"

주천이 외치며 다다랐을 때에는 이랑의 마른 흙들이 와이셔츠처럼 검붉게 물들고 있었다.

병사들은 이마의 땀을 훔치며 밭 어귀에서 사방을 둘러보다가 주천에게 손짓을 했다.

"뭐가 그리 서러워 반동의 시체를 껴안고 우는기요? 주천 동무가 일찍 불었음 우리한테 당하진 않았을 것 아님메?"

"암, 어차피 총살깜이었소! 너무 상심 말고 머잖아 생길 좋은 일이나 기다리는 게 좋지 않캇소? 참, 시체는 저대로 두라우요! 대단한 교훈이 될끼니깐 말이요. 갑세!"

주천이 허둥지둥 병사들의 뒤를 쫓기 시작할 때, 화약 냄새는 벌써 차조댓잎 사이를 빠져 흩어졌다.

　그때 감산 솔밭에서 검정 치맛자락이 마을을 향해 잽싸게 날렸다.

　산꿩이 울었다.

　"내 정신 좀 봐라. 내 새끼 저녁 묵어야제?"

　막내할머니가 시켜 친척 아주머니가 밥상을 차려 왔다.

　"배 많이 고프지야? 많이 묵어라!"

　섬에 묻혀 사신 탓인지 막내할머니는 내가 밥을 한 숟가락씩 뜰 때마다, 한 가지씩 여러 가지를 물어 왔다. 그러다 보니 말대답이 반찬이었다. 밥상을 물리고 나서 막내할머니께 물어 보았다.

　"아까, 낯짝 두꺼운 손님들한테 데었다는 건 무슨 말씀이세요?"

　"막내할머니의 안색이 변했다.

　"그랑께 말이다. 그래서 늬 애비헌테 전보를 친 게여! 그렇잖여도 니헌테 말헐 참인디, 남 부끄런 일이라……."

　말끝을 흐리며 애써 마음을 진정시키려는 기색이 막내할머니의 얼굴에 역력했다.

　"글씨, 니는 잘 모를랑가 몰라도, 오늘 메도 실은 그 아제 난시 채려 놓는디, 속이 끓어도 엔간해 참제. 이날 이때끔 살었어도 그런 낯짝들은 첨이다! 니 오기 얼매 전에 이 문제로 집안 어른들이 모였다가 낼 다시 모이기로 하고 죄 돌아들 갔다!"

　막내할머니의 얘기에는 종가를 지키는 종주답게 시퍼런 서

슬이 번득였다. 간간이 당산숲 우는 소리가 마당에 내려앉은 달빛을 쓸어가 널따란 종가를 휑뎅그렁하게 만들었다.

"인공 때 함평서 돌아가셨닥 혀서 함평아제라 부르는, 우리 집안서 일정 때 젤 많이 공부헌 아제 말이다. 법성포서 야학도 세워 갖고 야들도 개르친 그 아제를 생귀신 되게 한 주천인가 하는 작자가 뒈져갖고 와서 선산에다 묻어 달란다. 그래 니 같으면 으짜겄냐? 지금도 그 일 생각허면 온몸이 으싹헌디, 처억허니 선산에 묻히겠다고…… 오죽혔으믄 늬 애비헌테 골통 사납다고 그랬겄냐? 그래도 돈은 벌었던지 꽃생여드라. 올라옴서 못 봤디야? 그리 됐어도 함평아제 시신도 안 모신 작자여어!"

순간, 나는 앉아 있는 대청마루가 출렁이는 듯한 착각에 빠졌다. 다시 갓멀미 증세가 나타난 것일까. 막내할머니의 애기에서 떠올릴 수 있는 광경과 마당에 내려앉는 달빛이 물결처럼 너울대 뒤섞여 들었다.

"먼발치로 지 누이 수진이가 안 봤으믄 우리덜은 함평아제가 그렇게 원통하게 생귀신 된 줄 몰랐을 거이다! 수진이헌 티도 입 막을라고 어찌께나 목을 조였으믄 감산서 이 물섬까장 내빼 왔었겄능가 생각혀 봐라! 시상에 성뻘 되는 이를 죽일 줄 뻔히 알고도 갈쳐 주는 사자가 어딨겄냐? 그렁께 아제 돌아가시고 나중엔 감산 땅덜 지가 가졌겄제! 아조 쏭악헌 놈이여어! 그러고 나서 성제간들허고 윤기 끊고 혼자 감산서 살다 뒈져서 끼대 온 거여."

내가 대청마루에 앉아 함평아제와 주천의 꽃상여를 떠올리고 있을 때, 막내할머니는 손수 사랑채 방 하나를 치우고 건너왔다.

"늬 애빈 올 때마다 사랑채 마다하고 안채서 잤었는데……
그만허게 종가 생각하는 사람 우리 집안에는 없어. 곤허게
뵌다, 건너가 잘래야? 잠 안 오믄 이따가 메 채려 논 거 와서
보든지 혀라."

잠에 쉬이 빠져들 수 없었다. 자리에 눕자마자 갓멀미가 싹
가시었다. 눕기만 하면 잠들 것만 같았는데.

날이 밝으면 산소만 둘러보고 돌아가기로 하자. 주천의 매
장 문제에 대해서는 뭐라고 나설 계제가 아닌 듯싶었다. 집
안 어른들이 어련히 알아서들 하겠는가 하는 생각 때문이었
다. 1주일 후에야 태풍이 온다지만 주의보가 언제 발효될는
지 알 수 없는 노릇이었다.

열린 문으로 보이는 안채 지붕 위로 뒷울의 동백나무 이파
리들이 달빛에 번들거렸다. 동백나무는 마치 막내할머니처럼
우뚝 종가를 지키고 있었다. 밤이 깊어지면서 늦게 귀항하는
선박들의 기관 소리가 요란하게 들려왔고 개들은 컹컹 짖어
댔다. 바로 마당에서 토종개 짖는 소리조차 아득하게만 느껴
졌다.

마당에서 들리는 어른들의 두런거리는 소리에 눈을 떴을
때에는 어느 새 방안 깊숙이 햇살로 가득 차 있었다.

"상 채릴 때 깨울라다가 너무 곤허게 자길래 안 깨웠다! 어
른들헌티 인사 드래야제? 그 쏭악한 인간 땜세 모두 모이셨
다."

사랑채에서 나오자마자 내가 일어나기를 기다렸던 것처럼 막내할머니는 마당을 가로질러 와 말했다.

집안 어른들은 대청에 앉아 정종을 한 순배씩 돌리고 있었다. 모두 한 마디씩 아버지는 왜 오지 않았느냐며 집안의 편안함을 물어 왔다.

"자알 되았그려. 우리 종손도 왔응께, 이 문제를 해결 보는 데 더 수월허졌구먼!"

한 분의 얘기를 뒤로 하면서 우물가로 갔다. 막내할머니는 수건을 가지고 내가 머리를 감고 세수를 마칠 때까지 서서 기다렸다.

"밤에 볼 때는 모르겄든디 아조 시컴허구나? 삐쩍 말라 갖고…… 인자 장개 가야제?"

"할매, 할아버지들 산소에 좀 다녀올게요!"

"오냐, 그래야제! 아침 묵고 댕겨 온나. 그럴 줄 알고 정종 한 병 넘겨 놨응께!"

내가 산소에 다녀왔을 때까지도 집안 어른들은 주천의 매장 문제로 언성을 높이고 있었다. 대청 곁 광 앞쪽으로 가서 즐비하게 늘어선, 선대로부터 업신을 모시며 내려오는 항아리에 기대섰다. 어릴 적에는 손도 닿지 않는 높이였는데 이제는 허리께를 살짝 웃도는 항아리들이다.

주천의 상주인 서른 중반의 사내가 그의 어머니와 함께 고개를 떨군 채 대청 앞에 서 있었다.

"선산에다 꼭 묻어 주라고! 아무리 내 땅이어도 객지에 뼈 묻히기는 징해. 내 죌 모른 바 아녀도, 고향 산천 못 가 보고 살았던 게 죽는 것만도 못 혔어. 아무리 죄를 졌어도, 나도 같은 자손이여! 돈이 얼매가 들드래도 나를 말이여, 물섬 선산에 묻히게 해 주라고!"

미망인은 흉내까지 내가며 주천의 유언을 말하면서 흐느꼈다. 막내증조부 앞에서 벌써 몇 차례나 똑같이 되풀이했던 모양이었다. 그러나 집안 어른들의 최종 회의 결과는 상여를 다시 함평으로 옮겨 가라는 냉담함뿐이었다.

대청 앞에 주저앉아 대성통곡하는 그녀를 아들이 부축해 일으켰다.

"저런, 예가 어디라고 감히 곡소리여어! 아무리 사십 년이 다 돼가제만 바로 엊그제 일 같은디…… 무신 낯짝으로 인자 와서 선산에 묻히겄다고? 망자헌테는 안됐제만 날짜 넘기지 말고 싸게 돌아가더라고! 오늘 넘기면 닷새가 넘는담서?"

막내증조부의 호령은 종가 뜨락에 내리는 햇살을 거두어 서늘한 기운이 감돌게 했다.

이때 한 어른이 서 있는 나의 눈치를 살피며 말했다.

"우리가 끝낼 일이제만 마침 종손도 왔고 허니, 어쩌믄 좋겄는가 말 좀 들어 보믄 어쩌겄소?"

"아, 무신 소리요? 아무리 종손이라제만 아직 장개도 안 든 앤디, 더군다나 자세한 내막도 모를 텐데, 뭇을 물어 보잔 소리여?"

또다른 어른의 애기가 끝나자마자, 이번에는 막내할머니가 말을 이었다.

"어른네들 말씀에 껴들기 거시기헌디, 저래 뵈도 우리 종손이 알 것은 다 알어요. 어저게 밤에 야그 다 했응께 말이오. 어디 한두 살 묵었소!"

막내할머니의 얘기에 괜찮은 듯싶던 갓멀미 증세가 다시 나타나 마당 건너 담장이 수평선처럼 너울댔다. 갓멀미도 갓 멀미지만 집안의 당면 문제가 더욱 머리를 지끈거리게 만들 었다.

아버지라면 이 일을 어떻게 처리하려 들었을까. 그건 어렵 게 생각하지 않아도 집안 어른들의 의견과 다를 바 없거나 어쩌면 망설일는지 모른다. 그렇다고 아버지가 우유부단한 성격의 소유자라는 게 아니라, 그 고래 같다는 성격도 이 매 장 문제에 대해서만큼은 망설이지 않을 수 없으리라. 더구나 족보에마저 그 이름을 싣지 않았던 주천의 매장 문제 아닌 가.

문제는 내가 집안 어른들의 의견에 무언가 한 마디 더하거 나 빼야 하는 것이다. 경솔한 판단일는지 몰라도 집안 어른 들이 내게 종손이란 이름으로 최종 결론을 미루는 것은 어떤 기대감 때문은 아닐까 하는 생각이 들었다. 가령, 내가 집안 어른들의 의견에 동조할 경우, 종손까지도 반대한다며 매장 을 절대 반대할 구실을 만드는 것 말이다. 한편으로 아무리 종손이라지만 어리게만 여기는 나의 의견이 매장을 바랄 경 우, 얼마나 설득력을 갖게 될 것인가 하는 점도 문제였다. 온 집안에서 가뜩이나 기대를 모았고 법성포와 함평 감산 일대 의 재산을 도맡아 관리하던 함평아제의 그러한 죽음은 집안 을 뿌리째 흔들어 놓고 말았었다. 짧다면 짧고 길다면 기나

긴 세월의 아직 용해되지 않은 앙금이었다. 하지만 이 상태로 얼마를 더 놔 두어야 하는가. 참담했다.

"저, 어르신네들 앞에서 외람됩니다만, 일단 매장을 해야지 않겠습니까? 언제까지 이대로여서는 안 된다고 생각합니다. 한 핏줄 타고난 자손인데 원수삼는다고 원수 되는 것도 아니잖습니까?"

"저런! 기껏 얘길 해 놓은께 매장시켜얀다고오?"

한 어른이 어이없다는 눈으로 나를 바라보면서 혀를 내둘렀다.

붉은 고추가 널려 있는 장독대 한켠에서 강아지들이 어미와 장난을 쳐 댔다.

"카만, 모르는 건 세 살 묵은 손자헌티도 배운다더니, 그 말이 안 맞는가? 우리가 그런 생각 안 헌 건 아니었제만……"

한 어른의 말이 채 끝나기도 전에 막내증조부가 연신 뻐끔대던 곰방대를 한 손에 탁탁 치면서 입을 열었다.

"아, 그만덜 두어! 매장을 허라구 해. 대신 선산은 안 되고, 공동산에 묻어야 혀! 고향에 묻힌 것맨도 그것이 어디냔 말이여?"

막내증조부의 말씀에 어른들 모두 뜻밖이라는 듯 고개를 내저었다. 순간, 수평선처럼 느껴지던 담장이 너울대기를 멈추었다.

상주 모자의 울음소리가 종가의 한가롭게 조는 듯한 마당을 깨웠다.

"참말로 우리가 무신 죄를 졌다고 그 소징헌 일로 이날 이 때까장 복장 터짐서 살었능가 모르겠소잉? 인자 백중에 메 채려 놓는 함평아제 대허기도 덜 죄스럽겄소야!"

막내할머니는 대청에 걸터앉아 마당을 바라보며 마치 혼잣 말처럼 말했다. 어떤 어른들은 씁쓸하게 입맛을 다시거나 연 신 담배만을 피워 대기도 했다.

그 사이 곰방대에 담배만 재우던 막내증조부가 다시 입을 열었다.

"그래도 우리 집안 죄인이니께, 월장(月葬)이여, 월장! 오 늘이 백중인께 밤이라도 훤훨 것이구먼!"

뒷울의 동백나무 이파리들이 바람에 파르르 소리가 종가의 넓은 마당을 스치었다.

"그라믄 만장도 못 들겄소잉?"

한 어른의 물음에 곰방대를 뻐끔거리던 막내증조부는,

"아, 이 물섬 월장에 무신 놈의 만장은 만장이여? 천번 만 번 죽을 죄진 놈은 죽어서 월장을 해야 살았을 때 업이 사라 진단 걸 몰라서 만장 타령이여?"

라면서 마치 상주 모자에게 들으라는 것인 양 호통을 쳤다.

순간 하늘을 올려다보았지만 눈이 부셨고 다시 어지럽기 시작했다. 끝없는 갓멀미 속으로 빠져드는 느낌만 햇살처럼 내리꽂혔다.

허옇게 중강에 비친 백중 달은 가득 차 있었지만 물결 따라 출렁댔다. 장구 모양의 물섬을 앞에서 보아 오른쪽 테 방향 으로 상여 소리는 고개를 넘고 있었다. 만장도 나부끼지 않고 그저 꽃상여만 마을에서 사 모은 상여꾼들 어깨에 실려 걸치적거리는 산길을 탔다. 상여꽃들이 파르르 뒤쪽으로 쏠리며 간간이 불어 대는 갯바람에 울어 댔다.

"허허, 얼굴도 모르는 양반 월장허긴 첨이네…… 월장 때 달이 내려 떠야 존 데로 간담서?"

"그러게 말여, 말로만 듣든 월장, 참말로 요상시럽구먼. 동백나무 집안이람서? 그란디 씨도 안 뵈네 그려……."

"아따, 이 사람아! 척 보믄 모르는가? 월장 때는 친자식 빼고는 친척들은 안 가는 뱁이여!"

"서럽게 가는 길 달궁질이나 잘해 주세!"

달궁질을 하다 말고 상여꾼들은 막걸리 사발을 돌리면서 한 마디씩 나누었다.

달이 물섬 위로 가까워졌을 때 상주 모자의 곡소리는 물섬 구석구석까지 달빛처럼 흐드러졌다.

얼마가 지났을까. 불길이 활짝 피어올라 중강에 벌건 물줄기를 만들어 만월을 가렸다. 노랑, 초록, 빨강, 파랑, 색색의 상여꽃들이 불에 사그라지며 달빛을 타고 치솟았다. 그것은 마치 물섬이 된 장구를 신명나게 쳐대며 마을 사람 모두가 죽어 월장된 주천의 저승길을 외롭지 않도록 놀아 주는 것처럼 중강에 반사돼 물섬을 밝혔다. 그 속에는 집안 어른들이나 막내할머니는 물론이고 아버지까지도 장구 장단에 맞춰서 덩실거리는 듯했다.

태워진 상여 재들은 치솟을 대로 치솟아 달빛을 가리다가 이내 바람에 날렸다. 그때마다 백중의 만월은 더욱 허옇게 물섬 가까이 내려앉았다.

불과 소금의 노래

바다 건너로부터 쳐들어온 눈발은 선박 몇 척 매달린 뒷개의 선창을 순식간에 점령해 버렸다.

눈발은 어둠이 내려 깔리는 갯벌, 물이 밀려 나가 버린 수로, 소형 선박 몇 척, 소금 야적장, 이내 도선 대합실과 딴섬집까지 뒷개의 모든 것을 덮어 가두었다.

딴섬집 옆으로 뎅강거리는 보안등을 허리에 매단 전신주만 눈발에 우뚝 맞섰다. 원뿔꼴로 비치는 보안등 불빛에 눈 덮인 딴섬집이 뒷개의 속살처럼 드러났다.

딴섬집의 문이 열리고 사내가 뛰쳐나와 보안등이 비추지 않는 전신주 곁에 덜덜거리면서 오줌을 누었다. 일을 마친 사내는 진저리치며 보안등 불빛 속에 피어 날리는 눈꽃들을 올려다보더니만 목을 움츠리며 잽싸게 술청으로 들어갔다.

"으, 추―. 눈발이 매서운데요. 인제야 겨울이 오는지……

시내서 빨리 들오길 잘했죠? 근데, 아저씬 아까부터 누굴 기다리세요?"

사내는 연탄 난로를 쬐고 있는 최 영감에게 말하면서 군용 점퍼에 붙은 눈가루를 털어 냈다.

"기두리긴 누굴 기두리것는가. 자넨, 여그 겨울을 첨 나 봐서 그런디, 요 뒷개선 도선 시간표 배뀌면 겨울이여."

"아무리 그래도, 첫눈이라고 눈가루 몇 개 날린 지가 바로 엊그젠데 이렇게 몰아칠까요?"

"자네가 잘 몰라서 그려. 금년 눈은 솔찮이 늦은 폭이여. 그 바람에 늦소금까장 혔는께, 우리가 재미 좀 본 거 아닌가? 딴 해 같었으면 눈에 길이 맥혀 사람 코빼기도 안 비칠 참이구먼……."

"이리 되면 낼 염부들이 안 나올지 맘에 걸리네요……."

"자네 참말로 낼 일판을 벌일 참인가? 거 무담시 소금에 목 건 염부들 홀리는 것 아녀? 종당엔, 자네만 다치게 되네잉! 모르제, 염부들 시방 넙죽넙죽 박 사장이 준 약 묵고 있는가도……."

최 영감은 사내가 안쓰럽다는 듯 쯧쯧거리며 불 쬐기를 그만두고, 탁자 위에 놓인 젓가락통을 하나씩 하나씩 몇 차례 흔들어 제자리에 놓으면서 술청 안을 한 바퀴 돌았다.

"오늘은 제가 할게요!"

사내는 최 영감을 말리며 주방으로 들어갔다.

"허, 오늘은 오늘은 해쌈서 맨날 뒤치닥거릴 해 번지면 내가 너무 거시기허제. 허구헌날 여그서 썩덜 말고, 머시냐 빤

듯한 직장 얻어 떠나라니께."

"제 걱정 마세요. 언제까지 소금밭 염부로만 살겠어요? 근데 아저씨, 염부들이 박 사장이 준 약 먹는단 건 무슨 얘기예요?"

설거지통에서 피어오른 수증기가 최 영감을 바라보며 의아해하는 사내의 표정을 가렸다. 최 영감은 고개를 가로젓더니 다시 불쬐기를 시작하며 말했다.

"아녀, 내 짐작이구먼. 자네 시내 나갔을 때 말이시, 박 사장이 찾어왔었다고…… 단단히 벼르고 온 것 같덤마! 근디, 쬐께 기두리다 가 번졌어."

딴섬집은 뒷개 선창의 몇 안 되는 술집 중에서 유독 간판을 내걸지 않고 있었다. 간판이 나붙지 않았어도 사람들은 딴섬집이라 불렀다. 탁자 넷을 가운데 두고 한켠에 주방, 그 뒤로 최 영감의 방이고, 가로질러 반대편 방은 사내가 거처했다.

"자넨, 요번 시한을 참말로 여그서 날건가?"

"예. 이번만이 아니라 앞으로 언제까지라고 장담할 수 있겠어요? 어쩌면 낼이라도 훌쩍 떠날지……."

"아니, 시방 머시라고 혔는가? 자네가 떠나 번진다고? 그라믄 건성으로 한 말이 아니라 진짜로 낼 염부들허고 일판내고 뜨것다아, 이 말이여?"

최 영감의 놀란 물음에도 아랑곳하지 않고 사내는 설거지를 마친 다음 탁자 위를 행주로 훔치고는 술청 바닥까지 쓸었다. 그러고 나서 쪼그려 앉아 양치질을 시작했다.

창문이 덜컹대며 싸그락거리는 눈들을 털어 냈다.

"아저씬 안 들어가세요?"

"지끔 몇 시나 되었간디 벌써 들어가? 눈이 와서 이러제 한 밤 될라믄 당아 멀었제…… 이런 날은 무담시 적적허구먼. 늙어질수록 무섬증이 더 생기는 게 이상치…… 몇 년 전만 혀도, 이러코롬 궂은 날에도 손님은 간간이 있었는디……."

"이런 날 도선 끊기면 그만 아녜요? 이 눈발에 반 시간에 한 대, 그것도 도선 시간표 맞춰 겨우 다니는 그 알량한 시내 뻐스도 끊겼을 텐데요. 그렇다고 일부러 자가용 몰고 여기까지 술 마시러 올 리는 만무하구요. 어쩌면 이 뒷개엔 지금 아저씨와 저밖에 없는지 몰라요."

"내 얘긴 그런 술손님이 아녀…… 그저 막연한 생각이제."

최 영감은 연탄 난로 위의 주전자에서 따른 물잔을 두 손으로 꼬옥 쥐고 후우 불어 대며 말했다.

말이 영감이지 칠순을 목전에 둔 나이임에도 불구하고 50대 말년쯤으로밖에 보이지 않았다. 그저 딴섬집에 드나드는 손님이나 뒷개 선창의 장사치들이 최 영감이라 불러 댔다.

양치질을 마친 사내는 마치 심심풀이라도 하듯 비누칠을 해 손을 씻기 시작했다.

출입문이 덜컹댔다. 그것은 바람이 흔들어 댄다 싶기에는 너무 강해 술청의 공기를 술렁이게 만들었다.

"인기척 아녀?"

사내를 향해 혼잣말처럼 내뱉는 최 영감의 눈빛이 반짝거렸다.

의아한 표정을 짓던 사내가 일어나서 문을 열었다. 그 틈에

눈발은 바람 소리와 함께 술청 안으로 들이닥쳤다. 문 밖에
는 머플러를 하여 얼굴이 작게 보이는 여자가 장갑 낀 손으
로 입을 호오거리며 서 있었다. 사내의 불그스레하던 낯빛이
하얗게 변했다. 그런 사내에게 여자는 싱긋 웃어 보이며 눈
발에 섞인 듯 술청 안으로 들어섰다.

"영희여어?"

손에 든 잔을 탁자 위에 놓으며 최 영감이 출입문께로 다가
섰다. 막 안으로 조심스레이 발을 들여놓는 여자를 보던 그
의 눈이 가늘어졌다. 그는 헛기침을 두어 번 하고는 난로 곁
으로 되돌아가 앉았다.

여자는 초조한 표정으로 최 영감과 사내를 번갈아 살폈다.

최 영감은 잔을 다시 들어 두 손으로 감쌌고, 사내는 군용
점퍼의 지퍼를 내렸다가 올리는 동작을 되풀이하면서 여자를
물끄러미 바라보았다.

여자는 장갑을 벗어 손을 호오 불어 대며, 최 영감과 사내
의 눈치를 살피다가 입을 열었다.

"막배를 놓쳤어요. 서둘렀는데 두 시간이나 늦었지 뭐예요.
내일 첫 배 탈 때까지만 신세 좀……."

사내는 여전히 지퍼만 만지작거렸다. 최 영감은 멀뚱멀뚱
여자를 건너다보며 고개를 가로저으며 말했다.

"여긴, 여관이 아니구먼! 그러고 아가씨가 잘 만헌 데도 못
된 술집이여, 술집! 싸게 나가더라고!"

최 영감은 자리에서 벌떡 일어나 여자 앞으로 다가서며 손
짓으로 출입문을 가리켰다. 그러더니 여자를 떠밀다시피 하

며 출입문을 열었다. 순간 들어온 찬공기는 술청 안의 분위기를 더욱 냉랭하게 만들어 버렸다. 여자는 장갑을 입으로 가져가며 거의 울상이었다. 여자를 밖으로 내보내고 그는 잠시 출입문에 등을 기댄 채 천장을 올려다보았다.

사내는 군용 점퍼의 깃을 세워 지퍼를 올려 채운 다음 주머니에 손을 깊숙이 넣고 술청 안을 어슬렁거렸다.

"내가 너무 야박했는가 모르겄네……."

"이 눈발 속에 어디서 왔을까요?"

"글쎄, 낸들 알것는가? 자넨, 저 아가씨 땜세 작년 겨울에 댕겨 간 그 여선상 생각 났것구먼? 근디 또 오줌은 안 마려운가?"

최 영감은 연탄 난로 가까이 앉으면서 사내에게 말했다.

출입문 안쪽으로 들어온 눈들이 녹는 걸 내려다보던 사내가 최 영감의 얘길 들으면서 피식 웃었다.

"아저씬 그 일을 아직까지 기억하고 계세요? 단, 하룻밤 묵고 갔을 뿐인데요……."

"어저께 등기 보내 온 사람 맞제? 이름까지 기억허구먼, 경진인가 그랬제? 시방도 앞에 앉어서 노랠 부르던 얼굴이 삼삼허네. 그러구, 자네 오줌 누러 댕긴 거 하구 말야."

최 영감의 이야기를 듣다가 붉어진 얼굴로 사내는 바다 쪽의 창문을 열었다가 재빨리 닫았지만, 그 틈에 들어온 눈발 섞인 바람은 술청에 찬기운만 더했다. 사내의 얼굴이 제 빛을 찾았다.

"영희가 누구예요? 아까, 그 아가씨 왔을 때 물었잖아요?"

"영희? 내가 영희라고 그랬던가? 아무래도 공동산 갈 때가
돼 부렀는가비여…… 쓰잘 데 없는 소릴 다 허게."

말을 마친 최 영감은 천장을 올려보다가 눈을 지그시 감았
다.

쉬이 눈보라는 그칠 것 같지 않았다. 보안등의 갓이 따그르
르 흔들렸다. 줄 이어진 손수레들은 소금 야적장의 철조망
가장자리에 여름날 그늘에 쉬는 노인들처럼 누워 있었다.

흐릿하던 도선 대합실의 불빛이 사라지고 이어 딴섬집의
불빛만 남긴 채 포구라는 이름의 다방, 슈퍼마켓마저 철제문
을 내렸다.

최 영감은 공중 화장실 벽 앞에서 바지춤을 끌렀다. 어둠
속에서도 벽에 세워진 오줌기둥은 선명했다. 일을 마친 최
영감이 보안등 밑에서 올려다본 하늘에는 눈발만 자꾸자꾸
영희의 웃음소리처럼 날려 댔다. 밭은기침을 두어 번 쿨럭이
고 나서 침을 뱉었다.

"정말 눈께나 쏄 모양이네. 오늘밤엔 자네랑 술이나 한잔
헐까? 이런 날 대처엔 술집도 잘 될 거시여잉?"

그는 술청 안으로 들어서며 담배 연기를 내뿜고 앉아 있는
사내에게 말했다. 최 영감이 들어오는 것을 본 사내는 얼른
담배를 바닥에 떨구어 신발 뒷축으로 비볐다.

"안주가 쬐께 남었는가 모르것네……"

그들은 별말없이 마주보며 술잔들을 비워 댔다. 그러다가
최 영감이 입을 열었다.

"낮에 박 사장 눈치가 심상찮덤마. 자네 온 뒤로 많이 수그

러 들었제만 옛날엔 염부들이 고개도 못 들었어. 고개가 머시여, 품삯이 늦어져도 쨱소리 한번 못 냈제!"

"그래서 낼 전부 모이자는 것 아녜요. 소금 출하만 되믄 밀린 노임 해결하겠다고 큰소리 땅땅 친 게 언젠데, 출하는 진작 끝나고 김장철 지난 지가 또 언제예요? 정, 안 되믄 쌓여 있는 소금가마 빼다가 가판이라도 해야죠. 막상 날짜가 낼로 닥치니 다급했던 모양이죠. 절 만나러 여길 다 오게 말예요?"

"아녀, 그 박 사장이 자네 말 들어 줄라고 온 게 아녔을 거시구먼…… 낌새가 안 좋더랑께!"

"낌새가요?"

사내의 반문에 어이없다는 표정을 지으며 최 영감은 천장만 물끄러미 쳐다보더니만, 이내 소줏잔을 비워 탁소리가 나게 탁자를 내리 찍으며 사내를 향해 입을 열었다.

"박 사장 허는 짓이 제멋대로 안 되면 공갈 때리는 게 다반사제. 근디, 염부들이 모태 갖고 자네 말대로 그런다치면, 박 사장 그 염부들 다시는 안 쓸 거시구먼. 그라믄 스무 명이 다 된 염부들헌테 딸린 식구들 생각혀 봐! 턱을 누구헌테 걸 것 냐고?"

"아니, 저도 염부들하고 뭘 때려부수자는 게 아니고, 박 사장하고 타협이 정 안 되면 실력 행사에 들어가겠다는 것인데……"

"그러니께 자네 생각을 내 모르는 거이 아니당께! 그거이 쬐께 무리 아니것냐아, 요 말이여…… 시방 내 말은 이래도

낼 꺾이면 안 되네잉! 어찌 보면 자넨, 꼿꼿하면서도 주저앉
을 때가 있어……."

최 영감의 애기를 듣고 있던 사내가 씨익 웃어 보였다.

"몰라, 박 사장 패들이 염부들 찾어 댕김서 기껏 약 먹여
놓고 자네헌테는 공갈 때릴려고 왔었는지 말이여? 근디, 여
까장 와갖고 왜 그냥 가 번졌는가 모르겄어? 카만 있을 리가
없는디 말이시……."

"전, 까딱 안 해요. 아무리 그래도 염부들하고 뭉쳐서 결판
을 낼 거예요. 차라리 마음 편하네요. 눈이 쌓이긴 했어도 아
마 해뜨기가 무섭게 염부들이 요 앞으로 나올 걸요. 한 명도
안 빠지고 말예요. 근데 저렇게 눈만 퍼붓으니…… 올라믄
왕창 내려 아무것도 못하게 대엿새 눈 속에 묻혀 버렸음 좋
겠어요."

"누가 젊은 사람 아니랄까 벼서? 그리 되면 우리는 사람 구
경도 못 혀."

간혹 눈덩이가 처마 밑으로 툭툭 소리를 내며 떨어졌다. 바
람에 공중 화장실의 문들이 여닫아지는 소리가 딴섬집까지
쾅쾅 들렸다.

"어이구 저 바람 소리, 안 무서워요? 겨울 되니까 이거, 뒷
개는 너무 황량해요."

"그래서 나 같은 늙은이나 여그에 쳐백혀, 눈석임 하는 것
맨치로 살아가는 거 아녀?"

바닷물이 밀려들기 시작하며 정박한 선박들을 들썩거리게
만들었다. 그때마다 갑판 위에 쌓인 눈들이 풀썩풀썩 떨어져

날렸다.

최 영감과 사내는 잠자코 술잔만 내려다보고 있었다. 바람은 딴섬집을 흔들어 댔고, 바닷쪽으로 난 창문에 눈이 부딪치며 싸르락거렸다.

"여긴 밤만 되면 왜 이리 적막한지 일 년 넘게 지냈지만 알 것 같으면서도 모르겠어요……."

"낮이라고 언제 별다르던가? 도선 타고 내리는 사람들, 소금밭이나 독구에서 일하는 염부와 목수들, 그리고 뱃사람말고 누가 더 있는가! 물러날 데 없는 사람들만 모였다가 밤되믄 집들로 돌아가는 걸 못 봤어? 그러다가 돈 좀 모됐다 싶으믄 떠나는데, 원래 기술 못 가진 사람들이라 떠나 봤자 어디 발붙이기가 그리 쉽남……."

애기를 잇지 못하고 최 영감은 자리에서 일어나 창 쪽으로 갔다. 그는 성에 낀 유리창에 손가락으로 몇 줄을 겹치게 그어 댔다. 그러고 나서 거길 통해 밖을 바라보았지만 시야를 채우는 어둠에 한숨만 내쉬며 돌아섰다.

"정말, 안 그치고 끝장 볼 양으로 계속 퍼붓는구먼…… 오늘은 내친김에 내 방에서 자더라고?"

최 영감은 술청 안을 둘러보며 사내에게 말했다.

"그럴까요? 전 벌써 술기운이 도는데요. 참, 낮에 들오면서 들었는데 이쪽에 대설 경보가 내렸대요! 눈이 엄청나게 올 모양이죠?"

"대설 경보?"

창문들 덜컹대는 소리가 어둠만큼이나 깊은 골을 만들며

술청을 흔들어 댔다.

불을 끄고 난 최 영감은 요 위에 앉아서 담배를 피웠다. 사내는 방에 들어서자마자 군용 점퍼만을 벗어 윗목에 던져 놓고는 자리에 누워 버렸다.

바닷물이 밀려들어 찰브락거리는 소리가 마치 최 영감과 사내의 발밑을 적시는 듯싶게 들렸고, 딴섬집 옆 전신주는 끊임없이 쉬잉 소리를 내며 눈발에 덮여지는 뒷개만 지켜보았다.

사내는 누워서 뒷개의 겨울 밤이 가져다 주는 적막감에 사로잡혔다. 지난 겨울에 그저 등산용 파카만을 걸치고 다녀갔던 경진이를 떠올렸다.

이미 혼기가 지나 버린 경진이를 생각할 때마다 죄스러웠다. 내가 일터를 옮길 때마다 한 번씩은 꼭 찾아 주었다. 어렸을 때 들어와 함께 자라게 되면서부터 혈육처럼 아끼며 보살폈고 또 그만큼 나를 따랐던 아이. 교육 대학을 졸업하고 강원도 벽지에서 교편을 잡으며, 도시보다는 벽지의 아이들을 가르치는 게 더 보람을 느낀다고 했었다. 경진이에 대한 나의 잘못은 거처를 옮기고 나서 연락을 해 버리고 마는 데 있었다. 앞으로 함께 살게 된다 할지라도 최저 생활 이상은 보장해 주기 어려울 것이다. 거대한 조직 속에 뛰어들어 스스로의 능력으로 경쟁하며 출퇴근하는 기쁨을 맛보면서 살아갈 수도 있겠지만, 그건 마치 환상처럼만 느껴졌다. 그렇다고 경진을 만년 노처녀 교사로만 벽지에 묻히게 할 수도 없는 노릇 아닌가. 문득 경진의 얼굴이 지워지고 입김을 내뿜으며 술청에 서 있던 아가씨 얼굴이 스치었다.

　사내가 그런 생각들로 뒤척일 때 사내 쪽으로 몸을 돌리며 최 영감이 말했다.

　"자네, 지끔 그 여선상 생각허고 있제? 등끼가 온 걸 본께 이번 겨울엔 안 올랑갑네…… 자네한테 댕겨가랬나? 한번 찾어가 보제 그런가?"

　"모든 게 막막하지만, 일에는 순서가 있잖아요? 낼 지나 보구요……."

　"낮에 박 사장은 자네 난시 오장이 뒤틀리는지 내년엔 염전 바닥 전수 껌정 타일로 깔아 번지고 염부들도 바꾼다던디, 뭣 난시 이 바닥서 썩을락혀? 서울로 올라가제! 잘은 몰라도, 그 여선상만 혀도 내 보기엔 자넬 좋아허는 모양이던디…… 안 그런가?"

　"그런 사이 아녜요. 아저씨가 잘 아시면서 그래요?"

　"내 짐작이제만 자넨 그 여선상 난시 여그까지 와 부렀제? 그렇잖으면 박 사장 말대로 틀림없이 노조 운동인가 뭔가 허다가 내뺴 왔던가?"

　최 영감은 다시 반듯하게 누웠다.

　바닷물이 밀려들어 축항에 부딪치는 소리와 딴섬 쪽 갈대 숲 스러지는 소리가 전선 스치는 바람에 실려 자꾸 자꾸만 딴섬집으로 파고들었다.

　"우리 영희도, 아까 그 아가씨 맨치로 떠돌랑가……."

　최 영감의 혼잣말에 사내는 깜짝 놀라며 벌떡 윗몸을 일으 켜 앉았다.

"아니, 영희라는 딸이 있었어요?"

최 영감은 양 손을 머리맡에 갖다 대며 한숨을 내쉬었다. 그것은 바깥에 몰아치는 눈보라만큼이나 방 안의 공기를 차갑게 만들었다.

"그래, 있었제. 고등학교 1학년 때 나가 버렸제만 말이여. 내가 지를 어떻게 키운 줄도 모르고…… 이제나저제나 기다려도 별수없구먼. 그런께 내가 이 뒷개 선창 바닥 떠나 시낸 따악 세 번 나가 봤제. 인공 터진 이듬해에 영횔 낳고는 지 에미가 없어져 번진 거야. 그때 지 에밀 찾으러 시낼 쏘아 댕겼고, 영희 나가 버린 통에 또 시낼 누벼 댕겨 봤었제. 그라고 세번째로는 자네도 알것제만 이쪽에 인공 다음으로 큰 일이 일어났었제! 그 언제 봄에 말이여, 바로 그 참에 시낼 나갔었어…… 그러고 나선 이 뒷개 바닥 한시도 떠나 본 적이 읎어. 암튼 영희 에미 행방불명되고 나서 인공 끝나자, 저 딴섬에서 배냇물도 안 마른 영횔 안고 나와 부렀제…… 인젠 중년이 다 됐을 거신디, 언제고 찾어올 거시구먼……."

최 영감은 자신도 모르게 주르르 흐르는 눈물을 훔쳐 냈다.

사내는 어둠 속에서 천장만 쳐다보다가 입을 열었다. 사내로서는 1년 이상을 함께 살면서도 몰랐는데 이제야 알게 된 사실이었다.

"아저씨, 괜히 가슴 아픈 얘기 제게 하시는 것 아녜요?"

어둠 속에서 사내는 고개를 수그렸다. 날이 밝고 나면 최 영감의 머리칼이 딴섬 갈대꽃처럼 희어져 버릴 것 같은 느낌이 들었다.

"아녀, 몇 년 전까지만 혀도 그 아가씨 같은 뜨내기들이 가끔 있어다고. 하룻밤일망정 내 있는 대로 대접을 했었제. 그래도 돌아가면 편지 한 장 없덤마. 오늘도 날이 궂길래 속으로만 기다렸는지 모르제. 이 늙은놈헌테 찾어올 사람이 누가 있것어? 그래도 그런 사람들이 반가웠제…… 아까 그 아가씬 잠자리나 찾았는지 모르것네잉?"

"그후 아주머니 소식은 영 못 들으셨어요?"

"그랬제, 울력 나갔다가 돌아온께 애 안고 누워 있을 여편네가 읎어져 뿐졌어. 딴섬엔 우리뱃에 안 사니께 누구 본 사람도 읎고…… 죽었으면 시체라도 찾았을 거신디…… 어디로 내빼 부렀는가……."

최 영감이 내쉰 한숨은 뒷개의 겨울 밤을 급습한 눈보라를 잠시 잠재우는 듯했다.

"다른 애들은 나이가 들면 찾어오던디, 영희는 소식조차 읎어. 내 눈에 흙 들어가기 전에 와얄 거신디……."

"언젠가 찾아오겠죠. 떡두꺼비 같은 외손자들 데리고 말입니다."

"시방 날 위로허는가? 그럴라쳤다면 진작 왔것제, 이 늙은놈 찾어봤자 짐만 될 거신디 찾어올라고? 그래도 명절 때가 젤 기두려져……."

최 영감은 명절 때면 도선을 타려는 사람들로 선창이 꽉 메워지는 걸 떠올렸다. 건너 섬을 떠나 객지 생활을 하는 귀성객들은 언제나 환해 보였다.

그 누구도 섬이나 뒷개 선창 바닥에서 뿌리를 내리려거나

머무르려 하지 않았다. 설령 머무른다 하여도 잠시뿐. 늙은
이나 젊어도 무능력한 사람들만 남아 떠도는 것처럼만 느껴
졌다.

최 영감은 그런 생각들을 하다가 사내에게 말했다.

"자네 딴섬이 어딘 줄 모르제?"

"아뇨. 저쪽 서부학교 뒤쪽 아녜요?"

"맞어. 지금이사 육지가 돼부렀제만, 딴섬서 여그까지 옷
벗어 머리에 묶고 휘어댕긴 한창 때도 있었제."

"딴섬에선 오래 살으셨어요?"

"그러진 않았어. 영희 에밀 데리고 인공 나던 해에 딴섬으
로 들어갔었제. 그놈의 인공이 옳었으면 이 팔자가 어찌 됐
을지 누가 알어…… 마누라가 어델 갔겠나, 에미가 있는데
딸이 삐딱했겠나? 오늘밤이 묘허게 되는구먼…… 자네허고
속살 비친 얘기까지 다 허게 말야."

최 영감은 덮고 있던 담요를 발길로 걷어제치며 한숨을 내
쉬었다.

어둠 속에서 사내는 최 영감의 얘기를 들으면서 엄지와 검
지 손톱을 짓이기만 되풀이했다.

"작년 시한에 그 정선아라리 참말로 기가 맥히게 부르데
잉! 으짜믄 고로코롬 허망허게 부를 수가…… 우리 영희가
나인 훨씬 더 묵었제만 그렇게 고울 거신디. 그 여선상은 지
금 어디 있당가?"

"강원도 골짜기에 있나 봐요. 절더러 겨울이라 쉬고 있을
텐데 서울서 만나자고 돈 좀 보냈더라구요."

"난 뭔 등긴가 했제. 그라믄 낼 올라갈 건가? 그러고 본께 낼은 가도 못 허것구먼. 염부들허고 박 사장 만나 담판 짓기로 혔는께 말이여."

"그런데 하필 무슨 눈이 이리 쏟아지는지, 낼 일이 꼬일려고 이러는지 모르겠네요……."

대답을 하며 사내는 자리에서 일어나 군용 점퍼를 걸치며 술청으로 나갔다. 밖에서 들리는 바람 소리에 술청은 마치 진공 상태인 것처럼 느껴졌다.

사내는 몇 차례 목을 움츠리더니 출입문을 열고 밖으로 나와 잽싸게 문을 닫았다. 여전히 눈보라는 거세어 사내의 취기를 싹 가시게 했다.

버스 정류장 쪽에서 웬 자동차 헤드라이트가 비치는가 싶더니 눈보라에 희미해졌다. 사내는 공중 화장실의 벽 앞에서 몇 번이고 주춤거리다가 방으로 돌아왔다.

"아직도 퍼붓는가?"

방에 들어서는 사내에게 최 영감이 물었다.

"발목까지 푹푹 빠지데요."

"한 사나흘 푸욱 묻히것구먼…… 이 정도로 눈이 몰아치고 나면 완전히 눈에 포위돼서 기가 막힌 풍경이것네. 근디 그거이 눈석임 할라치면 정말 가슴이 징허게 시려와잉! 낼 도선까장 못 댕기기 쉬울 거구먼. 그리 되믄 낼은 이 뒷개 바닥이 썰렁하것어. 안개보단 눈보라가 뱃길엔 훨씬 무서운 줄 자넨 모르제? 그나저나 경보건 주의보건 느닷없으니…… 이때 여러 생각 말고 그 선상한테나 댕겨오라니께!"

"별루 만나고 싶은 맘이 없어요. 하지만 딱하게도 전 세상에서 만날 수 있는 사람이라곤 경진이밖에 없어요. 경진이 역시 마찬가지겠지만요. 육이오가 끝나고 한참 뒤에도 세상은 어수선했던 모양인데, 전 군용 담요에 싸여 버려졌었다데요. 그렇게 고아원 신셀졌었거든요…… 그러다가 제가 국민학교 3학년 여름에 경진이가 들어와서 만나게 됐구요."

최 영감은 아무 말 없이 눈만 지그시 감았다.

"늘, 세상 산다는 게 껍질을 벗겨 버린 오이 씹는 맛이에요. 아저씨 얘기처럼 눈석임 같은 건지도 모르죠. 하지만 이젠 혼자 사는 데도 익숙해졌어요."

사내의 이야기에 최 영감은 말을 잇지 못하였다.

이 사람한테도 이런 일이 있었나. 나만 이 뒷개 바닥처럼 황량할 대로 황량한 마음으로 사는 줄 알았는데…… 정말 우리는 겨울에만 덜덜 떨어야 하는 갯벌 위에 서 있는 해태발인지도 모르겠다. 그래, 산다는 게 눈석임 같은 거지. 그건 겉으로야 모르지. 눈꽃은 멀쩡하게 있으니 말이여. 그게 속으로 녹아 내리는지 얼른 봐서 누가 알겠어.

최 영감은 그런 생각을 하다가 사내에게 말했다.

"그래두 그렇제, 앞날이 창창헌 사람이 여그서 썩을 생각이여? 나 같은 늙은이라먼 또 모르제. 그런다 혀도 이 뒷개는 떠나야 혀. 아무 연고도 없는 객지에서 더군다나 이 뒷개 바닥서는 안 돼. 자네 나이도 생각혀. 벌모레 금방 마흔 된다구. 그 나이 되믄 해묵고 살 거시 있다고 생각허는가?"

"……"

"자네도 살어봐서 알겠제만 더 이상 갈 데도 옰어 모여드는
데가 바로 이 뒷개여! 박 사장 같은 패들이 떠억허니 입 벌리
고 기두리고 말여……."

최 영감은 퍽이나 격하게 사내에게 말했다.

때로 피상적인 말들이야 나누었지만 그들이 함께 지낸 지 1
년이 넘도록 이런 이야기를 나누기는 처음이었다. 서로들 뒷
개만큼이나 황량하면서도 마음 한구석에는 불씨를 재워 둔
화로를 가지고 있었다.

"그래도, 전 여기에 머물면서 생각 좀 해 볼래요. 살다 보
면 언젠가 껍질 안 벗긴 오이도 맛볼 수 있잖겠어요? 산다는
게 꼭 눈석임처럼만 되는 건 아닐 테니깐요."

"모르는 소리 작작혀. 잘은 몰라도 여그서 썩게 되믄 앞날
이 훤언해. 물론 그렇잖은 사람도 더러 있었제만 그것도 천
신만고 끝에 그런 거여. 나도 칠십 가까이 이 모양으로 살고
있제만, 그래도 딸네미라도 기두리는 것 아녀? 외롬 덜 탈라
고 자네랑 같이 사는 줄 모르는가?"

사내는 어둠 속에서 몇 번인가 담배를 만지작거렸다. 불은
붙이지 않고 담배를 입에 물기도 했다.

내리는 눈이 창에 닿으며 사르락거렸다. 매섭게 불어 대던
하늬바람은 잠을 잤고, 눈발만 딴섬집이며 소금 야적장, 선
창에 묶여 너울대는 고기잡이 배 위에, 뒷개의 하늘을 가득
메우며 춤을 추었다.

"아저씨, 제가 아들 노릇 하며 살면 안 될까요?"

"실은…… 사실은 말여 오래 됐는디, 누가 서울서 확인은

못 했제만 틀림읎더라던데. 어디 술집서 봤다덤마…… 왜,
그 아가씨를 내밀었는지 인자 알겠는가? 자네가 시방 거처허
는 데가 영희가 쓰던 방이구먼…….”

　말을 마친 최 영감은 자리에서 일어나 머리맡에 두었던 담
배를 더듬거려 찾아 입에 물고 불을 붙였다. 담배를 한 모금
씩 빨아들일 때마다 방 안이 불그스레졌다가 다시 어두워지
곤 하였다. 그때마다 영희의 얼굴이 나타났다가 이내 사라지
며 최 영감의 눈을 가늘게 만들었다. 최 영감은 담배 연기 섞
인 긴 한숨을 내쉬었다. 그는 꽁초를 눌러 끄고 담요를 덮으
면서 사내에게 말했다.

　“바람이 자는가벼. 매양 오늘밤 같은 대설 경보나 아님 주
의보에 덜미 잽혀 산다면 누가 숨이나 쉬겠는가? 모르제, 인
생사 모두 머신가에 덜미 잽혀 사는 건지…… 바람이 자니께
한결 포근 안 헌가? 몇 시나 됐는가? 일찍 자세…… 벌써 잠
이 쏟아지는구먼.”

　“이제, 10시 반인데요…….”

　사내의 말이 채 끝나기도 전에 최 영감은 벌써 코를 골기
시작했다. 어둠 속에서 사내는 최 영감 홀로 안으로 삭이면
서 살아온 세월을 헤아려 보다가 심한 요의를 느꼈다.

　바로 그때였다.

　정류장에서 딴섬집으로 꺾어지는 골목에 멀리 승용차 한
대가 벌벌거리며 멈추었다. 헤드라이트 불빛은 뒷개의 하늘
을 길다랗게 가로질러 소금 야적장에 가 닿았고, 그 불빛 속
으로 눈송이들이 희끗희끗 춤을 추며 내렸다.

자는가 싶던 바람이 다시 불어 대기 시작했다. 풀풀거리던 눈은 금세 눈보라로 변해 백야의 뒷개를 다시 어둠에 묻히게 만들었다.

딴섬집의 출입문이 흔들릴 때마다 처마에서 눈들이 풀썩거리며 떨어졌다.

요의를 겨우 참으며 뒤척이던 사내는 바깥에서 들리는 문 두들기는 소리에, 점퍼를 걸치며 술청으로 나섰다.

출입문 밖에는 조금 전의 여자가 수로 따라 세워진 표지대처럼 서 있었다.

사내가 출입문을 열기 무섭게 찬공기와 함께 여자는 팔딱 술청 안으로 들어서는가 싶더니 잽싸게 사내의 팔을 잡아당겼다. 눈보라는 더욱 거세어 전신주에 스치는 바람 소리마저 울부짖게 만들었다.

"이제껏 여기저기 기웃거려 봤지만 누구 하나 코빼기도 안 비쳐요. 아까, 버스 정류장 쪽에서 자동차 소리가 들렸어요. 죄송하지만 절, 시내까지 나가게만 해주세요. 여기서 재워주진 않을 거잖아요? 여긴, 무서워요!"

출입문 앞에서 여자는 사내의 팔을 흔들어 대며 하소연했다.

그런 여자의 얼굴이 사내에게는 경진이처럼만 느껴졌다.

"근데, 지금 시내 나가는 차가 있겠어요?"

보안등이 비추는 사내의 난감해하는 표정을 살피면서 여자는 계속 말을 이었다.

"사실, 지금 정류장 쪽에 승용차가 한 대 시동을 걸어 놓고 있어요. 근데 남자가 둘이나 타고 있잖아요. 덥석 탔다가 엉뚱한 데로 가버리면 어떡해요? 그래도 남자랑 함께 타면 괜찮을 거 아녜요? 정, 싫으시다면 차 타는 곳까지만이라도 데려다 주세요. 무서워서 그래요. 누구에게 도움을 청할 수도 없잖아요? 정말 무서워요!"

여자의 울먹이는 듯한 부탁을 들으며 점퍼의 깃을 세우는 사내의 표정이 점점 굳어졌다. 마치 자신이 눈보라 속에 서 있는 딴섬집 곁의 전신주처럼 느껴졌다. 보안등 불빛 속에 춤추듯 달라붙는 눈들은 이내 여자의 머리께에 꽃으로 피어나기 시작했다. 여자의 얼굴이 눈발 속에서 경진의 얼굴과 뒤섞여 사내 가슴에 파고들었다.

"여기서 재워 드릴 순 없고, 그렇다고 시내까지 간다는 것도…… 또, 태워 준다는 보장도 없잖아요?"

"아녜요, 정류장까지만 가 봐요! 말을 잘하면 절 태워 줄 거예요. 일단 시내엘 나가면 전 어딘가로 들면 되고, 되돌아 들어오긴 수월찮겠어요?"

"좋아요, 가 보죠!"

눈발 속에서도 사내의 착잡한 표정과는 달리 곁으로 따라 걷는 여자의 얼굴엔 안도감이 돌았다.

대설 경보 속의 눈보라는 사내와 여자가 찍어 놓은 발자국들을 지우며 뒷개의 포위망을 좁혀 오기 시작했다. 날리는 눈발에 딴섬집 옆에 서 있는 보안등 불빛마저 희미해졌다.

도시는 마치 거대한 짐승처럼 눈에 덮여 웅크리고 있었다. 반질거리는 빙판 위를 이따금 차량들이 체인 소리만 요란하

게 지날 뿐이었다. 뒷개처럼 바람은 불어 대지 않고, 그저 함
박눈만이 펑펑 쏟아져 내리고 있었다.

아직 불빛들이 남아 반짝거리는 시내의 골목마다 젊은 층
들이 짝을 지어 채우고 있었다. 그 열기는 발목까지 잠기게
쌓인 눈들을 충분히 녹이고도 남았다.

"너무 취했어요!"

"뭘, 술 마시고 못 취한 게 바보지…… 너무 힘들어 하지
말라구. 아픔은 자신의 것만이 가장 심하게 느껴지는 법이
야. 세상에 사연 없고 아픔 없이 사는 사람 어딨어? 산다는
게 그런 거 아니겠어? 나 같은 사람이라도 이렇게 얘길 들어
주고 있잖아……."

"그런 소린, 난 어려워서 몰라요. 그렇게 술에 약한 남자가
무슨 큰일을 한다구…… 안 그래요?"

순간, 벽에 기대어 있던 사내의 거슴츠레하던 눈이 반짝거
렸다.

"지금 무슨 소릴 지껄이는 거야? 나아, 안 취했다구!"

"힘든 일 하는 것 같은 느낌이 들어서요. 그래도, 한잔 하
니까 몸이 풀리죠? 저 땜에 여까지 오시구…… 여기에 저랑
있는 걸 염부들이 알게 되면 어떻게 생각하겠어요? 아마, 새
벽쯤이면……."

기대어 있던 벽에서 사내는 방바닥에 주저앉으며 몸을 가
누지 못했다.

"가야 돼…… 난, 가야 된다구……."

사내의 입에서는 신음 섞인 혼잣말이 새어나왔다.

"이젠 너무 늦었다니깐요. 아까 봤잖아요? 뒷개까지 가는 길이 끊겼대잖아요. 푸욱 쉬구, 차분하게 날이 밝아 길 뚫리면 가세요. 어차피 틀린 일이에요…… 그리구, 혼자만 잘난 체 마시라구요. 누군 뱀도 없어 이러는 줄 아세요?"

여자는 사내를 추스려 자리에 눕히면서도 짜증 섞인 말을 내뱉었다. 그러고 나서 아무렇게나 누워 있는 사내를 안쓰러운 표정으로 내려다보다가 박 사장을 떠올리면서 피식 웃음을 흘렸다.

커튼창을 통한 설광은 한기처럼 스며들어 방안의 어둠을 가시게 만들었다.

어둠 속에서 사내 곁의 여자는 음영 짙은 모습 부분 부분을 눈 덮인 능선으로 드러내기 시작했다. 마치 명암 처리가 잘된 흑백 사진의 쌓인 눈처럼 선명해 손길 닿는 대로 그 자국이 남을 것만 같았다. 그 능선은 막 해가 솟아오를 때 눈꽃처럼 사내의 눈을 시리도록 부시게 만들었다.

사내는 짧은 신음을 흘렸다.

자꾸 자꾸만 경진의 얼굴과 최 영감, 그리고 염부들이 모여들 딴섬집 앞이 떠올랐다. 조금 누그러지는가 싶던 바람은 다시 선창에서 밀려 나가는 바닷물을 들끓게 만들었다. 썰물이라 등을 내보이기 시작한 갯벌과 바다는 온통 잿빛이었다. 딴섬집 앞으로는 자신과 여자의 발자국이 선명하게 찍혀 있었다.

사내는 그렇게 떠오르는 풍경들을 애써 외면하려 하지만 그것들은 이내 누워 있는 여자의 눈빛 속에서 이글거리며 타

올랐다. 차라리 딴섬집 앞으로 나 있는 자신과 여자의 발자
국을 눈발이 채워 주기를 갈망하는 사내의 이마에는 이슬 같
은 땀들이 수없이 방울지기 시작했다.
  사내는 벌써 그 순백의 능선 깊숙이, 자신을 아무런 흔적도
남기지 않게 녹여 버리려는 듯이 파묻고 있었다.

귀환불능점

현관으로 통하는 방문이 채 열리기도 전에 들이치는 칼바람은 이른 외출마저 주저하게 만들었다. 좀처럼 수그러들 기미를 보이지 않아, 벌써 겨울의 국부에라도 들앉은 듯 두어 시간 뭉긋댈 수밖에 없었다.

반지하 방을 빠져 나와 집 앞 공터에 섰을 때까지 바람은 햇살 속에서도 여전히 예리한 날을 세우고 있었다. 금방이라도 파카를 베어 들어 오리털들을 사방에 흩날려 버리기라도 할 기세였다. 강변 쪽으로 우뚝 선 화력 발전소 굴뚝은 파아란 바탕에 잿빛 연기만 풀어헤쳐 댔다.

─모뎀 다이얼링 실패입니다.
─접속을 끊는 중입니다. 잠시 기다려 주십시오.

통신은 여전히 불통이었고, 컴퓨터 앞에 앉아 있기에는 가슴만 조여 왔다. 약속도 약속이려니와 입금에 대한 확인을 떠올리면 춥다는 이유로 더 이상 방에서만 버틸 수 없었다.

"저, 휴가 중이에요. 오늘 또 병원에 가요……."

효전(曉塡)에게 무슨 일이 생긴 걸까. 수화기를 통해 들려오는 맥없는 듯한 목소리가 의아해하는 나의 속내를 더욱 부풀리며 가만 놔 두려 들지 않았다. 그 잔향만 내내 귓바퀴를 에워싸며 맴돌았다.

서민 아파트 옆으로 난 비탈길을 따라 내려갈 때 잿빛 연기는 떼지어 머리 위를 지났다. 바라보이는 3층 건물의 검게 칠한 지붕에서 희끗희끗한 부분이 햇살에 반사돼 반짝거렸다. 직장 가까운 이 동네로 월세방을 구해 이사를 왔을 때만 해도 아담한 신축 건물 지붕에는 효전의 머리칼 마냥 검은 윤기가 흐르고 있었다. 구름만 걷히면 비둘기들은 지붕에 소름 끼칠 정도로 떼몰려 앉아 어김없이 해바라기를 했다. 해바라기뿐만이 아니라 비바라기도 했다. 지난 여름 폭우 때 집으로 들어오는 길에 놀란 기억이 되살아났다. 비둘기 떼들이 지붕의 경사면에 좌우 열까지 맞추어 앉아, 빗줄기가 내리긋는 쪽으로 모두 머리를 향하고 있었다. 마치 무슨 의식이라도 치르는 듯한 광경이었다. 그러다 보니 자연 배설물들의 면적이 넓어지면서 오히려 흰색 칠한 지붕에 검정 이물질이 묻은 것처럼 착각될 정도였다. 머지않아 비둘기 떼들의 배설물로 인하여 지붕은 희부옇게 변하게 될 테고, 자줏빛 대리석으로 외양을 치장한 건물은 결국 그 우아한 때깔을 뽐내지 못할 거라는 예감이 들었다.

부쩍 비둘기 한 마리를 길들여 통신용으로 사용할 수 없을까 하는 엉뚱한 생각만 간절한 나날이었다.

횡단보도를 건너기 위해 신호등 앞에 서자, 바람은 기승을 부리며 매섭게 코끝을 자극해 왔다. 그늘져 더욱 춥게 느껴지는 이쪽과는 달리 건너편 인도에는 햇살이 쏟아져 환했다. 그런 풍경 속으로 효전의 보조개 패인 얼굴만 점멸등 되어 보이는가 싶으면 이내 사라지고 말았다. 무슨 일이 있는 걸까. 갑자기 만나자는 전화를, 그것도 두 번씩이나 걸어오다니.

꼭, 다음 주가 아니더라도 조만간 효전의 집에 찾아가 부모님께 인사를 드리기로 서로 약속했었다. 좀더 구체적으로 말하자면 서로 그런 약속을 실행할 디데이를 정하고 기다리던 지난 봄, 갑작스레 이카루스가 부도를 내면서 정리에 들어가 버리고 말았다. 도서출판 이카루스와 월간 이카루스, 그리고 소규모 광고 회사인 이카루스를 복합적으로 경영하는 이른바 종합 미디어였는데, 나는 이카루스 제1팀 소속이었다. 나중에 언론 보도를 통해 알았지만, 실질적 사장은 구정권에서 요직을 지냈는데 비자금 사건에 연루되어 세무 사찰은 물론이고 검찰의 수사까지 받는 도중이었다. 그런 와중에서 단행본과 월간지의 판매 부진을 핑계삼아 정리 기회를 놓치지 않았다.

"분명히 이카루스는 유지가 되는데 자진 폐업하는 속내를 모르겠더라구. 이 아엠푸 경기 속에 현상 유지가 어디라고…… 꼭, 그럴라면 급여와 퇴직금은 계산해야지, 졸지에 이게 무슨 꼴인 줄 모르겠어……."

"너무 그렇게 시무룩하지 마세요. 짤린 건 아니잖아요. 취업은 다시 하면 되구요…… 그러고 보니, 이카루스 날개가 진짜 녹아 버렸네요?"

위로의 말에도 불구하고, 효전이 업계의 실정을 속속들이 아는 터라 더욱 견디기 어려웠다. 사실, 광고업계는 물론이고 국내의 경제 상황은 IMF 구제 금융 이후 내내 바로 하루 앞을 가늠할 수 없을 만큼 악성적인 방향으로 내리닫고 있었다.

집 앞 공터의 가장자리에 띄엄띄엄 자생으로 피어난 나팔꽃이랑 봉숭아는 서둘러 씨방을 터뜨렸고, 그 실직의 나날 위로 여름만 지쳐 스러졌다. 쉬면서 머리도 식히고 재충전의 기회로 삼겠다며 비장할 정도의 각오를 했지만 시간이 흐를수록 그런 감정은 누그러들고 말았다.

"그렇게 자리잡기 어려워요? 아님, 신경을 안 쓰는 거예요?"

"효전아, 어떻게 하면 나를 지키며 살아갈 수 있을까? 하지만……."

"우리 집엘 가는 약속은 뒤로 미뤄도 괜찮아요…… 그렇게 눌러앉아만 있으니까 보기에 답답해요."

그후 두 달여 동안 효전과는 아예 전화 통화조차 나눌 수 없었다. 그러는 사이 나도 모르게 망가져 가고 있다는 걸 감지할 수 있었다. 그것은 사소하게도 외부에서 걸려오는 전화 연락의 빈도에서 드러났다. 사무실 데스크 앞에 앉아 있는 것처럼 잦게 울리던 벨소리의 빈도수가 날이 갈수록 서서히 줄어들었다. 아직 자리를 찾아 안착하지 못했고, 이카루스에서 나온 지 어느 새 10개월이 훌쩍 지나 버렸다.

회사를 나올 때 휴대폰도 반납한 나머지 방에서 쓰는 유선 전화기가 유일한 통신 수단이었다. 요즘 초등학생들도 휴대한다는 호출기조차 개설하지 않았다. 참, 반지하 월세방에서 산소처럼 여겨지는 컴퓨터 통신망이 있긴 하지만 불통이다. 신문 구독마저 끊어 버려 이제는 바깥세상의 뉴스와는 무관하게 뒹구는 편이었다. 말이 뒹구는 게지, 그것은 마치 산소가 떨어져 가는 고장난 잠수함 속에서의 몸부림과 다를 바 없었다.

효전의 미소 짓는 얼굴과 건너편 그늘진 인도를 따라 늘어선 업소마다 내건 돌출 간판들이 겹쳐지는 사이로 바람만 나부꼈다. 어느 새 은행이 입점해 있는 건물이 눈에 들어왔다. 건물 높이대로 새겨진 은행 로고가 선명해 보인 탓으로 가까워 보이지만 10여 분은 더 걸어야 다다를 수 있는 거리였다. 바람 탓에 걸음이 빨랐지만 라만차에서 박 차장을 만나기로 한 시간은 아직 멀었다. 두 번째 전화를 걸어온 효전에게는 아무런 약속이 없다고 했다. 그러면서도 박 차장과의 약속 시간보다는 30분 늦게 만나자고 했다. 행인들이 뜸한 인도와는 달리 차도 양 방향은 차량들로 빼곡이 거북이 운행을 하고 있었다.

업무 마감이 가까워지면 은행은 언제나 붐볐다. 현금 자동

인출기 앞으로 늘어선 고객들 뒤를 이어 기다리며 수나, 신세계M&B, 그리고 장묵(張默)의 안경을 떠올려 본다. 순간, 입금 확인이 두려워졌다. 막상 차례가 되자 망설임은 이내 가시어지고 만다. 현금 카드를 현금 자동 인출기에 넣고 잔액 확인 버튼을 눌렀다. 잔액은 예전 그대로이다. 이마에 진땀이 배었다. 내부 기온 탓만은 아닌 듯싶었다. 현금 카드를 다시 넣고 동작을 되풀이 시도해 본다. 나도 모르게 피식, 웃음이 나오고 말았다.

멋쩍은 표정을 지으며 은행을 나서기 직전 바라보이는 유리문 바깥은 바람 속에서도 따스하게만 느껴졌다. 아무래도 친구의 시집 출판 기념회가 열릴 고향에는 다녀오지 못할 것 같다는 예감이 들었다. 그 일이 아니더라도 한번 다녀오고 싶다는 마음이 간절한 나날이었다. 스스로 힘겨울 때 밤기차를 타고 찾는 그 항구의 새벽이 눈에 선했다. 다녀오려면 지금쯤 입금 확인 후 돈을 찾아 차표도 예매해 내일엔 떠나야 되는데……. 신용 카드 결재와 방세를 내야 되는 날짜까지 닥쳤다. 그것은 마치 반지하 방의 소모되는 산소처럼 숨을 가로막았다. 유리문 밖으로 집주인의 표독스럽게만 느껴지는 표정이 퉁겨 오르더니 비닐 봉지와 더불어 바람에 날려갔다.

그때 말했어야 되는데, 말하지 않았다. 차마, 말할 수 없었다. 그와 나, 그러니까 장묵과 나의 관계를 말이다. 마른장작이란 별명을 가진 그가 친구, 아니 과동기라고……. 물론, 회사 사정이 여의치 않다면 어찌할 도리가 없겠지만, 그래도 지급 대상이 나라고 하면 고려는 해 볼 것 아닌가. 가끔 쓴웃

음 지으며 떠올려 보기도 했지만 결코 만나고 싶은 얼굴은
아니었다.

수나의 깔깔대는 모습이 떠올랐다. 기획안 〈비전, 21세기〉
결재가 차일피일 늦어지자 수나를 만났었다. 매달 5일에 결
재되지 않으면 다음 달로 연기된다는 신세계M&B의 내부
규칙 때문에 결재일을 벌써 네 달째 넘기고 있었다.

"수나한테는 미안한데, 사장이 그렇게 미루니? 이번엔 꼭
되어야 하는데…… 너무 늦어지는 것 아냐, 이러다간 올해
넘기겠어."

"사장님, 요즘 부쩍 정신이 없으세요. 이일 저일 잔뜩 벌여
만 놓으셔 가지고…… 팀장님이 무척 딱하시나 봐요? 그런
말씀하시는 걸 보니 말예요."

"그래, 아무래도 요즘 내가 귀환불능점에 다다른 것만 같
애."

"귀환불능점이라뇨?"

"귀환불능점(Point Of No Return)이란 항공 용어가 있
어. 항공기가 활주로에서 가속받아 이륙해야 되는데, 그렇잖
으면 지금까지 받은 힘 때문에 어쩔 수 없이 사고를 낼 수밖
에 없는 지점을 두고 하는 말이야. 성공적인 비행을 위해서
는 무사히 통과해야 되는 포인트 아니겠어? 내가 지금 바로
그 지점에 서 있는 느낌이 들어……."

"팀장님은 심각한데, 전 자꾸만 웃음이 나오려고 해요!"

"웬, 웃음?"

"효전 언니, 요즘 안 만나시나 봐요? 잘은 모르지만, 뭔가

갈등이 심한 모양이던데요……."

그때 수나는 귀환불능점이란 말에서 어쩌면 나와 효전의 관계를 떠올렸는지 몰랐다. 학교 정문 앞 주차장으로 변해 버린 광장에서 몇 마리의 비둘기가 공원 쪽으로 날아갔다. 은행에서 밖으로 나와 햇살이 비치는 인도를 따라 내딛는 발걸음이 무겁게만 느껴졌다.

벌써 머플러를 두른 사람들이 눈에 띄었다. 대체로 학생인 듯싶은 행인들의 옷차림은 실제 풍속보다 훨씬 강한 바람이 불어 대는 듯한 착각마저 불러일으켰다. 호텔 건물이 시야에 들어왔고, 그 앞쪽에 위치한 이카루스 건물은 불과 몇 달 사이에 옥탑 광고마저 바뀌어 있었다. 비둘기로 여겨지는 새가 날아오르는 동작의 청색 테두리 속에 이카루스라고 써진 초대형 회사 로고를 그래픽 처리해 놓아 멀리서도 눈에 쉽게 띄었는데, 이제는 디지털 대형 화면으로 바뀌어 신문사에서 제공하는 자막 뉴스가 선명했다.

올라오는 행인들을 피하다 보니 나도 모르게 종종걸음을 치고 있었다. 바람은 새벽부터 불어 대 창문틀을 흔들었고, 그 떨리는 울음 속에서 지금의 처지를 곱씹으며 잠을 설친 기억이 더욱 찬기운만 느끼게 만들었다.

다시 수나의 깔깔대던 웃음이 차가운 공기를 뚫으며 내리꽂히는 햇살에 찔리고 만다. 함께 근무하던 때의 모습에서 변하지 않은 미소를 거둔 적이 없었다. 최소한 내게만은 그랬다. 그건 효전을 대할 때에도 마찬가지이리라는 생각이 들었다.

"딱히, 제게 신세진다는 부담은 갖지 마세요. 팀장님은 그리 생각하고도 남을 분이라고 여겨서 드리는 얘기예요."

지난번 〈비전, 21세기〉 기획안을 부탁해 올 때처럼 수나는 무척 조심스럽게 말했다. 생활을 걱정해 주는 수나의 안마음을 모르는 바 아니어서, 이번에도 못 이기는 척하고 〈밀레니엄〉을 프린트한 다음 만났다.

"이왕이면 담배까지 한 갑 사는 게 어때? 프린트 뽑느라고 돈 다 썼어. 이 정도면 프로급 백수처럼 보이니?"

화사하게 웃는 수나를 보면 마음이 편했다. 효전의 소개로 직장을 주선해 주었고, 지난번에는 이카루스에서 함께 일하기도 했었다.

효전은 대체 무슨 일로 병원에 간다는 걸까, 도무지 감이 잡히지 않았다. 바로 어제 있었던 일조차 까마득하게만 느껴지는 날의 연속이었다.

"가끔 대화방에 들어가도 응답이 없던데요. 메일, 여러 차례 띄웠어요. 라만차로 나오실래요? 기다릴게요. 내일이 생일이잖아요."

효전의 전화를 받고 가까운 거리이지만 택시를 타고 나갔다. 카페 라만차는 일요일임에도 학생들로 붐볐다. 효전은 여느 때와 마찬가지로 라만차의 가장자리 벽에 비스듬히 기댄 자세로 담배를 피우며 앉아 있었다.

"아직도 모뎀 안 고친 거예요? 지난번에 불통이라고 했으니까, 벌써 한 달이나 지났네요? 빨리 고치세요. 아님, 대화방엘 아예 안 들어오는 건가요?"

"기다려, 비둘기 한 마리 훈련시킬 때까지 말야."

"또, 비둘기 얘기…… 그러다간 비둘기 박사 되겠어요."

"왜, 비둘기들만 설치는지 모르겠어. 이제 비둘기들은 이 도시의 흉물에 지나지 않아. 인간들이 자신들의 허물을 덮으려는 심사로 끌어들였는데 결국 흉물이 되고 만 거라구."

"왜, 그렇게 비둘기들을 학대해요? 해조(害鳥)도 아닌데…… 비둘기들이야 집단 서식, 그러니까 시민 정신이 가장 투철한 새라는 생각은 안 해 보셨어요?"

"글쎄, 그런 시각도 있겠지. 하지만 비둘기를 방치하는 게 싫어. 그렇게 모이도 주고 하는 사람들 보면 어쩌면 자위 행위 아닌가 싶을 정도야. 아니면 일종의 보상 심리던가 말야. 더구나 비둘기가 평화의 상징이라니까, 마치 자신이 평화주의자로 보이도록 하는 것 아니겠어. 그 이면에 감추어진 마음은 그게 아닐 텐데, 그지?"

"비둘기가 어때서요? 제가 알기로는 비둘기는 암수가 평등하다던데요."

"겉보기와 속이 다른 것 같다고 못 느껴? 비둘기를 보고 있으면, 여러 군상들이 떠올라. 겉으론 인간들이 자신의 품위 유지에 얼마나 노력하는가에 대해 잘 알잖아? 그러면서도 너 죽고 나만 살자는 식으로, 나 이외는 모두 적이고 말야……."

"그게 조금은 솔직한 삶, 아녜요? 그만두고 일어나, 우리 영화 보러 가요!"

함께 점심을 나누고 영화 〈인터페이스〉를 보기 위해 개봉관을 찾았지만, 신문 광고대로 극장 앞 광장은 관객들로 발

디딜 틈조차 없을 정도였다. 매표소는 예매만 하고 있었다. 효전이 개봉 전부터 벼르던 영화 관람은 다음으로 미룰 수밖에 없었다. 그 대신 극장 앞에서 판매 중인 영화의 사운드트랙이 담긴 CD만 구입해 효전에게 건넸다.

"생일 선물로 보여 주려고 왔는데, 영화는 못 보고 시디만 한 장 받네요."

"그럼, 술이라도 한잔 사던지?"

"요즘도 혼자서 술 마셔요? 언제부턴가, 저 만나서 술 마시는 모습 보기 싫어졌어요. 점점 의지가 약해지나 보죠? 전, 일찍 들어가 봐야 해요."

밤에는 그 CD를 들으면서 전화를 하는지, 여름 내내 거리를 메꾸었던 음악들이 효전의 애기 뒷편에 깔리고 있었다.

"그랬었니? 어쩐지 이상하더라. 옛날에 유행했던 곡이 왜 그렇게 지하철 입구 길표 테이프를 파는 수레마다 흘러 나왔는지…… 맞아, 그러고 보니 〈인터페이스〉 포스터도 붙어 있었어."

"그럼, 〈인터페이스〉에 나온 음악인 줄 몰랐어요?"

"그렇다니까, 그런데 그 곡의 오리지널이 뭔 줄도 알까?"

"요샌, 아무리 길표라도 시디든 테이프든 제목들이 다 써있고 표지도 원판과 똑같애요. 그러니까 당연히 알죠. 여기 보면 그 오리지널 곡이 영화 속에도 따로 백뮤직으로 쓰였다니깐요. 근데, 협주곡은 정말 어려운 거예요?"

"그러니까 그걸 사랑에 비유했잖겠어? 바흐가 그 음악 만들 무렵에 아마 가장 행복한 나날을 지냈을걸. 음악에서 그런 게 느껴지지 않아?"

"전, 협주 파트너로는 어렵겠네요? 조화롭지 못하니까 말예요……."

이 밤이 지나면 생일이구나. 내가 이 세상에 태어난 날이다. 무슨 생각으로 무얼 하며 살아온 것인지 도무지 가닥 추림이 되지 않는다. 인간은 누구나 자신이 살아온 날들은 어려웠다라고 하겠지만, 그것도 어느 정도 이루어 놓은 것이 있을 때 가능한 얘기 아닐까. 지금 나는 그런 형편에도 편입되어 있지 않다. 어쩌면 남들이 훑고 지나가 버린 뒤를 따라가며 이삭이나마 제대로 줍고 있는 건지 모를 일이다. 단지, 내 살고 싶은 대로 마음껏 살아왔을 뿐이다. 조금은 힘든 부분이 없는 건 결코 아니었지만 말이다. 효전과 통화를 나누면서도 살아온 날들에서 반을 없었다치고 다시 시작해야 되는 시점일는지 모른다는 생각을 했다.

잠을 자기 위해 마시는 소주. 그것은 갑작스레 회사를 그만둔 뒤부터 일어난 현상이었는데, 이제는 하루를 마무리 짓는 일과처럼 되어 버렸다. 더불어 밤늦은 시간에 매양 되풀이되는 일이지만 음악을 들었다. 이사 때마다 옮기느라 애를 먹는 음반과 내버려도 누가 선뜻 가져가지 않을 것 같은 앰프와 턴테이블 덕을 톡톡히 보는 셈이다. 찬비 뿌려지는 초겨울 밤, 미샤 마이스키의 첼로 연주로 부르흐의 〈콜 니드라이〉를 듣다가 브람스의 〈이중 협주곡〉을 듣는다. 오이스트라흐의 바이올린과 로스트로포비치의 첼로 연주이다. 음반이 다 돌고, 이번에는 하이페츠의 바이올린과 피아티고르스키의 첼로 연주로 2악장 안단테만 되풀이 듣는다. 바이올린과 첼로의 흐느끼는 듯한 느낌 속에서 효전을 떠올렸다. 아, 이런 시간에 음악마저 들을 수 없다면 나는 어찌 되었을까. 어떤 모습으로 지금 이 시간을 죽이고 있을까. 떠올리기만 해도 끔찍했다.

수나로부터는 〈밀레니엄〉에 대한 연락이 없다. 아무런 기대하지 않고 수나의 재촉에 못 이겨 디밀었지만, 무슨 연락이 있어야 되는 시간 아닌가 싶었다. 효전으로부터도 마찬가지이다. 효전 생각을 하면 가슴이 미어지며, 온몸에 힘이 쭈욱 빠지는 듯한 느낌만 들었다.

컴퓨터 통신이 처음 두절된 날 밤에는 꼬박 뜬눈으로 지새우고 말았다. 연결선을 재접촉시켜 보고, 단자 확인도 했지만 이상 유무를 확인할 수 없었다. 처음엔 프로그램이 연산을 잘못한다는 창이 나타나며 중단되는 현상이 몇 번 발생했었다. 잠시 그러려니 했는데 이제 완전히 통하지 않는다는 것을 겨우 알아차릴 수 있었다. 걸려오는 전화 이외는 바깥 세상에 대해 알 도리가 없었다. 외출하여 돌아다니든 아니면 신문을 이것저것 사 와서 마음먹고 훑어보아야만 되었다.

이번에는 컴퓨터의 A 드라이브가 정상적인 작동을 하지 않는다. 이제는 디스켓마저 읽지 못한다. 아, 정말 통신용 비둘기라도 한 마리 있다면……. 남들이 우습게 여기거나 신기하게 보거나 신경 쓸 것 없이, 내 의지대로 유용하게 이용할 수 있을 거라는 생각이 들었다. 하지만 요즘에는 상당한 훈련을 시키지 않고는 그것마저 어려울 듯싶었다. 생태학적으로 비

둘기는 자신이 태어난 곳에서 멀리 날아가지 않고 그 주변을
맴돌며 일생을 보낸다고 한다. 그러고 보니 비둘기들이 훨훨
날아다니는 걸 본 기억이 그리 흔하지 않았다. 가끔씩 떼 몰
려 날아 자리를 옮기는 게 고작으로, 아파트 부근 공터나 건
물의 지붕 아니면 공원에서 한가한 나날을 지낼 따름이었다.
과연, 비둘기들의 장거리 날기는 언제쯤 시작될까.

결국, 컴퓨터 통신마저 두절되면서부터 나의 잦은 외출이
시작된 셈이었다. 외출에서 돌아오니 수나의 메시지가 기다
리고 있었다.

— 지난번에 받은 기획안 〈밀레니엄〉요, 채택이 안 되어 어
쩌죠? 죄송해요. 참, 요즘 효전 언니 어디 아픈 줄 모르세요?
엊그제 만났었는데 얼굴이 말이 아니던데요…….

수나가 〈밀레니엄〉이란 기획안을 들고 여기저기 족히 서너
군데는 기웃거렸을 거라는 생각에 미안한 감정만 울컥거려
왔다. 일의 성격상 수나 혼자만의 힘으로는 어려웠을 터였
다. 그럼에도 불구하고 당장 수나에게 아무런 연락도 취하고
싶지 않았다. 지금은 신세계 M&B로부터 입금이 더 중요하
다는 생각만 들었다.

그 즈음 만난 박 차장은 여느 때와는 달리 사뭇 심각한 표
정으로 앉아 있었다. 이카루스 부도 뒤 고등학교 동창회에서
나 회사로 찾아가던지 해서 몇 차례 만났지만, 라만차까지
와서 만나기는 처음이었다.

"웬일로 여기까지 떴어? 근무는 어떻게 하고?"

"부근 거래처에 들렀다가, 겸사겸사 연락했어. 이 카페가

너 오피스텔이라구? 요즘, 판매가 부진해, 정기 구독 할당량
이 작년의 무려 세 배야. 이러다간 환장하겠어. 어떻게 정기
구독 좀 시켜 주면 안 되겠어?"

그러면서 내미는 시사 주간지 표지에는 쩍쩍 금간 주먹만
한 크기의 서체로 'IMF 탈출 낙관 속 비관?' 이란 제목을 어
깨에 짊어진 채 무릎 꿇고 있는 일반 시민들이 일러스트로
처리되어 눈길을 끌었다.

"대그룹 빅딜이다 뭐다 해서 오늘도 모가지가 줄줄이 사탕
인 이 판에 아엠에프를 임프라고 읽는 사람도 있다더라. 그
냥반, 우리 같은 서민들이 원하는 게 뭔지 알기나 할까. 수많
은 사건 사고로 임기 내내 떡칠을 하는가 싶더니 끝내는 이
지경까지 만들어 버리고 자긴 아무 잘못 없고 할 일 했다고
버틴다니 말이 되냐?"

"이러다간 너와 나, 누구 할 것 없이 모두 백수 신세 면하
기 어렵겠어. 요샌 출근부터 겁나, 에이디디(ADD)증후군이
라나 뭐라나…… 그건 그렇고 너 일자리는 알아보고 있냐?"

그때 헤어지며 다음에 만나자고 한 게 바로 오늘이다. 라만
차에서 약속 시간은 아직도 충분했다.

외출에서 돌아와 방에 들어서면 기다리는 건 자동 응답기
의 깜박거리는 빨강 램프였다. 재빠르게 깜박거리는 연속 동
작의 횟수로 보아, 제법 많은 메시지가 기다리고 있었다. 방
안 공기를 환기시키고 전화기의 버튼을 누른 다음, 담배를
물고 불을 붙였다. 그 사이 감겼던 테이프가 작동하며 저장
된 메시지들을 뱉어 내기 시작한다.

― 다시 한 번 생각해 주세요. 선입견이야 있겠지만, 그게 중요한 건 아니잖아요. 플레이보이 버금가는 잡지를 우리가 한 번 만들어 보는 거예요. 집에만 계신다는 것도 부당한 거 아녜요? 아무튼 도와 주세요. 지난번에 말씀드린 대로 보직이나 급여는 염려 마시구요.

이제 광고계는 영영 떠나겠다던 이남형 이사로부터 전화. 몇 차례 통화 이후 사흘이 멀다하고 걸려 오는 똑같은 내용이 반복되는 전화였다.

― 나 정균이, 시집은 잘 받았어. 정말 내 맘에 쏘옥 들게 만들었네. 정말이야, 고생도 했는데 한번 안 댕겨갈 거여? 이번에 몇 명 모여서 조촐하게 출판 기념회를 갖기로 했거던, 한번 댕겨가야지 않겠어?

자비로 발간하는 시집을 출판사에 주선해 주고 잔일을 도맡아 주었던 친구로부터였다.

― 형이세요? 저 이번에 결혼식을 올리는데 오십사 하구요.

뜻밖에 조각하는 전유의 목소리였다. 그래, 결혼은 축복 받을 일이지. 그런데 후배의 결혼식에 초청을 받으면 묘한 감정이 일렁이는 건 무슨 까닭일까.

학교 이름을 붙인 지하철역 입구 주변은 여전히 붐볐다. 카드 할인과 무보증 급전 즉시대출이 인쇄된 카드를 손에 기어이 쥐어 주는 아주머니. 머리핀이며 목걸이, 귀걸이, 팔찌 등을 벌여 놓고 단돈 천 원이라고 외치는 사내. 그가 펼쳐 놓은 물건들 때문에 인도는 더욱 비좁았다.

매주 월요일이면 지하철역 지하상가에 자리한 대형 서점에서 비치해 놓은 광고계 전문 주간지인 타블로이드판 AD리서치를 찾아본다. 1면 하단 광고에는 그 대형 서점의 고무인이 찍혀 있는데, 어떤 주에는 아예 비치하지 않을 경우도 있었다. 그렇다고 판매를 하는 것도 아니어서 난감하기 짝이 없을 때도 있다. 광고계 소식은 물론이고 시시콜콜한 동정에서부터 리쿠르트까지 게재되는 터라, 읽는 잔재미가 쏠쏠하기 그지없는 편이었다. 그거라도 읽지 않으면 아무런 일도 손에 잡히질 않았다. 물론, 전화나 만나는 사람들을 통해서 여기저기 업체들 사정도 듣고 사람 찾는 곳도 알아볼 수 있었다. 그렇지만 아직 인맥으로 연결되는 경우가 많은데다가 쉬이 자리가 생기지 않는 요즘이고 보면, 차라리 리쿠르트를 통해 자리를 찾는 게 마음 편했다.

잽싸게 AD리서치 한 부를 접어 옆구리에 끼고 역구내를 빠져 나왔을 때, 아까의 아주머니가 붉은 글씨가 박힌 카드를 또 쥐어 준다. '급전'이란 활자만 확 눈에 띄었다. 그 색이 희망을 상징한다는 노랑으로 처리됐다면 어땠을까. 하지만 흰바탕에 노랑은 어울리지 않을 거라는 생각이 들었다. 어련히 알아서 색을 지정했겠나 싶었지만, 그래도 조잡하다는 느낌은 떨궈 버릴 수 없었다.

쥐어진 카드를 구깃거리며 걷다가 대형 유리창에서 왠지 타인으로만 여겨지는 나를 보았다. 파카 양쪽 주머니에 손을 넣은 내가 서 있다. 좀더 가까이 다가서려다가 발길을 옮기고 말았다. 내가 서 있는 유리창 저편에 앉아 바깥을 내다보며 햄버거를 탐욕스럽게 먹어 대는 여자아이와 그만 눈길이 마주치고 만 것이다.

라만차로 내려가는 계단을 내딛는 걸음은 부담감이 느껴지지 않았다. 몇 시간 그대로 앉아 있다가 물만 마시고 나와도 주인 내외는 아랑곳하지 않았고, 이 도시에서 외상 커피를 마실 수 있는 유일한 곳이기도 하다.

오픈부스의 공중 전화기 앞에 서자 할로겐 전등이 눈부시게 만들었다. 학교 부근에서 유일하게 테이블에 전화가 비치되지 않은 구식 카페이지만 서양 고전 음악을 종일토록 들려주며 적당한 시간 맞추어 서비스 커피까지 따라 주는 곳이다.

동전을 넣고 번호를 누르다가 말고 이내 수화기를 제자리에 놓아 버렸다. 테이블로 돌아오려고 몇 발짝 떼면서야, 부스 왼쪽에 라만차의 전화번호가 아크릴 팻말로 붙어 있다는 기억을 해냈다. 다시 공중 전화기 앞으로 다가선 다음 동전을 넣고, 수나의 호출기에 라만차의 번호를 입력시키고 돌아와 앉았다.

─4267 호출하신 분!

벌떡 일어서 아르바이트생이 들고 온 이동 전화기를 건네받았다.

"에지간 하면 삐삐나 휴대폰 하나 장만하세요오! 웬일이세요, 호출을 다 주시고? 아, 결재…… 죄송해요, 오늘 꼭 된다고 했었는데…… 조금만 참으세요. 내일엔 되지 않겠어요?."

내일이라 해도 장묵의 조카라는 경리가 제자리에서 움직이지 않으면 그만이다. 다시 한 달을 기다려야 한다. 지난번에도 전액이 아닌 일부 결재가 났다는 전화를 받고 은행엘 갔지만, 입금은 되어 있지 않았었다. 경리가 핸드백에 넣고 있다가 다음 날에야 입금을 시켰다는데, 그것도 은행 업무 마감 시간이 다 될 무렵이었다. 그런데 그것마저 자기앞 수표인 탓에 출금하지 못해 다음 날 오후까지 기다릴 수밖에 없지 않았는가.

그런저런 정황들을 그려 보면 당장 쫓아가 마른장작의 넥타이라도 움켜 쥐며 흔들어 버리고 싶었지만 나 혼자만의 감정일 뿐이었다. 더군다나 수나의 입장을 생각한다면 감정을 억누를 수밖에 없는 노릇이었다. 이런 통화로만 벌써 네 달째이니 중간에서 난감해할 수나의 어려워하는 표정만 그려졌다.

"팀장님, 이따가 뵐 수 있어요? 저녁식사 제가 사려구요……."

수화기는 벌써 카운터의 제자리에 놓여지고 있었다. 자리로 돌아와 수나에게 까닭 모를 미안감만 가시어지지 않았다. 식어 버린 커피를 한 모금 마시고 나서 담배를 꺼내 입에 물었지만 불은 붙이지 않았다. 아직 남아 있는 커피의 쓴맛을 녹이고 있을 때, 아르바이트생이 이동 전화기를 가져왔다. 약속한 박 차장으로부터 걸려 온 전화였다.

"갑자기 사람 만날 일이 생겼어. 아직 단정할 순 없는데, 네 자리 얘기가 될 것 같아 일단 먼저 만나서 얘길 들어 보려구. 이따가 집으로 전화할 테니 기다려라. 어찌될 줄 모르니 큰 기대는 하지 말고……."

"괜히, 윤기 너한테 신세지는 것 같구나……."

말꼬리를 흐릴 수밖에 없는 안마음만 아직 입안에 남아 있는 커피의 잔맛처럼 깔깔하게 느껴졌다. 인터넷 카페에만 학생들이 몰리는 게 아니다. 라만차는 늘 빈자리를 찾아보기 어려울 정도로 붐볐다.

박 차장과 통화를 끝내고 AD리서치를 펼쳤다. 1면부터 훑어보지만 마음은 조급히 리쿠르트란으로 쏠리고 있었다. 최근 들어서는 리쿠르트란에도 구인 기사는 점점 줄어들고 있는 추세였다. 여성 경력자를 찾거나 고작해야 초보자를 구하는 정도였다. 아무래도 여성의 감각이 뛰어나다고 판단하는 업계의 시각인지 알 수 없는 현상이었다.

이번에도 내가 해당되는 리쿠르트는 눈에 띄지 않았다. 그래도 윤기로부터 걸려온 전화에 실낱같은 기대를 느낀 탓인지 여느 때처럼 풀죽어 담배를 찾지는 않았다. AD리서치를 제호가 보이지 않게 접어서 맞은편 의자에 던져 놓았다. 서비스 커피를 한 잔 더 마실 때까지도 효전은 나타나지 않았다.

얼마를 더 기다렸을까. 학생들이 썰물처럼 빠져나가 홀 안의 공기가 가라앉아 조용해졌을 때, 효전은 몹시 불안해 보이는 거동으로 나타나 맞은편에 앉았다. 두툼히 감은 목도리조차 풀지 않은 채 눈을 지그시 감고 느릿하게 고개를 뒤로 젖혀 기대는 동작이 안타까웠다.

"춥지, 어디가 아픈데 그래?"

"신경 쓸 거 없어요! 술 안 마신 얼굴 오랜만에 보네요?"

"이거저거, 뭘 좀 알아보려구……."

"평소에 좀 그러지 그랬어요…… 아무래도, 제가 졌나 봐
요."

여느 때와는 달리 유자차를 시켜 마시고 집에 가서 쉬겠다
는 효전의 맥없는 어투와 동작에 거푸 담배만 피워 댈 수밖
에 없었다.

"많이 힘들어?"

"괜찮다니깐…… 미리 상의하지 못해 미안해요. 나, 지금
혼자, 병원에 갔다가 오는 길이에요……."

효전의 눈시울은 붉어져 있었다. 전혀 뜻밖이었지만 아무
런 말도 꺼낼 수 없었다. 약간은 부은 듯한 얼굴 위로 흘러내
린 머리칼을 바라보며 효전의 말들을 곱씹다가 이내 자리에
서 일어났다.

"이제, 나가는 거예요? 전, 택시 타고 혼자 갈 거예요
……."

바람만 나부끼는 거리에서 효전은 걸음조차 제대로 가누지
못하면서도, 나의 부축을 뿌리쳤다. 우리들 앞으로 멈춘 택
시의 문을 열어 주었지만 효전은 힘겨워하는 기색이 역력했
다. 평소와 달리 살짝 손바닥조차 내보이지 않는 효전을 태
운 택시는 재빠르게 차량들 틈으로 섞여 버렸다.

방을 향해 걸을 뿐인 돌아갈 길이 아득했고, 순간 두터운
파카 속으로 한기까지 스며드는 듯싶었다. 발걸음은 점점 무
거워지며 자꾸만 헛발질로 이어졌다. 그것은 사회에서 통용
되는 책임감 이전의 문제였다. 전혀 예상 밖의 한 구석이 모

래 무덤처럼 무너져 내렸다. 사하라나 고비사막 어디쯤에서 방향 가늠할 수 없는 속날개를 잘림당한 새마냥 퍼득거리는 듯했다.

학교 앞 상습 정체 구역인 횡단보도를 건너기 위해 신호등 앞에 섰을 때, 캠퍼스를 배경으로 교문이 눈에 들어왔다. 우뚝 선 교문 뒤편으로 총학생회장에 출마한 후보의 '당선되면 한총련을 탈퇴하겠습니다'라고 인쇄된 플래카드가 바람과 팽팽하게 맞서고 있었다. 신호등이 바뀌었지만 횡단보도에 멈추어 선 차량들은 움직일 기미조차 보이지 않았고, 그 사이로 학생들이 옆걸음쳐 건너기도 했다.

신호등이 다시 바뀔 때까지 캠퍼스 풍경과 행인들을 바라보며 우두커니 서 있다가 끝내 건너지 않았다. 그러다가 바로 곁에 자리한 어린이 놀이터에 지나지 않는 계단식 소공원으로 눈길이 갔다. 아직 푸르름을 지니고 있는 나무들도 있었지만, 거의가 잎들을 떨궈 버린 나머지 앙상할 정도로 맨가지만 드러내 보이며 바들거렸다.

지난 여름 주말 오후였다. 바로 공원 앞을 지날 때 우리를 노려보는 듯한 수없이 많은 눈빛과 맞닿은 적이 있었다. 그 눈빛들과 마주치는 순간 기절이라도 할 것 같은 마음을 겨우 진정시키며 지날 수밖에 없었다. 그때 함께 걷던 효전이 소스라치게 비명을 지르며 내 팔을 끌어당겨 안았다. 그것은 더위를 피해 그늘져 어두운 나무들 아래 쉬고 있는 비둘기 떼들의 눈빛들이었고, 조금씩 제자리에서 뒤뚱거리는 듯했다. 무언가를 쪼아대느라 목을 움직이는데 잘못 만들어진 거

대한 공룡이 호흡이라도 하는 듯, 마치 관객들에게 공포감을 조성하는 영화의 한 장면을 떠올리게 만들었다. 그 광경 앞에서는 어떻게 비둘기들이 평화를 상징하는 새가 되었는지 기억마저 어렴풋했다.

"저렇게 있으니까, 소름끼쳐요."

"비둘기가 얼마나 잔인한 줄 알아? 일단 싸움이 붙었다 하면 한쪽이 피투성이가 되거나 숨질 때까지 끝장을 보고야 만대."

"끔찍하네, 그래도 자기 이익을 위해서겠죠."

"그런 걸 의식조차 못하는 일종의 본능이야! 그런 미명하에 용서될 수 있는 부분은 결코 아냐. 물론, 우리 인간들이라구 다를 바 없겠지만……."

"그게 그거네 뭐, 비둘기가 무슨 사람이라도 된단 말이에요? 혹시, 그런 비둘기한테서 자신을 느끼는 거 아녜요?"

효전의 눈빛은 예전과 다르게 빛나는가 싶더니, 팔짱을 풀며 몇 발짝 떨어져 걷기 시작했다.

그 면에 있어서는 인간이 한 수 위일까. 그래도 인간에게는 인정이라는 게 있어 상황에 따라 싸움을 멈추기도 하지만, 비둘기들은 그렇지 않다는 게 새삼스러웠다. 평화가 떠오르는 게 아니라 섬뜩함만 느껴질 따름이었다. 잘못 만들어진 공룡 같은 이 도시에서 살아가는 사람들에게서 느껴지는 감추어진 섬뜩함과 다를 바 없었다. 그래, 이제는 섬뜩함이라 말하는 게 차라리 편하다. 이제라고 말은 했지만 마른장작 장묵의 안경 속의 눈빛에서도 그런 느낌을 받았던 적이 있었

다. 학우들의 이익을 위해 일하겠다면서 늘 바빴지만, 한쪽
에서는 녀석을 가리켜 학내 프락치라고까지 몰고 나서기도
했었다. 녀석은 이미 그 해 여름을 지나 오면서 완전히 변하
고 말았다. 그 나이에 과다할 정도의 자본으로 회사를 경영
하면서도 동기들은 아예 만나 주지도 않는다는 소문이 무성
할 즈음 녀석을 만난 적이 있었다.

"내가 겁대가리 없게 보인다 해도, 내 탓이 아냐. 사회가
이런 나를 필요로 한 거라구. 그래서 이빨 앙다물고 혼자 이
정도라도 큰 거라구."

"변하는 게 당연하지…… 바쁘게 사업하는 게 보기에 좋은
데!"

"그래? 넌 변치 않고 세상을 그렇게 보는 따스함을 갖고 있
구나…… 물론, 나라구 그런 가슴이 없는 건 아냐……."

"나야 그쪽 사정 잘은 모르지만, 정파가 다른 사람들의 자
서전을 그렇게 마구잡이식으로 찍어도 괜찮을까? 더군다나
너의 매체 이슈도 있을 텐데……."

"넌, 그래서 틀린 거야! 이쪽저쪽 가리면 뭐가 나은데? 순
발력 발휘해 양다리를 걸치든, 이용을 하든…… 별소리 다
들어가며 얼마나 힘들여 여기까지 왔는데, 그렇잖으면 내가
멕혀들 것 같애?"

몇 잔 마시지 않은 것 같은데 녀석은 취한 듯싶었다. 그래,
나는 틀려먹은 놈이다. 그 자리에서 얼마나 뇌까렸던가. 한
학우가 고문 치사당하고, 학생 시위에는 넥타이 부대로 일컫
어지는 직장인들까지 최루탄과 진땀에 뒤범벅이 되었던 그

해 여름이 안마음 깊숙이에서 울컥 솟아올랐다.

"장작, 이거 하나 물어 보자. 지나간 일이고 십 년이 금세 지났으니까, 솔직하게 대답만 하면 돼! 그때 내가 신림동 하숙집 옆집에 숨어 있다고 불어 버린 게 바로 너였지?"

흠칫하던 장묵은 아무런 대답 없이 흐트러짐을 애써 바로 잡았는데, 비아냥거리는 듯한 표정 속에 눈빛만 반짝거렸다. 순간, 언젠가 학생 시절 느낀 바와는 또다른 형태의 섬뜩함이 느껴졌다. 단둘이 있는 자리에서 내게만큼은 털어 놓아도 괜찮을 거라고 여겼는데, 결국 진실은 들을 수 없었고 야비하다는 생각만 엉켜들었다. 그 해 여름의 벽이 다시 에워싸는 듯한 느낌을 애써 털어 내며 자리에서 일어서고 말았다.

그게 녀석과 마지막 만남이었다. 그후로도 동업종의 회사만 이름만 다르게 늘려 간다는 소식은 여전했다. 그런데 수나가 이카루스 부도 뒤 옮겨 간 곳이 바로 녀석이 운영하는 신세계 M&B였다.

학교 앞 횡단보도를 건너서, 이번에는 공원 쪽을 바라보며 걷기 시작했다. 쏟아지는 햇살 탓인지 공원의 나목들이 더욱 앙상하게 보였고, 바람만 스쳐 지나게 만들었다. 나목들은 봄이 되면 새잎으로 치장을 하겠지만, 비둘기들은 계속 양지바른 곳에 모여 모이만 쪼아댈까. 굳이 멀리 날아 먹이를 구할 필요가 없어져 버린 걸까. 모를 일이다.

문득, 귀환불능점이 떠올랐다. 언젠가 효전의 말대로 내가 비둘기들마냥 이미 그 지점에 다다른 것 아닐까 하는 생각이 들었을 때, 마른 채 바람에 휩쓸리던 나뭇잎들이 발목에 휘감겨 들었다. 어떤 생명이었을까, 주입이 차단된 산소로 남아 효전의 보조개 팬 볼 속에 새근거리는 듯했다. 고개를 가로저었다. 그때마다 헛발질로 이어졌다.

붉은 벽돌로 마치 요새처럼 세워져 버티고 있는 선교를 목적으로 하는 방송국 앞 인도에는 은행잎들만 바람에 휩쓸려 샛노랗게 몰리고 있었다. 방송국 앞을 지나 교차로에서부터 차량들은 속력을 높여 지났다. 그때서야 바람이 차갑다는 걸 새삼스럽게 느끼면서 빨강 신호가 걸린 횡단보도 앞에 섰다. 6차선 도로에는 인근 화력 발전소에서 뿜어 대는 연기의 속도까지 그림자 되어 그려지고 있었다.

"조금만 참으면서, 이륙만 생각하세요!"

수나의 목소리가 바람 스치는 소리에 섞여 귓전을 울려 왔다.

아파트 입구를 지나 막 비탈길에 접어들 때, 기우는 햇살을 반사하는 빛 사이로 비둘기 떼들이 마침내 약동의 비상을 하고 있었다. 그 속도만큼이나 아이들은 비둘기들을 우러르며 좇는가 싶더니, 이내 햇살 속으로 환성과 함께 뿔뿔이 흩어져 갔다.

변주

모자이크에서 조상(彫像)으로

두 번째에야 수화기가 제대로 놓여지는가 싶었다. 짧은 경련만 아직 가시지 않아 손끝마디까지 파르르 전해진다.

유리창 바깥 면으로 가을비가 성깃성깃 엉겨붙고 있었다. 그 성긴 자국마다에 찬실의 모습이 모자이크되어 창 전체를 메꾸기 시작했다.

띄엄띄엄 울먹거리는 찬실의 목소리에서 느낀 참으로 묘하다는 감정은, 마치 할머니께서 돌아가셨다는 연락을 받았을 때처럼 온몸을 진저리치게 만들었다. 찬실이가 직접 전화를 한 걸로 미루어 크게 다치진 않은 모양이라는 안도감이 들면서도 수화기마저 제자리에 놓을 수 없을 정도로 온몸이 떨렸다.

늦잠에서 깨어나 학교에 나올 준비를 서두를 때였다. 심한 현기증과 온몸에 힘이 쭈욱 빠져 버리는 듯한 느낌이 드는 순간 작업실 바닥에 엎드려 있을 수밖에 없었다.

밤샘으로 무리하지 않았나 하는 생각이 들었지만 꼭 그런 이유만은 아닌 듯싶었다. 어쩌면 내가 그런 상황에 처해 있을 때, 찬실에게 교통 사고가 일어났을는지 모른다는 턱없이 묘한 감정만 자꾸자꾸 빗줄기처럼 엉겨들었다.

당장 찬실이가 누워 있을 병실로 달려가고 싶지만 마음뿐이다. 작품 제작에 따른 관계자들을 방문하기로 시간이 짜여 있어 어찌할 도리가 없다. 오늘따라 현 교수님이 늦겠다는 연락이었고 종하마저 아직 나타나지 않아 꼼짝할 수 없는 처지이다. 특별한 상황으로 연기되지 않는 이상, 현 교수님을 모시고 단체 사무실까지 가서 관계자들에게 작품 브리핑을 해야 한다. 두어 달 전에 브리핑 연기가 한 차례 있었지만 지금 그런 경우를 바라는 건 나의 희망 사항에 지나지 않을 뿐이다. 그 브리핑 자료에 대한 최종 점검을 하느라 새벽까지 꼬박 뜬눈으로 그것들과 씨름해야만 했다.

"차안후? 나, 취했다아! 우습지이? 낼이라도 한번 만났음 좋겠어. 너무 갑갑해 전화했어. 끊을래……."

자정 가까운 시간에 작업실로 걸려온 찬실의 전화였다. 매양 그렇게 맥없는 투였지만 취했다는 애기는 담배를 거푸 세 개비나 태우며 통화 내용을 되새기게 만들었다.

이번 〈통일염원상〉 제작은 K 재벌 총수가 후원하는 민간 단체의 공모에 의한 것인데 여론의 플래시까지 쏟아져 여간 마음 쓰이는 게 아니었다. 여느 때와는 다르게 현 교수님의 작품에 대한 열의는 나와 종하의 의견까지도 참고할 정도였다.

찬실의 모습이 모자이크되는 듯한 유리창에 그어지는 빗줄기를 바라보며 그런 생각에 잠겨 있던 나는 전화 착신음에 깜짝 놀랐다.

— 오늘 왜 이러지…….

종하의 사촌으로부터 걸려온 전화를 끊으면서 나는 투덜댈 수밖에 없었다. 시계는 기껏 멈춰 있다가 내가 들여다볼 때서야 슬그머니 움직이는 듯싶었다.

점심시간이 지나서야 현 교수님은 문을 밀치고 들어섰다.

"준비는 됐는가? 수고 많았을 텐데, 어쩌지? 지금 관계자들 만나고 들오는 길인데, 오늘 브리핑 다음 주로 연기한다네! 그 양반들 이런 날엔 도통 움직이려고 하질 않아. 근데, 안색이 왜 그런가?"

"종하가 교통 사고로 입원했답니다!"

"저런, 어쩌다가? 많이 다친 건 아니구?"

"교수님, 저 좀 나가 봐야겠습니다!"

"그래? 이젠 본격적으로 작업 들어가얄 텐데, 하필…… 그리구 이왕에 연기된 거니까 1주일 동안 브리핑 자료 철저하게 재검토해 보게. 이번엔 통과될 수 있게 말야. 그 양반들 걸핏하면 트집이니…… 참, 문병을 가 봐야잖겠나?"

"예. 지금 가 보려구요?"

나는 학교를 빠져 나오면서야 찬실과 종하가 입원해 있는 곳이 같은 병원이라는 사실을 알아차렸다. 찬실은 전동차를 이용하고 종하는 승용차로 다니는데 아무리 출근 시간대였고 같은 도시에 거주한다지만 사고로 같은 병원에 누워 있다니……. 우연일 거라는 생각이 들었지만 같은 병원이니 다른 건 제쳐두고라도 우선 문병 시간이 절약될 수 있지 않은가. 찬실이 곁에 내가 꼭 있어 주어야 된다는 생각을 하면서 학교 아래쪽에 위치한 지하철역으로 서둘러 걸었다.

사실 찬실이 걸어 온 울먹거리는 전화를 받는 순간부터 다른 일에는 전혀 신경을 쓸 수 없었다. 이미 브리핑도 뒷켠으로 밀려나 신경을 잡아끌지 못했다. 공중 전화기 앞에서 들먹거렸을 찬실의 어깨만 눈에 선했다. 언제부터인가 다른 동생들과 달리 떠올리기만 해도 가슴 아픈 찬실이었다.

초등학교에 입학하기 직전이라지만 어쩌면 훨씬 그 이전부터 우리는 떨어져 지냈는지 모른다. 유년기를 떠올릴 때마다 찬실에 대한 기억이 전혀 없는 것으로 보아, 어쩌면 젖먹이 때부터 떨어져 자랐을 거라는 추측은 그리 어렵지 않았다. 그건 순전히 우리를 너무나, 그래 너무나 사랑해 주신 할머니 덕분이었다고 말할 수밖에 없다.

"찬후야 찬실이하곤 다르잖여? 사내새낀 집안서 키우고, 여속은 일찌감치 바깥으로 내보내 기른겨!"

할머니는 처음 만난 우리는 물론이고 동생들에게까지 당신의 속마음을 심어 두려 하셨다. 아버지는 연신 담배만을 피우며 마당에서 서성댔고, 어머니는 고개를 떨군 채 마루 널장에 빈걸레질만 되풀이했다.

부끄러울 정도로 눈치없는 얘기지만, 고등학교 2학년 여름 방학 때까지도 나와 찬실이가 이란성 쌍둥이라는 사실조차 모르고 지낼 수밖에 없었다.

학교 이름 다음에 입구라는 글자만 붙인 지하철역에서 셔틀버스를 이용해 한강을 건너야 했다. 지하철 철교 재건설 공사로 2년째 셔틀버스가 해당 구간을 운행하고 있었다. 그 다음 다섯 번째 역에서 지하철을 바꾸어 타야 했다. 발 디딜 틈조차 없다는 소문과는 달리 자리를 골라 앉을 수 있었다. 그렇게 지하철을 벗어나 국철 구간으로 접어들자 빗줄기는 점점 가늘게 차창에 엉겨들었다. 국철 양쪽으로 엄청난 도시화가 이루어졌는데도 몇몇 구간에는 군데군데 볏짚단이 논바닥에 쌓여 있어 그 풍경들은 일순간 고향의 들녘으로 나를 몰고 갔다.

작년 가을, 언제까지라도 살아 계실 것만 같던 할머니가 기어이 돌아가시고 말았다. 할머니의 죽음 자체가 내게는 커다란 충격이었다. 이제 누가 할머니가 비운 자리를 대신 메꿀 수 있을까. 그것은 염려스러움을 떠나 내게는 하나의 불안으로 다가왔었다. 물론, 아버지가 계셨지만 그 역할을 해낼 수 있을 거라는 생각을 하기에는 왠지 마음이 놓이지 않았다. 삼우제를 지내고 올라올 때까지 찬실과 함께 지낼 수 있었다.

그때 아버지나 작은아버지 또는 고모인 친자식들보다 손녀인 찬실의 곡소리는 문상객들을 완전히 초상집 분위기에 빠져들게 만들었다. 찬실은 할머니의 꽃상여가 떠날 때까지 상방 주위만 퉁퉁 부은 눈으로 지키려 들었다.

"저 초상집엔 손녀 곡소리가 젤 서럽네!"

"당연허제. 재가 고인 곁에서 대학까장 댕긴거……."

할머니는 진정으로 나와 찬실을 귀여워만 했었을까. 아니면 겉과는 달리 집안 망칠 것들이라며 속으로 속으로만 미움 가득 찬 세월을 사시지는 않았을까. 치마를 둘렀기에 망정이지 여느 남자들과 진배없이 활달한 당신은 남편을 여의고 나서 온 집안 관리를 혼자 억척으로 지켜 왔다고 했다. 그렇게 어렵사리 기른 장남이 마음대로 결혼을 해 버린데다가 나중에 며느리는 남녀 쌍둥이를 낳아 버렸으니, 당신의 입장에서는 며느리 발뒤축이 달걀 같기만 했으리라.

"에구 망측혀라. 차라리 딸을 낳구 말지 쌍둥인 쌍둥이여? 그것두 상피 붙을 고추배추 쌍둥이! 인제 우리 집도 망했어, 다 망한거. 저년 들와서 우리 집은 망한거!"

어머니는 어쩌다가 한 번씩 우리들에게 할머니한테서 겪은 일들을 들려 주었다. 지금 생각해 보면 입 무거운 어머니의 시집살이를 엿들은 셈이 아니었을까.

찬실은 내게 오늘 아침을 제외하고는 단 한 번도 오빠라고 부른 적이 없었다. 겨우 찬후!라고 내 이름을 부르는 게 고작일 뿐이었다. 어쩌면 지금까지도 나는 찬실에게 호칭이 없는 막연한 대상일는지 모른다. 내게 있어서도 그 점은 비슷하다고밖에 말할 수 없다. 비슷하다고밖에……. 그것은 찬실이 동생이라기보다는 어떤 그리움의 대상처럼 느껴질 때가 종종 있기도 한 까닭이었다.

내가 찬실의 존재를 확인하게 된 것은 고등학교 2학년 여름 방학 때 어머니를 통해서였다.

"찬실이 내려오기 전에 일러 둘 얘긴디, 호적엔 한 살 터울 동생이제만 실은 찬후 니 쌍둥이 동생인겨……."

그 이전에는 한 살 터울 여동생이 할머니와 함께 살고 있다고만 알았지, 쌍둥이 여동생이 있다는 사실은 전혀 뜻밖이었다. 그만큼 어른들은 나와 찬실에게는 물론이고 동생들에게까지 그런 사실을 숨겨 온 터였다. 아무리 그렇다 치더라도 우리의 관계를 그토록 철저하게 숨길 필요가 있었을까.

그 무렵 우리에게는 남매라는 의식을 서로 나눠 가질 수도 또한 그런 감정조차 생기지 않았던 것 같았다. 나는 곧장 대학 입시 준비에 매달렸는데 미술 대학 지망으로 미술 학원까지 다닌 터라 찬실을 만나 볼 기회는 좀처럼 마련되지 않았다. 더군다나 내가 대학에 입학했을 때에는 찬실이 입시 공부에 들어갔으므로 서로 만나 보기란 할머니를 눈가림하지 않고는 결코 쉬운 노릇이 아니었다.

그런 틈에도 가끔씩 찬실이가 걸어 오는 전화를 받을 수는 있었다. 피상적인 인사말에 그치고 말았지만 그렇게나마 서로의 안부를 살필 수 있다는 게 여간 다행이 아니었다. 하지만 그런 전화 통화마저 자유로울 수 없었다.

"느덜이 전화질이나 해 대믄 쓰겄어? 느덜은 만나거나 친하게 지냄 안 된다고, 그리 경을 외워도 몰러? 서로 남매간 아니라고 여기랬잖여! 뉘 돈으로 공부헌다고 이 할미 말을 안 듣는겨?"

할머니의 호통은 자랄 만큼 자랐다고 여기는 우리에게 날벼락이나 다름없었다. 끝내 전화 통화마저 그 날벼락으로 끊기고 말았다. 그런 이후 할머니가 드러눕기 전까지 우리는 얘기만 나누어도 큰일나는 것으로 통화 재개는 엄두조차 낼 수 없었다.

할머니와 아버지의 찬실에 대한 교육은 철저하다 못해 지독할 정도라고 여겨졌다. 내게는 어느 정도 여유를 주는 것 같았지만, 찬실에게만큼은 어림없는 일이었다. 그 여유라는 것도 찬실과의 모든 관계는 배제된 상태를 뜻했다. 할머니와 생활 등을 이유로 삼았지만, 아버지는 찬실을 그 도시에 있는 사립 대학의 사범 대학에 진학시키고 말았다. 아예 내가 있는 서울로는 찬실의 모든 길을 차단시켜 버렸다. 나 역시 할머니와 동생들이 살고 있는 그 도시에는 함부로 발을 들여놓을 수조차 없는 형편이었다. 나와 찬실의 만남을 가로막을 수 있다면 어떠한 방법이라도 마다하지 않을 할머니였다.

내가 여동생인 찬실에 대해 평소와는 달리 어떤 관심이라도 가져 본 것은 학교를 마치고 방위병으로 복무하면서부터였다. 본적지인 시골에서 무엇엔가 규칙적으로 얽매어 있으면서 할 수 있기에는 안성맞춤이었다. 그렇다고 무슨 각별한 신경을 써준 것도 아니다. 그저 일상 속의 찬실에 대해 관심을 갖는다는 것뿐이었다. 여느 동생과는 다르게 느껴지는 어떤 감정 때문이었다.

징집 해제가 가까워질 무렵 태어나서 처음으로 동생들이 살고 있는 집을 찾아가 보았다. 찬실이 대학에 진학할 때까지 작은아버지 댁에 할머니와 얹혀 살았지만, 동생들의 잇따른 유학에 따라 아버지가 허름한 아파트를 구입해 이주시킨 곳이다. 마침 방학 중이라 할머니는 동생들을 데리고 시골에 내려와 계실 때였다.

전화를 하지 않고 찾아간 게 잘못이었지만 지은 지 20년도 훨씬 더 지났을 것 같은 아파트 계단에서 얼마나 기다려야 했던가. 재래식 구조의 아파트 층계에서 찬실이 정돈했을 거라고 여겨지는 연탄재 부스러기 하나 떨구지 않고 깨끗하게 털어진 연탄통과 연탄집게를 내려다보며 담배만 피워 댔다. 그러다가 출입문 아래로 친구 작업실 전화번호를 적은 메모 쪽지만 들이밀어 넣고 돌아섰다.

친구 작업실로 돌아와 목에 감은 머플러를 막 풀려는 참에 찬실이가 전화를 걸어왔다.

"왔으면 기다리지, 가 버리면 어떡해? 시간 보니까 15분만 더 기다렸음 만날 수 있었을 텐데…… 그럴 수가 있냐구?"

"괜찮아. 한번 들르러 간 거야. 애들도 시골에 갔는데, 너 혹시 밖에서 자고 들어올는지도 모르잖어. 막차를 놓칠 수도 없고, 근데 어떻게 기다려? 하하!"

"놀리지 마아! 여기가 뭐 남의 집이야? 태어나서 첨 온 거잖아. 참, 벌써 제대한 거야?"

"아니, 며칠 남았어. 제대 휴가야. 이것저것 알아보려고 올라왔어. 제대하고 올라와 다시 들를게, 가까운데 뭐……."

"그래, 가까워서 그렇게 첨 온 거냐구?"

나의 방위병 시절은 찬실에 대한 생각만으로 채워지고 끝을 냈다.

내가 겨우 조교 자리를 얻었을 때, 그러니까 그 정정하던 할머니가 덜컥 노환으로 눕게 될 무렵이었다.

찬실은 기다렸다는 듯이 시간 반 남짓 걸리는 서울까지 대학에서의 전공과는 무관한 직업을 배우러 학원을 다니더니, 마침내 일자리를 구하여 출퇴근을 시작했다. 학교 졸업 후에도 줄곧 할머니 곁을 떠나지 못한 채 그 도시에 있는 무슨 유통 업체에 몇 년 다니다가 그만둔 뒤였다.

찬실은 그렇게 할머니가 자리에 눕기만을 기다렸던 것일까. 대체 무엇이 찬실로 하여금 그토록 갇혀 있게 하고 또 그것으로부터 탈출하게 만들었을까. 첨대 끝에 앉은 고추잠자리마냥 외로워 보이기만 하던 찬실이었다. 할머니. 온 집안의 전권을 행사하시다가 이제는 돌아가고 계시지 않는 할머니 때문이었을까. 아니면 할머니의 뜻에 조금도 반대 의견을 제시하지 못하고 그저 뜻만 따른 아버지에 대한 반감이었을까.

마음이 급하면 시간은 더디게 흐르는 것일까. 아니면 마음과는 달리 전동차가 느리게 달리고 있는 걸까. 건너편 출입문 위의 수도권 지하철 노선도를 올려다보았지만 아직은 목적지가 멀었다. 현 교수님이 지시한 재검토를 뇌까려 보았다. 현 교수님의 작품이 당선되었지만, 주최측에서는 설계변경을 요구해 씨름이 계속되고 있는 실정이다. 그렇다고 엄청난 변경도 아니면서 애를 태우게 만들었다.

문득 종하의 얘기가 떠올랐다.

"우리가 비록 사회 과학도는 아니지만 통일에도 준비가 있어야 하고 또 그에 따른 방법도 다르다는 건 누구나 아는 애기니까, 이번 작품 모티프는 아주 상식적인 데서 출발하거나 그런 부분에서 착안하면 쉽지 않겠어요? 지나치게 상징성만 추구할 게 아니라……."

나는 종하의 의견에 동조는 하면서도 머뭇거렸지만, 어느 틈엔가 그의 애기는 작품에 반영되고 있는 셈이었다. 그럼에도 불구하고 무언가 미진한 부분 때문에 나는 어젯밤도 최종 점검이라는 명목으로 지새우고 말았지 않았는가.

지난 밤 술을 마시고 걸어 온 전화를 받기 전까지 찬실의 존재에 대한 나의 감정은, 타인들이 보기에는 너무 무심하다고 여길 정도로 거의 드러내지 않고 지내는 터였다. 한때나마 가장 가깝다는 의미보다 아예 없는 편이 낫지 않을까 했던 기억이 되살아나는가 싶더니 이내 사라져 버렸다.

할머니의 삼우제까지 지내고 돌아올 때 나는 찬실이와 나란히 앉아서 처음으로 동행을 할 수 있었다. 작은아버지가 타고 온 승용차를 이용하자고 했으나 왠지 싫었다. 그것은 어쩌면 찬실과의 눈빛으로 통한 말로 표현하기 어려운 그 어떤 감정 때문이기도 했다.

"찬후는 그렇다치고 찬실이는 작은아버지 차로 안 갈텨?"

"예. 저, 서울에 들러서 바람이나 쐬고 갈래요."

"그래, 알어서들 혀! 내 서울로 느덜 태워다 주고 갔으면 쓰것다만 그냥 갈겨. 찬실이는 한번 들려라. 또 시작 안 할텨?"

서울행 고속버스에서 우리는 태어나서 처음으로 나란하게

앉아 볼 수 있었다. 어쩌다가 곁눈질로 시선이 마주치기라도 하면 얼마나 큭큭댔던가.

"그래, 서울 직장 생활은 할 만해?"

"응. 일이 서툴긴 해도 재밌어. 부서 차장으로 있는 언니가 잘해 주거던. 김은숙이란 여잔데 나보다 더 노처녀야. 친구처럼 지내지 뭐. 정치학을 했다는데 왜 그런 걸 선택했는지 모르겠어. 하지만 그건 언니의 겉옷일 뿐이야."

"겉옷? 그럼 속옷은 뭔데?"

"지금 장난치는 거 아냐!"

"그 언니 얘기는 왜 하는 거야?"

"응, 어쩌면 내게 젤 가까운 사람일지 모른다는 생각 때문이야! 날더러 뭐래는 줄 알아? 분단 조국 보는 것 같고, 찬후하고 난 이산 가족 같대나……."

"그런 얘기밖에 할 게 없니?"

"모르겠어. 널 만나면 가졌던 마음들이 모두 달아나…… 몰라, 이런 말들도 너와 얘기를 나누기 위해서 지껄이는 것인지도. 지금은 너와 얘기를 나눌 수 있다는 것만으로 족해……."

"남잔, 안 사귀니?"

"남자 친구? 해바라기지 뭐. 난 뭐든지 힘겨워. 나이만 먹었지, 뭘 혼자 해 본 게 있어야지……."

"나도 마찬가지야. 그래도 넌 누군가 떠억 버티고 있을 것 같은데……."

"좋아한다고 말해도 괜찮을지 모르겠어. 그 친구도 너와 같은 공부해…… 근데, 내가 좋아하는 것만큼이나 나를 싫어하는지도 몰라."

"하필 흙 만지는 사람이니?"

"어, 언제부터 내 생각을 그렇게 했어? 무언가 출구를 찾고 싶어서야! 그게 설령 결혼이라 해도 괜찮아."

"나도 그런 생각은 해 봤어…… 그런데 결혼이라는 게 우리한테 하나의 출구나 삶의 새로운 장으로 펼쳐질 것 같애?"

"왜, 해 보지도 않고 지레 겁이야? 사실, 은숙 언니 얘길 듣고서야 우리가 마치 우리 나라 현실과 다를 바 없이 살아온 걸 확인했어. 그런 얘기 듣는 순간 얼마나 부끄럽고 치욕스러웠는지 알기나 해? 나는 이제부터 아니, 그 언젠가부터 소신껏 살아 보기로 했어. 몇 번의 시행착오를 겪더라도 말야."

찬실의 그런 말에 까닭 모를 죄스러움이 느껴졌다. 비록 쌍둥이라 할지라도 찬실이 여자로 태어나지 않았더라면 할머니의 그늘로부터 일찍 벗어날 수 있었을 텐데. 아니, 아예 할머니의 그늘 속으로 들어가지 않았으리라는 생각이 들었다. 찬실과는 반대로 나는 별다른 간섭 없이 자라지 않았는가.

"왜, 우리는 그렇게 떨어져 살아야 했을까? 이만큼 자랐지만 지금이라고 달라진 건 없잖아……."

찬실은 그렇게 말하고는 이내 고개를 창 쪽으로 돌려 버렸다.

"글쎄…… 옛날 어른들 모든 게 그런 식 아니었겠어?"

"억울했고, 지금도 마찬가지야! 그런 것 땜에 난 안팎으로 움츠릴 대로 움츠려 있어. 대체 그렇게 길러서 뭘 어떻게 하겠다는 건지…… 그 동안 내가 어떤 심정으로 살아온 줄 알기나 해? 인제, 솔직히 말하지만 우리가 쌍둥이라는 사실을 알고 난 뒤부턴 할머니한테서 사육당하고 있다는 느낌을 지울 수 없었어."

"사육?"

"그런 까닭에 살아 있다는 생각을 가질 수조차 없었어……."

그러면서 찬실은 내게 건네는 말과는 달리 무엇인가 이미 포기해 버린 듯한 표정으로 차창 밖을 바라보았다. 어느 새 우리들 동행의 설레임은 서먹함으로 변해 서울에 도착할 때까지 가시어지지 않았다.

내가 느낀 바로 찬실은 대학 시절부터 매사에 자신 없어 하는 듯싶었다. 졸업 후 직장 생활을 하면서도 어쩌면 희망 그 자체를 포기해 버린 듯한, 그리하여 삶 자체를 달관한 것처럼 보이기까지 하였다. 어쩌다 고향엘 가게 되더라도 하루가 멀다 하고 되돌아가 버린다는 찬실의 성격에 얼마나 많은 안타까움을 느껴야 했던가.

그런 생각들로부터 벗어났을 때, 내리던 빗줄기는 이미 그쳐 차창의 빗자국들이 얼룩져 보였다.

찬실은 내게 마치 꽃잎이 떨어지는 듯한 착각마저 일게 하다가, 잔잔한 슬픔으로만 남아 있다. 지금 내가 그 슬픔을 만나러 가고 있는 길일까.

차창 밖으로 보이는 빈터에는 까치들이 퍼득거리기도 했지만, 하늘은 여전히 잿빛이었다. 국철의 종점까지 가지 않고 바로 한 정거장 앞에서 내렸다.

– 내참, 무슨 교통 사고야. 술을 마셨대니까, 어젯밤에 그 랬다면 또 모르겠어…….

나는 투덜거리면서 한 다발의 꽃더미를 생각했지만, 이내 택시에 올라타며 찬실이 입원한 병원 이름을 소리쳤다. 찬실이 문병부터 하기로 하자. 그 다음에 종하 문병을 하고, 다시 찬실의 병실로 가면 되리라.

검토와 재검토로만 이어지던 〈통일염원상〉의 미진하게만 여겨지던 부분이 어쩌면 쉬이 풀리게 될는지 모른다는 생각을 하면서 택시에서 내렸다.

마치 내가 아파 누워 있는 듯한 착각이 들었고, 그런 나를 찬실이 문병 오는 광경을 그리면서 엘리베이터를 타지 않고 계단을 걸어 올랐다.

309라는 아크릴 팻말이 붙어 있는 병실 앞에서 문을 똑똑 두들겼다.

수액이 번지듯 바깥으로

전화를 끊는 순간부터 일렁이는 후회는 무릎과 팔꿈치에 쏙쏙거리는 통증보다 더욱 심하게 느껴졌다. 놀라는 기색이 역력했지만 여느 때와 다름없는 얼음장 갈라지는 듯한 차가운 목소리였다. 괜히 전화를 했나 싶지만 그에게만큼은 알려야 했다.

3층까지 오르는 엘리베이터 속의 그 짧은 시간이 여간 지루하지가 않았다. 그 사이 오른손으로 치켜든 링거병에서는 수액이 몇 방울이나 떨어졌을까. 어딘가에 힘을 주는 것보다 가만히 서 있다는 게 견디기 어려울 정도였다. 계단을 디딜 때보다 더욱 통증이 심했다.

"집으루 연락했수?"

옆 병상에 누워 있는 뚱보아줌마가 링거병을 걸고 있는 내게 묻는 말이었다. 응급실에서 옮겨 온 지 불과 한 시간 남짓 하지만 뚱보아줌마는 금세 친근감이 들었는지 내게 자꾸 말을 걸어 왔다.

창을 통해 보이는 하늘은 온통 잿빛이다. 아무래도 아침처럼 한바탕 더 퍼부어 댈 모양이다. 겨울을 눈앞에 두고 내리는 비 탓일까, 온몸이 으슬으슬거리며 떨려 왔다. 거기에다가 수액은 혈관을 타고 싸아 하는 느낌으로 온몸에 퍼졌다.

내 전화를 받고 난 그의 심정은 어땠을까. 어쩌면 전화를 걸기 전부터 그걸 먼저 헤아렸는지도 모른다. 병상에 누워서도 줄곧 그 생각뿐이다. 마치 무언가에 끌린 듯 마냥 오빠라는 이름으로 나와 연결된 어떤 끈을 확인해 버린 셈이었다. 전화 연락을 해 버린 것이 후회스러웠지만 빨리 달려와 주면 좋겠다. 어떤 형태를 띠게 되는지 모르지만 무언가 내 얘기를 그에게 하고 싶은 마음만 시간이 흐를수록 간절해졌다. 이렇게 링거 주사를 꽂고 병상에 누워 있는 내 모습을 바라보는 그의 심정은 어떠할까.

나는 그를 오빠라고 부르지 않았다. 처음 만날 때부터 이상할 정도로 오빠 이상의 어떤 감정을 가졌던 게 분명했다. 일

정한 거리를 팽팽하게 유지하며 떨어져 지내야 한다는 게, 더욱 오빠라고 부르기 어렵게 만들었을 뿐이다. 언제나 그의 이름을 부른다는 것은 마치 거울을 들여다보는 것과 같았다. 그의 이름을 통하여 나를 불러 내는 듯한 착각에 빠져들 수 있었다.

결코, 빗길 탓만은 아니었다. 사고라는 순간 아무것도 느낄 수 없었다. 정신을 차리고 보니 이 병원 응급실에 누워 있는 게 아닌가. 양쪽 무릎과 오른쪽 팔꿈치를 제외하고는 그 어디도 다친 구석을 찾아볼 수 없고 정신은 말짱하다. 오히려 내 자신을 또렷이 되새겨 볼 수 있다는 즐거움마저 일었다.

그래, 며칠이라도 여기 누워 있는 동안 치열하게 나에 대해서만 생각하기로 하자. 풀어지기는커녕 더욱 질겨진 듯한 내게 연결된 어떤 끈에 대해서 말이다.

차간 거리를 고려하지 않고 갑자기 추월하는 차와의 추돌을 피하려고 방향을 꺾는가 싶더니, 내 앞에 펼쳐진 건 회색의 콘크리트 방호벽이었던 기억만 어슴푸레하다.

─함께 실려 왔을 텐데…….

출근길에 종하가 집 앞에서 느닷없이 기다렸다는 것부터가 심상치 않은 시작이었다. 그런 경우가 한두 번 있긴 했던가. 오히려 내가 통사정을 해야 겨우 코빼기라도 볼 수 있던 종하 아닌가.

"빨리 손쓰라고 가족헌테 알려야 혀요. 그렇게 닝게루병 들고 돌아댕기면 주사바늘만 틀어지고 나중엔 부어요. 무조건 아프다고 엄살을 쳐야 혀요."

"왜요?"

"어이구, 아가씨가 몰러서 그런디 교통 사고 났다면 무조건 엄살, 무조건 큰소리가 최고여요! 그래야 보상도 보상이고 치료도 제대로 받는대잖아요. 지금은 몰러요. 하룻밤 자고 나면 여기저기 안 아픈 데 없을 거구먼요."

뚱보아줌마는 말동무라도 생겼다는 듯이 내게 이것저것 말을 걸어 왔다. 하지만 나는 하나하나 대답을 할 수가 없었다. 우선 귀찮다는 느낌 때문이었다.

찬후 얼굴만 자꾸 병실 천장과 벽에 어른거렸다. 그의 얼굴이 이내 가물거리는가 싶더니 나도 모르게 눈물만 주르르 귓바퀴로 흘러내렸다.

여고 1학년 여름 방학 때였다. 할머니를 따라서 고향집에 갔을 때 말로만 듣던 오빠를 처음으로 만날 수 있었다.

"오래비라 혀도 넘덜 맨치로 친하게 지내믄 못써! 느덜은 평생 안 만나고 살어야 되는겨. 그래도 이렇게 만났으니께 남맨 줄만 알고 그리 지내는겨!"

할머니 말씀의 속내를 전혀 헤아리기 어려웠다. 더욱 이해할 수 없는 건 대청마루에서 그 애길 귀동냥하며 빈걸레질만 해대는 엄마였다. 그때까지 아버지와 번갈아 다녀가긴 했지만 어쩌면 그렇게 감쪽같이 감출 수 있었을까. 더군다나 지금 할머니의 얘기에 대해서 엄마가 무어라고 단 한 마디라도 변명 아닌 변명을 해야 되지 않을까. 고향집에 온 게 아니라 남의 집엘 들른 듯한 서먹함은 금방이라도 눈물을 쏟게 만들 것만 같아 어서 되돌아가고 싶은 마음만 강하게 만들었다.

"찬실아, 아까 낮에 내가 입이 읆어 암 말 않은 게 아
녀…… 느덜 상피 붙는다고 할머니가 떼어 기른 거여. 첨엔
찬실이 넌 여식이라고 아예 내다 버리자고까지 하셨던겨! 그
런 말씀 끝에 이 에민 차라리 나를 죽여 달랬던겨……."

그날 저녁상을 물리고 난 뒤 수돗가에서 어머니가 설거지
를 마치고 나서도 물소리가 시끄러울 정도로 수도를 틀어 놓
은 채 내게 들려 준, 그 한 마디를 들려 줄 때의 눈물 고인 엄
마의 눈빛이 지워지지 않는다. 순간, 그 눈빛은 내가 평소 가
지고 있던 어머니에 대한 불만까지 모두 사라져 버리게 만들
었다.

"대단한 양반이셔. 널 데리고 옮겨 가기 전까장 곳간 열쇠
꾸러밀 내겐 손도 못 대게 한겨. 너도 생각혀 봐. 그게 얼매
나 끔찍한 일인지. 이 에미헌텐 하루하루가 몇천 년 사는 거
와 같은겨. 거기다가 당신 호통 한 마디면 온 집안 분위기가
하루에도 열두 번씩 천둥이 울리고 번개가 내리칠 정도였담
믿을겨?"

하지만 할머니의 손주들에 대한 애정은 각별했었다. 나와
찬후를 가까이 지내지 못하게 하는 걸 제외하고는 동생들에
게는 언제나 자상하기 그지없는 할머니였다. 동생들을 한결
같이 중학교만 졸업하면 고등학교부터는 내가 있는 곳으로
유학을 시켰다. 그래도 찬후만은 서울로 유학을 보낸 셈이었
다.

과연 할머니는 내가 귀여워서 데리고 사셨을까. 아닐 터였
다. 당신께서는 상피 붙을 쌍둥이 태어난 집안을 우환으로부

터 지킨다고 나에 대한 감시의 눈길을 거두지 않으셨던 게 틀림없었으리라. 우리들 출생 이후 줄곧 집안을 위한다는 그 이유 하나만으로 나를 당신의 수중에 넣고 계셨던 것이다.

"내 눈에 흙 들어가기 전에 우리 찬실이 시집을 보내야 텐디…… 여태까장 신랑감도 읎는겨?"

엄격했지만 할머니가 내게 전혀 애정을 쏟지 않은 건 아니었는데, 그런 부분은 어른들의 기준으로 가질 수밖에 없는 나에 대한 어떤 처리였을 뿐이다. 작은아버지는 아예 맞선을 주선하러 동분서주하는 편이었지만 나를 움직이게 하지는 못했다.

그럴 때마다 피식 웃음만 나왔다. 혼자만 느낄 수 있는 삶의 일부일지라도 놓치지 않고 내가 선택하고 싶었다. 내가 식구들과 떨어져 살았다는 이유 때문에서가 아니라, 자라면서 무엇이든 선택할 기회가 내게는 주어지지 않은 것만 같아서였다. 그렇다고 어른들이 요구하는 어떤 문제들을 무조건 거부할 수만은 없었다. 어쩌면 그런 성격마저 이미 길들여져 버린 탓이라고만 여겨졌다.

─살아가면서 내가 감수해야 될 부분에 대해서는 겸허하도록 하자.

나이가 들어갈수록 이란성 쌍둥이라는 이유만으로 식구들과 떨어져 할머니 슬하에서 자라 온 삶의 그림자가 너무 짙게 드리워졌다는 것만 강하게 느낄 수 있었다. 또한 찬후에게는 내가 해당될는지 모르지만, 내게 찬후는 무너뜨리기에는 역부족인 하나의 벽이었다.

나는 할머니를 비롯한 부모님에게, 당신들의 편의를 위해서 내가 존재하지 않는다는 것만을 인식시키고 싶었다.

내 마음의 한구석은 메마를 대로 메말라 언제나 먼지만 풀풀거렸다.

할머니가 자리에 눕게 되자 이 도시를 떠날 채비를 차릴 수 있었고 마침내는 찬후가 있는 서울에서 직장을 구할 수 있었다. 이 도시에서 자동차로 1시간 정도의 거리밖에 되지 않지만 내게 서울은 어찌나 먼 거리였는지. 이 도시와 서울의 물리적인 거리마저도 할머니나 찬후 때문에 더욱 멀게 느껴지기만 하였다.

한 병의 수액이 거의 줄어들자 기다렸다는 듯이 간호사는 새 것으로 바꾸어 계속 그 지루함 속에 갇혀 있게 만들어 버렸다. 뚱보아줌마 병상에 놓인 프리지아가 만지면 금방이라도 바스라질 것처럼 말라 보였다.

이제 나는 오빠 찬후가 아닌 또다른 그에 대해서 얘기해야만 될 것 같다. 바로 종하다. 같은 사범 대학에 다니면서 동아리 활동을 함께 한 까닭에 졸업 후에도 계속 만나는 친구이다. 찬후 때문이라는 어설픈 이유만은 분명 아니었지만 시간이 지날수록 엇가고 있는 자신을 발견할 수 있었다.

종하는 내게 무관심과 싫어하는 기색을 보였지만 개의치 않았다. 미술 교육학과를 마치고 대학원은 서울에 있는 대학으로 진학했는데 공교롭게 찬후가 다니는 미술 대학으로 이름 알려진 학교였다. 종하는 학부 학생들과도 어울리며 작업에 몰두하는 부지런을 떨었다.

나는 그에 대한 얘기를 종하에게 하지 않았다. 되려 종하가 지나치는 얘기일망정 그에 관한 얘기를 내게 들려 주기를 기다렸지만, 그것은 어디까지나 희망 사항에 지나지 않았다.

"우리과 조교가 찬실이 너랑 생김새가 너무 닮았는데 이름까지 비슷하다니깐. 작품이 탁월하대. 앞으로 구상 계열의 별이래나 뭐래나…… 어쩌면 그렇게도 너랑 닮았는지 헷갈려. 세상에 저렇게 닮은 사람도 다 있네라는 수준에서 그치고 말았지만 말야."

내가 종하를 싫어하지 않으면서도 가까이할 수 없었던 것은 결국 찬후 때문이었다. 종하에게는 그를 닮은 구석이 너무 많았다. 내게는 종하가 성격에서부터 추구하는 것까지도 찬후를 닮았다고만 느껴졌다. 물론, 그런 것들이 나의 착각일 수 있다는 걸 의식하면서도 말이다. 그렇게 종하를 만나는 횟수가 늘어날수록 가까워지는 건 종하가 아니라 오빠 찬후였다. 종하에게서 그를 찾으려고 덤버드는 내 자신을 분명하게 느낄 수 있었다. 그런 나의 속마음을 알아차린 듯이 종하는 종하대로 나를 멀리하려 들었다. 찬후 못지않을 정도로 내게는 가혹하다고 말하는 편이 낫겠다.

"그렇게 관심이 많으면 직접 한번 해 보지 그래? 아니 네가 직접 당사자들을 만나서 네 의견을 제시해 보라구."

"알았어, 그만해 둬……."

얼마 전 종하가 골치를 앓고 있다는 작품에 관해 일부러 참견한 내 말끝에, 종하는 불편한 심기를 여지없이 드러냈다. 하지만 그후로도 그런 입씨름은 계속되었고, 마침내는 종하도 수긍하기에 이르렀다.

  찬후를 의식하지 않기 위한 선택이었지만, 오늘에 이르러
서는 나를 가두는 또 하나의 감옥일 수밖에 없었다. 물론, 찬
후나 종하 모두가 그런 내 마음을 상상조차 할 수 없겠지만
말이다.

  할머니의 장례를 치르고 그와 함께 나란히 앉아 서울에 갔
을 때 처음으로 대규모의 미술 전람회를 감상할 수 있었다.
어느 문화 재단에서 주최하는 근대 미술 소장전에 나를 데려
가 관람시켰다. 그가 내게 베푼 첫 배려였다.

  중학교 때부터 늘 미술 선생님의 칭찬을 독차지했던 나는
여고를 다닐 때까지 미술부 활동을 했었다.

  "아니, 기집애가 헐 게 없다고 기림은 무신 노므 기림이
여?"

  담임을 맡은 미술 선생님이 가정 방문을 다녀가신 뒤 할머
니의 역정이었다.

  "이노므 집안은 어찌될라고 환쟁이만 나오려 드는겨? 아무
리 쌍둥이라고 기림까지 따라 기린단 말여?"

  그런 까닭에 나의 미술에 대한 열망은 아예 그 싹조차 내밀
어 보일 수 없었다. 할머니의 애기를 듣기 전까지만 해도 그
가 미대 지망생라는 것조차 모르고 있었다. 우리는 처음 만
난 뒤 가끔 전화를 통해서도 그런 애기마저 제대로 나눌 수
없을 정도로 간섭을 받아야 했다.

  ―내가 그에게 갖고 있는 감정의 끈은 출생으로부터 이어
진 것일까, 아니면 하나의 열망에 지나지 않는 것일까.

그저 화집을 통해서나 볼 수 있던 작품들 앞에서도 감탄보다 먼저 그의 표정만을 곁눈질해 댈 뿐이었다. 왜, 그렇게 찬후 앞에서는 나도 모르게 열등의식이 느껴지는지 스스로도 알 길이 없었다.

그 순간 지나가 버린 시간에 가정법을 적용하는 건 무리라지만, 나도 계속 미술을, 아니 그림을 그렸고 미술 대학엘 진학했더라면 하는 생각이 들어 씁쓸했다. 떠오르는 건 돌아가신 할머니로 원망스러울 뿐이었다.

"커피 마실래?"

전람회장을 빠져 나오면서 나는 에멜무지로 그에게 물었다.

"싫어, 자판기 커핀……."

그러면서 나를 바라보는 찬후의 시선이 따갑게만 느껴졌다.

"어때, 작품들 보니까? 살아가는 일상적인 삶의 형태가 초라하다는 생각 안 들어?"

전람회장 로비에 있는 커피숍에서 찬후가 말했다.

"글쎄, 봐서 좋긴 한데 그렇게 느낄 정도로 깊숙인 모르겠어……."

"아까, 작은아버지 너 선보게 할 모양이던데? 집에 들르라는 게 그런 뜻 아냐?"

"그 성격에 매양 그렇지 뭐, 적당히 둘러대야지……."

내 생활의 갑갑함은 언제나 방으로 돌아와서 혼자일 때 흐르는 눈물로 드러났다. 내게 다가서는 모든 게 벽처럼만 느

꺼졌다. 그때마다 그에게 연락을 해 보았지만 거의 전화는
연결되지 않았다. 조교가 된 뒤에도 통화를 할려면 너무나
늦은 시간이 되어서야 가능했다. 작업실에 돌아올 때까지 기
다려야 했지만 그나마 통화가 안 될 경우가 많았다.

내게 남성이라는 개념은 언제나 그로부터 출발했다. 일부
러 의식하는 건 아니었지만 그로부터 자유롭지는 못했다. 어
쩌다가 친구의 소개를 받아도 만나는 순간이면 여지없이 그
가 내 마음속에 살아 꿈틀댔다. 그는 내게 열린 세계이면서
감옥이자 하나의 벽으로 버티고 있었다. 찬후는 이제 살아
있는 할머니나 다름없었다.

"언니 말대로 그렇게 했어. 근데 정말 그렇게 될까? 자기가
직접 만드는 것도 아닌 모양이던데. 그렇다구 찬후가 직접
하는 것두 아니구……."

나는 은숙 언니에게 수다를 늘어놓았다.

"중요한 건 우리들 의견이 반영되고 안 되고에 있는 게 아
냐. 통일에 대한 의견을 아주 사소한 부분에서부터 제기하
고, 네가 갖고 있는 심리적 모순을 바로 그렇게 해결하도록
노력하는 거야. 그걸 거창하게 생각하면 지금의 너, 찬실이
는 계속되는 거야."

은숙 언니를 처음 만난 건 학원을 마치고 입사한 직장에 다
니면서부터였다. 나는 스스로 느끼기에도 숫기가 없음은 물
론이고 쉬이 누구와 친해지지 못하는 성격을 가지고 있었다.
여고 1학년 여름 방학 때부터 자리하더니 끝내 떠나지 않고
나를 괴롭히고 있는 셈이다. 아무리 노력을 해도 쉬이 극복

되지 않았다. 그런 성격 탓인지 직장 생활을 하면서도 동료들과 어울리기 어려웠다. 그런데도 은숙 언니와는 처음엔 서먹거렸지만 출퇴근 구간이 같다는 이유 하나만으로 이내 친해졌고 급기야는 내 동경의 전부로 변하고 말았다.

내게 사무실 주소로 한 통의 편지가 왔다. 종하에게서였다. 그것은 발신인을 살펴보지 않아도 대뜸 알 수 있었다. 나는 설레임 반 두려움 반으로 편지를 읽다가 그만둘 수밖에 없었다. 사무실이라는 것도 잊은 채 책상 앞에서 눈물을 보이고 말았다.

맞은편 자리에 앉은 은숙 언니가 놀라 자리에서 일어서며 물었다.

"무슨 편진데 그래?"

어쩌면 은숙 언니는 나의 유일한 출구인 셈인지 몰랐다. 그 편지 건으로 은숙 언니와 어제 늦게까지 술을 마셔 대고 찬후에게 전화질을 해댄 게 종하의 느닷없는 등장으로 부끄러웠다.

편지는 종하에게 나의 소용없음을 확인할 수 있는 아주 정확한 물증이었다. 그런 편지를 받은 지 사흘도 지나지 않아 종하가 오늘 아침에 아파트 단지 입구에서 차를 세워 기다리고 있었다.

"웬일이야, 이런 아파트엘 나타나게?"

"글쎄, 갑자기 너랑 드라이브하면서 등교할려구. 하하! 오늘은 일찍 나가야 되거던…… 빨리 타!"

종하의 그런 말에 까닭 모를 눈물이 주르르 뺨 위를 내리

달리기 시작했다. 고작 일찍 나가야 되는 날이어서 왔단 말인가. 사흘 전에 받은 편지를 읽을 때처럼 복받치는 감정을 억누르며 겨우 차에 올랐다. 그런 감정은 우산처럼 접혀지지 않았다.

서울까지는 우리 나라 최초의 고속도로가 개설되어 있지만, 이제는 그 기능을 제대로 발휘할 수 없게 된 도로의 교통체증을 감안한다면 서둘러야 했다. 그래도 비가 내리는 탓인지 막상 고속도로에 진입했을 때에는 예상보다 통행량은 많지 않았다.

"진짜, 날 기다린 게 그런 이유 때문이야?"

"꼭 그런 건 아냐…… 사실, 편질 보내고도 괴로웠어. 찬실이 니가 얼마나 나를 힘들게 하는 줄 아니? 몇 년째 친구처럼 지냈지만, 난 아직도 널 헤아리기 어려워…… 참, 오늘 브리핑 끝나면 작업 들어갈는지 몰라. 거 〈통일염원상〉 말야. 관심 많았잖아?"

종하가 거기까지 말했을 때부터 앞유리에 부딪는 빗방울들이 더욱 굵어지기 시작했다.

종하를 통해 더욱 선명해지는 찬후. 오빠라기보다는 차라리 막연하지만 연인 같다는 생각을 해 본 적이 한두 번이 아니었다. 그런 감정 자체를 없애려 들면 그럴수록 더욱 강하게 마음에 자리하는 찬후였다.

대체 그런 감정으로부터 벗어날 수 있는 방법은 무엇일까.

그러하기 위해서라도 종하와 가까이 지내려 하지만 결코 그것마저 쉽지는 않았다. 오히려 찬후에게서 느끼지 못한 그 어떤 현실적인 고통을 안겨 주는 또다른 벽이었다.

"빗길, 자신 있어?"

"이 달구지로만 2년째야!"

비 때문인지 차가 달릴수록 시야는 점점 좁혀지기만 했다. 윈도브러시의 빠른 동작을 비웃기라도 하는 듯 빗줄기는 더욱 세차게 앞유리에 부딪쳐 왔다.

시간은 링거 수액만큼이나 더디게 흐르는 모양이었다.

왜 이리 늦는 걸까. 시골로도 연락을 취해야 되는 건 아닐까. 아니 찬후가 벌써 해 버렸는지 몰라. 찬후가 아니라도 동생들이 오면 하겠지. 그래, 그런 건 일단 접어두고 이따가 생각하기로 하자.

찬후에게 주사바늘을 꽂은 채 누워 있는 모습을 보여야 하는 게 싫었다. 괜히 연락을 했다는 생각이 줄곧 짜증스럽게 만들었다. 그런 기분과는 달리 찬후에게서 내가 기대하는 어떤 표정을 한순간만이라도 보고 싶다는 마음만 누그러들 줄 모르고 꿈틀댔다.

온몸에서 힘이 모두 빠져 나가면서 무릎과 오른쪽 팔꿈치가 더욱 쏙쏙거려 왔다. 종하가 걱정되긴 했지만, 천근만근 온몸이 무거워지는 듯하면서 피곤함만 몰려들었다.

나의 덜미를 잡고 놓아주지 않는 것들로부터 풀려나야 한다는 생각만 강하게 들었다. 찬후와 종하가 참여한다는 그 〈통일염원상〉은 과연 어떤 형태를 띠게 될까. 벌써부터 조급함을 불러일으키며 설레이게 만들었다.

긴장이 풀린 탓일까. 조금은 노곤한, 깊은 잠 속으로 푸욱 빠져들고 싶다.

오후 회진이 끝나갈 무렵 병실 복도의 부산스러움도 사라지고 개이는지 병실 안이 갑자기 환해지며, 뚱보아줌마의 병상에 꽂혀 있는 프리지아가 아까와는 달리 유난히 싱싱해 보였다.

비록 은숙 언니의 의견을 받아들인 것이지만, 이제는 찬후에게 종하를 통하지 않고도 직접 얘기할 수 있으리라는 예감이 들었다.

점점 가까이 들리는 발짝 소리가 멈추는가 싶더니, 이어 병실 문을 노크하는 소리가 똑똑거리며 들려왔다.

날갯짓의 행방

　마당에 들어선 나는 어머니의 환한 표정을 발견한 순간, 늘 햇살을 가리던 황사가 한순간에 걷혀지는 착각에 빠져들었다. 무슨 일일까. 근 3년 만에야 처음인 듯싶었다.

　"애! 주호가 살아 있긴 허는 모양이다. 그 몹쓸 놈……."

　내가 막 대청에 올라섰을 때 들려온, 그늘이 가시어진 얼굴의 가라앉은 목소리였다. 그 말과 함께 어머니의 맑은 표정 위로 형의 군용 점퍼가 스치었다.

　작년 봄에 집으로 돌아와 1주일 정도 머무르긴 하였지만, 그 이전 형이 집을 나간 지 벌써 이태가 넘었다. 어머니에게 형의 첫번 가출 때부터 드리우기 시작한 그늘은 쉬이 가시어지지 않았다.

　형이 기르던 삼백여 개 가까이 되는 꼬마 선인장 화분에 물주기를 그만두고, 어머니는 긴 한숨을 내쉬며 대청 끝에 걸터앉았다.

"니가 한번 댕겨올래야?"

우두커니 서 있던 나는 손에 든 책을 탁— 대청 바닥에 떨어뜨리다시피 던져 놓으며 주저앉아 버렸다. 형의 자소상(自塑像)은 대청 구석에 웅크리고 앉아 그런 나를 뚫어지게 바라다보고 있었다.

"어딨는 줄 어떻게 아셨어요?"

"아침 나절에 파출소에서 경찰이 댕겨갔다."

한숨을 내쉬는 어머니의 얼굴은 다시 형의 염색된 군용 점퍼로 덮여졌다.

"경찰요?"

"그래. 신원 조횔 나왔다더라. 그 몹쓸 놈을 찾길래, 또 그런 줄 알고 어찌나 놀랬는지…… 지금도 가슴이 벌떡거린다."

어머니는 양손을 앞가슴에 갖다 대며 한숨을 내쉬고는 계속 말을 이었다.

"별말은 없더라만 그쪽 수무지서에서 확인을 의뢰해 왔다더라. 그러니 거기 가면 찾을 수 있을 것 아니냐? 살아 있는 것은 틀림없을 텡께…… 낼, 토요일이니 한번 찾어가 봐라. 뭣허고 사는가……."

무엇 때문일까, 신원 조회는.

형에 대한 숱한 감정의 편린들은 선인장 가시들처럼 사방을 향하여 뻗쳐 나갔다. 빨리 형의 그 노오란 선인장 꽃 같은 투명함을 만나 보고픈 마음뿐이었다.

"낼은 강의가 없는 날예요. 지금 다녀오면 안 되요?"

형을 만나볼 수 있을까. 약간은 들뜬 기분으로, 나는 어머니의 얘기도 듣지 않고 책을 집어 들고는 방으로 들어와 여행(?) 준비를 차렸다. 준비래야 트레이닝을 잠옷 대신 넣고 또 세면도구를 챙기는 것뿐이다. 그것들을 가방에 넣을 때, 대청 구석에 웅크리고 있는 형과 마당의 선인장들이 살아 움직이는 것처럼 느껴졌다. 얼마나 많이 변했을까. 그걸 아예 벗어던졌을까, 아니면 다시 물들여 입고 있을까.

"이것 여비허고 될 수 있으면 싸게 오너라. 목 늘어지게 허지 말고……."

"만나 보고 늦어도 모레, 일요일까지는 올게요."

표백시켜 놓은 듯한 흰 화분의 크림슨 빛깔 선인장엔 물방울들이 매달려 반짝거렸다.

시외버스 터미널로 가는 길의 양켠에 서 있는 플라타너스에서 흩어져 나온 꽃가루가 황사와 더불어 걸음을 더디게 만들었다.

터미널은 붐볐지만 항구 도시의 특성인지 선창가보다는 덜하여 사람들이 입고 있는 옷도 다채롭지 않게 느껴졌다.

나는 출발 직전의 좌석이 덜 찬 수무(水霧)행 완행버스를 가까스로 탈 수 있었다. 맨 앞과 뒤쪽 좌석들이 비어 있었다. 차내를 둘러보다가 나는 뒤쪽으로 가지 않고 앞 좌석에 앉아버렸다. 아무래도 구경하면서 가기에는 그 편이 나을 성싶었다. 그와 동시에 버스는 뒤로 물러서며 홈을 빠져 나갔다.

좌석에 앉기 전 둘러보았던 승객들의 옷을 반쯤 선 자세로 뒤돌아 다시 보았다. 그들은 몇몇을 제외하고는 어울리지 않는 옷들을 입고 있었다. 체격에 비하여 크거나 작거나 또는 너무 눈을 자극시키는 원색들. 벌써 반소매 옷을 입은 성급한 사람도 눈에 띄었다.

형은 계절에 관계하지 않고, 사시사철 검정색으로 염색한 군용 점퍼를 입고 지냈었다.

형이 집을 나간 재작년 가을. 형의 방바닥에 뒹굴던, 나는 알아볼 수 없는 무엇인가 설계되다 중단된 켄트지. 그 위에 4B 연필로 끄적거려진 말들이 떠올랐다.

탈출할 수 없는 구조
WE SHALL OVERCOME
WE SHALL OVERCOME

좀처럼 집에 있기를 꺼리는 형의 성격 탓이라고 생각하여 여느 때처럼 곧 돌아오리라 여겼지만 그만 소식조차 전해 오지 않았다. 형이 자주 들르던 화실에도 찾아가 보았지만 전혀 얼굴조차 내밀지 않는다고 했었다.

그 해 겨울, 사람들이 캐롤을 흥얼거리면서 물결 이루던 날 저녁거리에서 형을 만날 수 있었다. 집에서 나갈 무렵보다 조금은 빛이 더 바랜 군용 점퍼에는 뜻밖에도 여자가 한 명 딸려 있었다. 형과 여자를 연결지어 생각해 본 적이 없는 나로서는 놀랄 수밖에 없었다.

"너도 밖으로 나왔구나?"

“어디서 지내요?”

“임마, 그런 신경은 꺼도 되는 거야.”

“그래도…… 그 동안에 많이 변한 것 같은데?”

“그리 보이냐? 고맙다, 그렇게라도 보인다는 게 얼마나 다행스러운 일이냐…….”

“내 말이 틀려?”

“왜, 여자랑 함께 다닌다고?”

우리는 타인처럼 서로의 곁도는 안부만을 물었다. 형은 자꾸 군용 점퍼의 깃만 세워 올리며 겸연쩍게 웃어 보였고, 곁의 여자는 흰 이만 드러내 보일 뿐이었다.

우리는 근처 생맥주집으로 들어갔다.

“더도 말고 따악 한 조끼씩만 마시자. 여기 천으로 셋!”

우리들은 잔을 들어 부딪쳤다. 유리끼리 맞부딪쳐 생겨나는 소리의 맑음은 생맥주의 차가움을 더욱 강하게 느끼게 했다. 형 혼자서만 단숨에 잔을 비워 버렸다.

“한 잔 더? 이번 잔은 내가 살게.”

“됐어. 니가 무슨 돈이 있다구?”

그러면서 형은 여자 앞에 놓인 잔을 들어 자기의 잔에 반쯤 부어 놓았다. 여자는 여전히 아무런 말 없이 흰 이만 드러내 보일 뿐, 술을 마시거나 우리들 얘기에 끼여들지 않았다. 여자의 콧날은 너무 뾰족하고 눈은 흰자위가 많아 어쩌다 치켜뜰 때에는 온통 희게 보였다. 그걸 발견한 나는 괜히 불안했다. 어렸을 적 얼핏 들었던 그런 관상의 여자는 팔자가 세다는 어머니와 고모가 나누던 얘기가 입안의 호프맛처럼 가셔

지지 않았기 때문이었다.

그날 밤에 형은 여자를 나와 인사시켜 주지 않았다.

겨울 방학이 끝나고 신학기가 되어서야 알았지만 형은 그 여자와 바다가 내려다보이는 석사동에서, 식민지 시대에 무슨 창고였다는 건물을 세내어 살림을 차려 살고 있었다. 말이 창고지 일반 주택 정도의 크기에 지나지 않았다.

"너, 어머니께 보고하면 알지?"

형은 아이처럼 내게 주먹을 쥐어 보이며 말했고, 나는 고개를 끄덕였다.

가끔 나는 석사동의 형을 찾아가곤 했었다. 창고에 들어서면 반쯤은 합판으로 가로막아 작업장이고 나머지는 다다미가 깔린 방이었다. 방에는 조립식 옷장 옆으로 책들이 몇 권 포개져 있었다. 그 생활은 형과 나 사이를 훨씬 가깝게 만들어 주었다. 그와 때를 같이 하여 나는 그 여자를 형수라 부르기 시작했다.

형수. 형수는 대학 병원의 간호사였다. 그 여자는 이 도시에 불어 대는 바람만큼이나 변덕스럽게 옷을 자주 바꾸어 입었다. 그런 형수와 만날 때마다, 형은 그 무엇인가와 타협하고 있는지 모른다는 생각이 들었다.

형수가 근무하러 나간 사이에 형은 낮에도 형광등을 켜 놓아야 되는 창고에서 담배만 피워 대거나 무언가를 만들어 가고 있었다. 작은 두상(頭像)이었는데 대뜸 그게 형수일 거라고 느껴졌다.

"생활은 어떻게 꾸려 가는데?"

"생활? 생활 같은 소리 마라. 겉보리 세 말이면 처가살이 말라는 얘기도 못 들었냐……."

"집엔 안 들어올 거예요? 계속 이렇게만……."

"조금 넉넉해지면 갈 거야. 그런 걱정하지 말고 너나 효자 되거라. 공부도 열심히 하고……."

나는 갑자기 터져 나오려는 웃음을 겨우 참아 냈다. 형이 그런 말을 내게 한 건 처음이었다.

"재밌는 모양이지?"

"왜, 너도 하고 싶어?"

형은 번뜩이는 눈으로 나를 노려보았다. 나는 아차 싶어 애써 비굴한 표정까지 지어 보이며 고개를 가로저었다.

"너마저 부모 속 썩히려 들지 마. 나 같은 자식은 하나도 많은 편이야……."

형은 어른이 되어 가고 있었다. 전부터 그런 생각을 갖고 있었는지 모르지만 집을 나가고부터 형이 갖고 있는 생각의 의상은 날로 바뀌어 가고 있었다. 그 사고(思考)의 옷들은 나를 혼돈 속으로 빠져들게 만들었다. 어쩌면 형은 조각을 그만두게 될는지도 모른다는 생각마저 들었다.

차가 멈추었다. 곧이어 형의 말대로 제복인 전투 경찰이 올라와 거수경례를 하면서 잠시 검문을 하겠습니다라고 아주 빠른 속도의 옷을 입혀서 말했다. 검문소였다. 그는 차내의 승객들을 휘익 둘러본 다음 안녕히 가십시오라는 말을 남긴 채, 말의 속도만큼이나 잽싸게 내려갔다.

학기말 고사가 끝나던, 반바지만 입고 싶을 정도로 무더운

날, 나는 친구들과 내기당구를 치러 가다가 거리에서 형과
만날 수 있었다.

형은 땀을 뻘뻘 흘리면서 리어카를 끌고 있었다. 군용 점퍼
는 7월의 태양 아래 창백한 빛을 발했다.

"혀어엉!"

형은 손잡이 부분을 들어올려 리어카를 세우고는 군용 점
퍼의 지퍼를 내렸다. 가슴팍엔 땀방울들이 흘러내리며 햇살
에 반짝거렸다.

"일찍 끝났구나?"

형은 목에 두른 수건으로 땀을 훔쳐 내며 말했다.

"기말 고사 끝났어요. 근데, 웬 리어카야?"

"별수있냐. 젊은 놈 몸이라도 팔아야지."

형의 얼굴은 퍽 그을러져 있어, 번뜩이는 눈빛과 약하디약
해 보이는 체격만 아니라면 완전히 부두에서 하역 작업 하는
잡역부처럼 보였다.

"지금 바쁘다. 다음에 창고에 들러라."

형은 수건을 목에 두르고는 다시 리어카를 끌기 시작했다.
나는 우두커니 서서 태양 아래 창백해 보이는 빛바랜 군용
점퍼만 바라보았다. 점퍼는 꽃거미줄에 걸려 버둥거리는 실
잠자리 날개 같았다.

나는 맥이 풀렸다. 친구들과도 그냥 헤어져 버리고 나서 몇
번이고 고개를 갸웃거렸다. 학기말이란 이유로 근래에는 형
의 창고에 들러 보지 못했던 게 마음에 거슬렸다. 아무래도
형수를 만나 봐야겠다는 생각으로 대학 병원을 향했다. 고지

대여서인지 정문에서 병동까지 걷는 사이에 바람이 땀을 식혀 주었다. 병동 복도 중앙에 안내실이 있었다.

"설현진 간호사를 찾는데요."

"산부인과 소속이네요."

안내원은 쳐다보지도 않고, 그저 무언가를 들여다보며 손가락으로 짚더니 기계처럼 말했다. 안내판에서 2층 산부인과를 확인하고 나는 급히 위층으로 통하는 계단을 뛰어올라갔다. 사내 하나가 2층 로비 자판기 앞에서 종이컵을 들고 초조한 표정으로 서성대고 있었다. 나는 두리번거리다가 산부인과 안내 센터를 찾아 냈다.

"저어, 설현진 간호사를 찾는데요."

"설 간호사요? 지금 휴가 중인데…… 어떡하죠? 참, 나중에 누구라고 전해 드릴까요?"

나는 하마터면 형수 된다고 말할 뻔했다. 왠지 그런 표현을 해서는 안 된다는 생각이 스치었다.

짜증스러웠다. 바다에서 불어 오는 갯내 실어 온 바람 탓인지 공원을 중심으로 시가지가 타오르는 듯했다. 아스팔트의 어느 부분은 녹아 내려 자동차들의 바퀴 자국이 새겨지기도 하였다. 이글거리는 지열 때문인지 도시는 병원에서 내려오며 바라보았을 때와는 달리 졸고 있는 듯했다.

그날 저녁 창고로 형을 찾아갔을 때엔 아직 들어오지 않고 있었다. 형이 올 때까지 문 앞에서 쪼그리고 앉아 기다렸다. 앞바다 건너 섬이 희끄므레하게 떠 있었다. 자정이 가까운 시간에야 형은 골목을 올라오며 비틀거렸다. 술냄새가 확—

코를 찔러 왔다.

“웬일이냐, 낮에 내 꼴 보고 안쓰러워서 찾아왔어? 문 열어라!”

형은 내게 열쇠를 던지며 말했다.

“어딜 갔어요?”

“음, 시골에…… 이따가 얘기하고 라면 좀 끓일래. 너도 먹으려면 물 많이 부어라!”

창고 안으로 들어서서 불을 켠 나는 전에 없던 입상(立像)이 만들어져 가고 있는 것을 보고 놀랐다. 그것은 고개는 젖혀져 허공을 향했고 두 팔 또한 허공으로 뻗쳐 있어 무언가를 희구하는 듯이 보였다. 형이 작업에서 손을 놓지 않고 있는 줄은 몰랐었다. 두상이야 창고 생활의 기념 차원에서 이루어졌을 테지만, 일단 입상은 대작에 속하는 것 아닌가. 더군다나 생활에 매몰되다 보면 그리 쉬운 작업은 아닐 거라는 생각이 들었다.

창문을 열어 놓자 소금에 절인 바람이 목을 잠기게 했다. 나는 곤로에 냄비를 올려놓고는 너절한 작업장을 대강대강 정리했고, 형은 밖에서 군용 점퍼를 벗어 먼지를 털어 댔다.

형은 라면 국물만을 마셨다.

“요즘, 날마다 그런 일 해?”

“무슨 생각으로 그렇게 물어 보냐?”

“생활비를 집에서 타다 쓰면 어떨까?”

“그런 얘길 쉽게 하는구나? 지금 내 나이가 몇인 줄 아냐? 친구들은 거의가 결혼도 해서 안정된 생활을 하고 있어. 그런데 나는 다니라는 학교도 그만두고 또 허락도 없이 여자랑 같이 살면서, 아무리 어렵다고 그 생활비를 부모에게 손벌리겠어? 사실, 허락이라는 것도 그리 중요하지 않지만 말이다……."

형은 대학을 3학기만 다니고 그나마 세 번째 학기는 기말고사도 치르지 못하고 그만두었다. 무슨 일이었는지 여러 명의 다른 학생들과 경찰에 연행되어 아버지가 몇 차례인가 면회를 다니셨고 나중에는 형을 데리고 내려왔었다. 형은 그때부터 남대문시장에서 샀다는 군용 점퍼에 검정 물감을 들여 입고 지냈다. 집에서 용돈조차 타서 쓰는 경우도 드물었다. 형은 선배가 운영하는 화실에서 생활을 했었다. 그러다가 군입대를 하였고 제대 후에도 줄곧 집에만 박혀 있다가 지난 해 가을 집을 나가 버렸다. 그후 만날 때마다 느껴지는 건, 군용 점퍼 빛깔이 빠르게 바래져 가고 있다는 점이었다.

"그럼, 여기에 살면서부터 계속 막일하러 다닌 거야?"

"아냐. 요 며칠 동안만 했어. 생각보다는 힘들더라. 하지만 빚접어……."

"저 작품, 새로 시작한 모양이네?"

"일 끝내고 돌아와서 잠들기 전까지 조금씩 한 거야. 때론 밤을 꼬박 새우기도 해……."

"제목도 붙였어?"

"제목? 갈망이야. 왜, 어울리냐?"

"내가 뭘 아나…… 근데 형수는 시골에 뭣하러 갔는데?"

"집엘 갔어. 여태 몰랐냐? 여객선을 타고 두어 시간 가야

되는 섬이야. 그쪽 집에선 현진이가 후배와 자취를 하는 걸
로 알거던. 그래서 쉬는 날엔 꼬박꼬박 집엘 다녀오곤 하지.
봉급도 봉투째 집으로 갖다 주면 그쪽 집에선 생활비를 떼어
주는 모양이야. 모르지, 그걸로 내가 먹고살았는지도……."
　"요즘 세상에 그런…… 천사가 따로 없네?"
　"그래서 부끄러운 거야. 남자는 밖에서 활동해야 하는
데…… 난, 너무나 무기력해……."
　형은 기다랗게 한숨을 내쉬었다. 어쩌면 형은 절망하고 있
는지 몰랐다.
　"그럼 그쪽 집에선 형수가 형과 함께 사는 걸 모르고 있다
는 얘기네?"
　"당연하지. 알면 난리나지. 그래서 더욱 걱정이야. 현진이
가 내게 요구하는 게 너무 많아. 부모들이 바라는 모든 걸 말
야. 하지만 그런 것에 대해서 이해는 할 수 있어. 섬 구석에
서 외딸을 대학 보내 간호사까지 만들어 놨을 때는 결혼도
그럴 듯한 상대 골라 시키고 싶은 것 아니겠냐?"
　"그런 게 문제가 되나?"
　"생각해 봐라. 이 살벌한 세상, 너도 알다시피 나라는 놈이
어차피 이 문명과 화해하며 살기엔 이미 틀린……."
　갑자기 작은 공간만큼이나 형이 답답하게 느껴졌다. 낮에
땀을 흘리며 리어카를 끌던 때와는 전혀 다른 표정이었다.
　"아무래도, 형이 지금 절망하고 있는 거야."
　"절망? 차라리 그랬으면 좋겠다. 그럴 틈이 어딨냐……."
　"앞으로도 계속 일 나갈 거야?"

"그래야지…… 어떤 형태의 작업이던 게을리해선 안 될 것 같애."

자고 가라는 걸 마다하고 집으로 돌아왔다. 쉬이 잠을 이룰 수 없었다.

그후 가끔 형의 창고에 들러 보았으나 그때마다 번번이 자물쇠가 채워져 있었다.

형은 좀처럼 염색한 군용 점퍼를 벗으려 들지 않았다. 볼 때마다 다른 옷을 입고 있는 형수와는 달리 때와 장소를 가리지 않고 그 차림이었다.

3학년 신학기 수강 신청에 바쁘게 뛰어다닐 때, 한 통의 편지가 내 앞으로 왔다. 형으로부터였다. 내용은 단 한 줄뿐이었다.

마침내 집을 나가 버렸다.

형이 살고 있는 창고는 유난히 멀게 느껴졌다. 가느랗게 내리는 비는 물오르는 버들가지를 훑어내린 형의 앞머리처럼 느끼게 만들었다. 석사동으로 가는 75번 버스 안에서, 창고 속에 웅크리고 앉아 있을 형을 떠올렸다. 왜, 형수는 나가 버렸을까. 모른다. 형에게 있어서 형수는 여름날 대청마루에 누워 낮잠을 자고 일어났을 때 느껴지는 막연한 향수 같은 것인지도.

석사동 산번지에 자리한 형의 창고까지 오르는 데는 여간 힘들지 않았다. 가늘던 빗줄기가 점점 굵게 어깨를 때려 왔다.

　형은 형광등 흐릿한 불빛 아래 암울한 표정으로 웅크리고 앉아 있었다. 마치, 언젠가 형이 만들어 대청에 놓아 둔 자소상처럼. 형수의 책들과 조립식 옷장이 제자리에 보이지 않았다.

　"언제 나갔어? 무슨 일이 있었던 거야?"

　형은 고개를 가로저었다. 형의 눈은 초점을 잃고, 책들이 쌓여 있던 자리에 놓여진 두상만 멍하니 바라보았다.

　"무슨 일이 있었는지 속 시원히 얘기 좀 해 봐. 이 마당에 내게 숨길 게 뭐 있다고 그래?"

　"숨기려는 건 없어, 내 무능함이 부끄러울 뿐이지. 사실, 집을 나가 다른 곳에서 살기 시작한 건 병원을 옮긴 지난 12월이었어. 그래 가지고 이제 와서 갑자기 헤어지자는 거야……."

　"왜?"

　"음, 세상에 흔하디흔한 일이지. 현진이 말대로라면 가난이 싫다는 거야."

　그 말을 듣는 순간 나의 모든 신경 조직이 감전된 듯했다.

　"그래서 나가 버린 거야?"

　"바둑돌 같은 세상이야. 흰돌 아니면 검은돌, 내 편 아니면 적. 그외의 존재는 용납을 못 하는 거지. 영리한 사람들은 그 대처에 발빠르지. 거부하려는 몸짓은 받아들여지지 않아. 사람들의 옷이 그걸 잘 나타내 주고 있잖냐. 푸른 제복의 시대이니 말야. 행여, 낙오될세라 앞다퉈 그걸 따르고 있어. 푸른 제복은 아니더라도 비슷하거나 그에 힘을 보태 주는 또다른 형태의 제복군을 만드는 거 아니겠냐……."

형은 허망한 표정을 지으며 한숨을 내쉬었다.

"그건 또 무슨 뜻이야?"

"가난은 핑계야. 나로서는 충족되지 못한 부분이 있었던 모양이지. 문제는 서로의 옷 아니겠냐?"

"그걸 어떻게 알아?"

"어린 놈…… 바로 나흘 전에 호텔 복도 벽면 부조를 손질하고 있었거든. 해름이 먼 시간에 반대편 복도의 끝방으로 들어가는 남녀를 발견하고는 별 미친 년놈이라 여기는데 여자의 뒷모습이 현진이와 너무 닮았더라. 그 순간, 천장이 사선을 그리며 스러지는 것 같더라. 일찍 끝낼 일을 늑장을 부리며 몇 번이고 망치와 끌을 쥐었다가 놓았어. 시간 반쯤 지나 끝방에서 나오는 현진이를 확인한 뒤로 어떻게 집에까지 왔는지 몰라……."

어느 틈에 형은 흥분되어 있었다.

"옷의 빛깔을 바꾸겠다는 거지…… 현명한 여자야."

"불행해지지 않을까?"

"꿈꾸지 마라. 만약, 만약에 말이다 그렇게 된다면 현진이는 그것을 자기의 운명이라 여길 거야. 그런 면에서 보면 현명한 편이 못 되는 편인지도…… 옷의 형태와 색에 따라 구분되어지는 게 제복이야. 이 점퍼도 형태는 제복이지만 염색을 해버려 빛깔만 다를 뿐이야. 벌써 작년 봄, 잊은 건 아니지? 그 서슬 퍼렇던 제복들 말야. 지금의 날갯짓들에 대해 언젠가는 분명히 부끄러워할 날이 올 거야."

형은 담배에 불을 붙여 최대치 폐활량으로 한 모금 들이마셨다가 연기를 내뿜었다.

"앞으로 어떡할 건데? 무작정 이렇게 혼자 지낼 필요 있어? 그냥, 집으로 들어오면 안 될까?"

"모든 걸 다 때려치웠어. 마음만으로 살아간다는 건 너무 벅차. 자신에 대한 배신 행위야. 지킬 능력 없는 마음은 포기할 줄도 알아얄 것 같애. 제복의 세상에 사제옷은 하나의 도전 아닐까……."

형이 무서워졌다. 어쩌면 군용 점퍼를 벗어 버리게 되는지 모른다는 생각이 들었다.

"한번 만나 볼까?"

"관둬!"

짙은 노랑으로 그어진 도로 중앙선이 선명하게 버스의 정면으로 빨려들어왔다. 갓 피기 시작한 유채꽃의 연노랑은 차창을 스쳐 지나 형의 일을 생각하는 내 마음의 우울한 색을 더욱 짙게 만들었다.

그때 여러 생각 끝에 나는 형수를 만나 보기로 작정하고, 형수가 옮겨 갔다는 도시의 외각에 자리한 병원엘 찾아갔었다. 한눈에도 커 보이지 않는 병원은 온통 흰색이었다.

병동의 복도에는 흰 유니폼을 입은 간호사들이 바쁜 걸음으로 다니고 있었다. 안내실 유리문을 두들기자 안내원은 보던 잡지를 덮으며 유리문을 열었다.

"저, 대학 병원에서 옮겨 온 설 간호사를 찾는데요."

"조금만 기다리세요."

나는 안내원이 형수를 찾는 안내 방송을 들으며 현관을 빠져 나와서 정원 벤치에 털썩 주저앉아 버렸다. 온실에서 옮겨 심은 흔적이 아직 남아 있는 팬지가 시들해 보였다.

"태호 씨가 웬일이세요?"

형수였다. 형수는 예전처럼 웃어 보이지 않았다. 순간, 나는 무슨 얘길 먼저 꺼낼까 하고 망설였다.

나와 형수는 병원 휴게소로 갔다. 몇몇 사람들이 자리를 메꾸며 앉아 있었다.

"태호 씬, 한 번쯤 만나고 싶었어요. 절 무작정 찾아온 건 아니죠?"

형수는 형과 아무 일 없었는 듯 마치 연극 대사를 외우고 있는 것 같았다. 나는 한참 동안 민망스러운 눈으로 형수를 바라보았다.

"가끔씩 주호 씨를 생각해요. 제가 살아오면서 주호 씨를 만날 수 있었다는 점에 항상 감사하고 있어요. 비록, 비슷한 옷마저도 입을 수 없게 되었지만요……."

"무슨 생각으로 그런 말씀을 하시는 거예요?"

"별다른 뜻이 있는 건 아녜요. 제가 갖고 있는 생각일 뿐이에요."

형수. 나는 좀처럼 이제는 형수가 아니라는 생각을 떨궈 버리기 힘들었다. 형수는 한참을 탁자만 내려다보고 있었다.

"이런 걸 물어 봐도 되는가요?"

형수는 대답을 하지 않고 그저 웃어 보였다.

"왜, 형님과 헤어졌어요?"

"이제야 물으시네요. 그 빛바래 가는 군용 점퍼 때문이었어요. 별다른 이유는 없어요."

형수는 눈을 아래로 내리뜨며 약간은 조심스럽게 말했다. 형수가 말하는, 늘 형이 입고 다닌 군용 점퍼. 그게 상징하는 건 무얼까 하고 고민하지 않아도 나는 그 뜻을 얼른 알아차릴 수 있었다. 하지만 형의 생각과 행동들이 결코 틀리거나 나쁜 일이 아니었다고 따져 들고 싶지 않았다.

"무척 어려운데요? 메타포가 너무 강해서요."

"……."

어느 틈엔지 형수의 눈이 부시게 하얀 유니폼이 검정으로 변해 있었다. 형수는 그걸 느끼지 못하고 있음이 분명했다.

"형수의 검정 유니폼은 무척 멋있어 보이는데요?"

"무슨 뜻이죠?"

형수가 반문을 해 옴과 동시에, 이제는 더 이상 바랠 색이 없는 듯한 군용 점퍼를 입고 있는 수척한 형의 모습이 떠올랐다가 이내 사라졌다.

"군용 점퍼 때문에 헤어졌지만 항상 떠오르는 건 그거예요. 하지만 곧 잊게 될 거예요. 태호 씬 절 나쁜 여자라고 여기세요?"

"형수님답지 않군요."

"이제 태호 씨의 형수가 아니에요. 그리고 주호 씨와 헤어진 건 서로를 위해서 잘된 일이에요."

"그건 형수님의 일방적인 생각 아닐까요? 형수님이 형에게는 세상으로 통하는 하나의 창이라는 생각 해 보신 적 없으세요?"

"어쩔 수 없는 거 아니에요?"

형수가 하는 말들의 의상을 도저히 내 상식으로는 이해할 수 없었다. 변해 버린 형수의 유니폼 빛깔마냥 점점 나의 생각은 어두워져 갔다.

"어쩔 수 없다는 건 구체적으로 뭐죠?"

"전 시골 태생이에요. 교육은 이 도시에서 받았지만 제 의식의 근원은 시골예요. 환경을 변화시킴으로 하여 제가 타인에게는 다른 사람으로 보일 수 있다는 생각 때문이에요. 사람 누구에게나 신분 상승 욕구는 있다는 걸 부정하진 않으시겠죠?"

"형수님의 그런 생각은 결코 허물어지지 않는 것이라고 여기세요?"

"주호 씨의 군용 점퍼 같은 말씀이시네요. 저의 생각은 짧아요. 잔인하게 굴지 마세요. 복잡하게도 힘들게도 살고 싶지 않아요. 다시 말씀 드리지만 형과는 헤어진 거예요. 저번 주호 씨의 끌에 다친 사람도 제가 다른 사람으로 보일 수 있게 하는 하나의 다리일 뿐이었다면 놀라시겠죠?"

형수는 애써 표정을 감추려 들었다.

형수는 말없이 한참을 옆쪽에 자리한, 치어도 없이 물풀만 너울대는 수족관만 물끄러미 바라보았다.

"형수님! 오늘 실례했어요. 다음에 만날 수 있으면 좋겠네요. 안녕히 계세요."

벌떡 일어서며 건네는 말에 형수는 당황한 표정이었다. 한 사코 말려도 병원 정문을 빠져 나와 형수는 시내버스 정류장까지 따라 나왔다.

"이제 들어가세요."

"괜찮아요. 버스 타는 데 보구요."

"들어가시는 것 보고 나서 차 탈게요."

나는 병원을 향해 걸어가는 간호사의 흑색 유니폼을 시야에서 사라질 때까지 바라보고 서 있었다.

그후 나는 매일 형의 창고엘 들렀었다. 그때마다 형은 작업도 하지 않고 술에 젖어 있었다. 정말 그의 말대로 모든 걸때려치워 버렸을는지 모른다는 생각이 애타게 만들었다.

그 늦봄에 형은 집으로 돌아왔다. 집에 와서도 형은 매일술이었다. 혼자 웅크리고 앉아 있거나 마당을 서성대다가 새벽에야 잠에 들곤 하였다.

"형은 요새도 형수 생각해요?"

"일없다! 어떤 만남이 일단 허물어졌다면, 어느 한쪽이 상대 쪽에게 쏟았던 뜨거운 마음을 거둬 버렸거나 서로가 가졌던 그런 마음을 식혀 버렸기 때문 아닐까? 나비가 변태를 하여 날기 시작하면 자신의 허물은 잊어버리는 거 알지?"

형은 몹시 흥분해하며 내게 말했다. 그날도 형 방에서 우리는 새벽까지 술을 마셔 댔다.

그러던 어느 날, 집으로 돌아온 지 불과 1주일 정도 되었을때 형은 또다시 집에서 나가 버리고 말았다. 그건 이틀 후 학교로 보내 온 형의 편지를 받고서야 확인할 수 있었다.

태호 보거라

이제 더 이상 복권을 사지 않기로 하였다. 무려 석 달째 맞은 건 꼴찌 다섯 장뿐. 특등이 당첨된다 할지라도 별 의미는 없어.

단돈 얼마씩이라도 내 손으로 벌 것이다. 내 아직 어둠 속에 갇혀 있다고 가정할 때 밝음은 그리 멀지 않아. 결코 제복에 대한 얘기가 아니다. 또다른 형태의 불효를 하게 되는 것과 어쩌면 내 자신이 전락하고 있는지도 모른다는 느낌이 자꾸만 파고들어 두렵게 한다.

– 형

어쩌면 형은 퇴행하고 있는지 몰랐다. 군용 점퍼의 빛깔도 점점 그 색을 잃어 가고 있을는지 모른다는 생각이 마음에 구멍을 뚫었다.

2차선이지만 버스는 제법 씽씽거리며, 아직 지지 않은 철쭉으로 흥건히 젖은 산을 스쳐 지났다.

형을 만나면 맨 먼저 어릴 적부터 친구처럼 계속 써온 나의 반말투를 고쳐야 될 텐데 어떨는지 모르겠다. 형의 군용 점퍼와 형수의 유니폼 사이에 있는 의식의 차이를 생각할 때 버스는 종착지인 수무에 닿았다.

비린내 섞인 물안개가 엉기어들었다.

버스에서 내린 사람들은 제각기 어디론가 서둘러 걸었다. 나는 한참 동안 비린내를 맡으며 서 있다가, 햇살에 반사되어 형이 기르던 선인장처럼 반짝이는 안개 입자에 젖어 있을 낡은 군용 점퍼를 떠올리며 지서를 찾아 걷기 시작했다.

꽃게와 폐선

희번득거리며 밀려오는 물결은 해안을 핥기 시작하며 상처 깊숙이 파고들었다. 이미 작업을 중단한 지 한 달이 넘는 모래 채취 바지선이 폐선에 가리워 크레인의 골조 부분만 앙상하게 보일 뿐이다. 봄이 올 때까지 작업을 중단하지만 바지선은 작업 위치에 정박시켜 놓은 모양이었다.

끈덕지게 불어 오는 바람에 갯검불은 해안선을 따라 쫓겨 다니고, 멀리 보이는 방파제 바깥으로 펼쳐진 갯벌엔 해태발만 앙상한 숲을 이루며 서 있었다.

잿빛을 토해 내는 하늘. 그에 물든 바다. 지칠 대로 지친 듯한 이곳의 해안. 숱한 전설을 간직하고도 입을 다물고 있는 것만 같은 폐선. 망가질래야 더 이상 망가질 곳도 없었다. 양식장 너머로 보이는 기다랗게 떠 있는 섬들이 점점 멀어져 가면서 바다는 희뿌옇게 변해 갔다.

날씨가 변덕을 부려 거칠어질 대로 거칠어져 양식장 일대가 그저 황량해 있을 때만 찾아오는 여자가 있었다. 와서는 방파제 끄트머리에서 머리카락에 감싸이거나 머리카락을 나부끼며 한참 동안 무얼 하는지 모르게 서 있다가 되돌아가곤 했었다. 그때마다 목까지 감긴 생머리칼에 내 자신이 자꾸 휩쓸려 그 여자와 내 주변의 여러 일들이 갯검불처럼 엉켜들었다.

그 여자는 기르고 있는 꽃게를 구경한 적이 단 한 차례도 없었다. 어떤 사람들은 틈을 내어 이곳까지 꽃게를 구경하러 오기도 하는데. 물론 여기에 꽃게가 자라고 있다는 것을 모를 리 없을 것이다. 버스 종점에서 시작되는 이곳 진입로에는 '꽃게 양식장'이라는 팻말이 세워져 있으니까. 어쩌면 그 여자는 꽃게를 시내버스 출구에 붙어 있는 스티커 정도로 여기는지 모른다.

폐선은 흉가처럼 바람만을 지나가게 만들어 쉬잉 소리를 냈다. 이따금 선체 일부인 큰 나무 골조들이 들썩거리기도 하였다. 폐선은 이미 그 밑바닥에 소(蛸)가 먹어 들었고 이끼나 갯강구들의 서식처로 변해 가고 있었다. 폐선이 이곳에 밀려서 묻히게 된 것도 얼마 되지 않았다지만 이제는 누가 보아도 아무 쓸모 없는 나무 조각에 지나지 않다는 느낌이 처음 들었을 때, 불현듯 떠올린 생각에 스스로 진저리칠 수밖에 없었다.

―저걸 태워 버려야 한다, 완전히 소각시켜 버릴 수는 없을까.

흐려진 날씨 때문인지 시간이 많이 흘러 버린 듯하였고 그것은 묘한 불안감을 느끼게 만들었다. 그 여자는 나타나지 않을 것인가. 꽃게가 몇 마리 죽어 버렸을지도 모른다. 그걸 확인해 보아야 한다.

석유 난로의 불을 죽여 놓고 밖으로 나왔다. 세찬 바람에 머리칼은 눈앞을 가렸다. 모래가 바람에 섞여 머리칼 속으로 들어갔는지, 머리칼이 서걱거리며 뻣뻣해지는 것을 느낄 수 있었다. 양식장 앞 모래톱에 다다르자 바람은 조금 서서히 머리 위를 스쳐 갔다.

꽃게들은 한 마리도 죽어 밀리지 않았다. 예쁘디예쁘게 옆으로 옆으로 헤엄을 쳐 나가고 있었다. 마치 춤을 추고 있는 것처럼 보였다.

그걸 들여다보며 서 있기에는 숨쉬기 곤란할 정도로 바람이 불어 오고 갯검불은 발목에 휘감겨 왔다.

아직 바람을 피하지 못한 갯강구들은 어디론가 재빠르게 달아났고, 마음 한 구석의 퀭한 일들은 나를 술집으로 쫓기 시작했다. 배차 간격 30분인 시내버스 종점에 있는 구멍가게를 겸한 술집이다.

텅 빈 술청에는 주인아주머니 혼자 연탄불을 쬐고 앉아서 라디오를 듣고 있었다. 내게 눈인사를 건넸을 뿐 일어나지 않았다.

안쪽에 있는 탁자 앞에 가서 앉았다. 비닐 장판으로 씌어 놓은 탁자에는 몇 개의 젓가락이 담겨진 통만 뎅그라니 서 있었다.

“소주 좀 주세요.”

그때서야 아주머니는 듣고 있던 라디오를 끄고는 자리에서 일어섰다.

탁자를 씌어 놓은 장판의 꽃게 무늬들이 마치 살아 있어서 슬금슬금 옆걸음 치는 것처럼 어른거렸다. 담배를 빼내어 물고 마악 불을 붙이려 할 때, 아주머니는 술과 안주 쟁반을 가져와 탁자 위에 놓고 돌아갔다.

냉장고에서 꺼내 온 소주병은 속의 뜨거움을 전혀 내색하지 않은 채 차갑게 서 있었다. 안주래야 감태(甘苔) 한 접시와 고춧가루가 말라붙어 버린 금방이라도 입안 가득 침을 고이게 만들 것 같은 시디시게 보이는 김치가 고작이었다.

“겨울에도 소주를 냉장고 넣어 두세요?”

“양식장 인부들이 찬 것만 찾어라우.”

한 잔을 쭈욱 들이켰다. 차가운 소주에 젖은 목젖이 오므라드는지 목구멍이 찌릿해 왔다. 감태 맛이 그만이었으나 소주 한 잔의 씁쓸한 맛을 얼른 제거해 주지는 못했다. 다시 잔에는 술을 채워 놓지 않고 담배를 피웠다. 연기는 천장으로 올라가지 않고 흩어져 버렸다. 술담배는 금물이오 하면서 내 앞에서 담배를 피우던 의사가 연기 속에서 웃고 있는 것 같았다.

“아주머니이!”

“……”

대답이 없자, 나는 자리에서 일어서며 아주머니에게 물었다.

"안주 좋은 것 없어요?"

"쩌것뱅에 윭어라우."

아주머니는 출입구 쪽에 있는 함지를 눈짓으로 가리켰다.

함지에는 해삼 몇 마리가 옴짝달싹하지 않고 오므라들어 있었다. 다른 몇 마리는 처녀의 젖꼭지 같은 뿔들을 곤추들며 먼 바다 깊은 곳의 이야기를 술청 안에 풀어 놓고 있었다. 뿔을 보자 짓궂게도 시샘이 일어났다. 뿔 하나를 검지로 살짝 눌러 보았지만 예상과 달리 미동의 기미조차 느낄 수 없었다.

"아주머니, 이놈을 썰어 주세요."

아주머니는 졸립다는 듯이 하품을 하면서 일어섰다. 노랑 양재기 하나를 집어들어 행주로 쓰윽 돌려 훔치면서 함지 앞으로 왔다.

양재기로 옮겨진 해삼들은 함지에 담겨 있을 때보다 훨씬 작게 보였다.

반쯤 탄 담배를 꺼 버리고 되돌아와 자리에 앉아 한 잔을 채워 놓았다.

"여깃쑤…… 겨울 것이라 귀한데다가 맛까지 최고지라우……."

"그래요?"

접시 위에 놓여진 해삼 토막들은 그때서야, 다시 바다로 되돌려 보내 달라는 듯이 꾸물대기 시작했다. 한 입에 넣기에는 약간 크다 싶게 썰어 놓은 것 같았다.

"조금 잘게 썰어 주실래요?"

"아이, 표 선상이 잘 몰라서 그란디, 해삼은 고로코롬 큼죽큼죽하게 썰어 묵어야 제맛이지라우. 한 점이 한 입깜은 돼야제……."

그럴 듯한 얘기였다. 한 입에 넣기에는 부담스럽게 여겨졌지만 그대로 먹기로 했다. 아주머니는 장사를 오랫동안 해 왔고 가르쳐 준 말이 정말 맛있게 먹는 방법인지 모른다는 생각도 들었지만 그저 귀찮았다.

소주를 한 잔 마시고는 미끄러워 잘 잡히지 않는 살점을 한 토막 입에 넣고 오물거렸다. 살점이 오독오독 이빨에 씹힐 때마다, 순빈(純彬)과 마지막 키스를 하던 감촉이 입안에 번져와 전신이 감전된 듯했다. 거푸 두 잔을 마셨다.

바람은 창문을 덜컹거리게 만들었다. 조금 전보다 훨씬 거세게 불어 댔다.

"뭔, 바람이 이리도 불어 댄다우?"

"인제, 겨울 아녜요?"

"바람이 이라믄, 일 못 허지라우?"

"그러죠."

"인부들은 다 가부렀는가 암두 안 들리는구만이라우……."

"오늘은 일을 시작하자마자 날이 궂어 모두 일찍 돌아갔을 겝니다."

라면이라도 끓여 먹을 텐데 괜히 굶었다는 생각이 들었다. 몇 잔 마시지 않았는데 술기가 온몸을 휘돌았다. 그런데다가 기침이 자꾸 터져 나왔다. 가까스로 참았다가도 어쩌다 크게 기침을 하고 나면 정신이 흐릿해지면서 이마엔 식은땀이 맺

했다. 이럴 때마다 머릿속에 달려와 박히는 것은 폐선이었다. 그것은 깨끗한 나의 거울이면서, 내 스스로 사라져 버리고 싶은 강한 충동질을 부추기고 있었다.

폐선이 이곳에 밀리게 된 것도 내가 여기에 오기 한두 달 전이라니까, 아직 1년이 채 못 되었건만 본래의 모습을 점점 잃어가 고물 쪽에는 앙상한 뼈대만 몇 개 남았을 뿐이다. 이곳에 왔을 때 처음으로 내 시야를 메꾸었던 폐선. 그것은 내게 결코 싫은 감정을 주지 않았었다. 그러나 시간이 지남에 따라 내가 거울을 보고 있는 듯한 느낌이 들기 시작하면서부터 이제는 끔찍하기까지 했다.

이곳에 온 지 1주일 정도 지나서 누군가가 나를 찾아왔었다. 그는 사무실로 찾아오지 않고 바로 이 술집으로 나를 불러 내었다. 그때만 해도 술을 피하며 지내던 터였는데 그는 한사코 술을 권하면서 말을 꺼냈었다.

"제가 진작 찾아뵈야 하는 건데……."

"……?"

"오신 지는 얼마나 되었소?"

"1주일 조금 지났나요. 그런데, 무슨 일로?"

"제가, 저 대망호 선줍니다. 투기 사업이라고 모두 털어서 저걸 운영했는데 본전도 못 뽑고……."

"그러세요? 더 부리시잖고……."

"그게 맘대로 안 되더라 이거요. 동창이 다시 합자로 부리자고 그러는디, 그게 어디 쉽소? 도크에 올려서 새로 짓다시피 해야는디…… 그리고 목선 시대는 이젠 끝났어요."

"그래도 하셨던 사업인데…… 말씀 낮춰서 하십쇼."

"그란디 한창 젊은 사람이 왜 여기에 있는 거요? 다른 직장도 많을 텐디……."

그러면서 그는 몇 번인가 고개를 갸웃거렸다. 묘하게도 거기에서 내 부친의 표정을 발견할 수 있었다.

— 너는 어째 만사 그 모양이냐? 인제 너 알아서 맘대로 해라. 집안 형편을 쬐끔이라도 생각한다면 단돈 십 원 벌이라도 해얄 것 아니냐? 나도 너를 가르칠 만큼 가르쳤고 이제 군대까지 갔다 왔으면 세상 물정도 알 만하잖냐? 복학한다, 아프다, 핑계대고 놀고먹는 것도 한도가 있는 법이여. 동생들 보기도 부끄럽잖냐? 그라고 복학할 생각은 허덜 말어!"

집안 상황이 부친의 말씀대로, 내 뜻대로 해 나가기에는 너무 긴박했었다. 그때 부친은 실직하신 지 6개월이 넘었고 동생들은 하루 세 끼를 다 먹을 수조차 없는 처지인데다가 넷째는 고등학교에 보내 주지 않는다고 서울행을 해 버렸고, 대학 3학년을 마친 바로 밑에 동생은 무슨 일 때문인지 몰라도 급작스레 훈련소로 가야만 했다는 것이다.

그럼에도 불구하고 제대 후 몇 개월을 무기력에서 헤어나지 못하고 지낼 수밖에 없었다. 그러다가 별다른 수를 생각할 여지 없이 친구 부친의 수산 회사 계열인 꽃게 양식장 현장관리인으로 고용될 수밖에 없었다. 정산이 녀석이 내 꼴보기에 안타깝다고 그의 부친께 조른 덕분이었다. 잡역을 할 만한 체격을 갖지 못한데다가 건강마저 나빠져 육체 노동을 할 수 없었지만 그때의 심정으로는 아무 일이나 할 태세였다. 다행히 관리인이라는 직책이 양식장과 잡역부들의 관리에 그치는 것이어서 근무하는 데 큰 힘이 드는 건 아니었다. 더군다나 도심에서 떨어진 해변이라 공기도 좋아 마치 요양 온 느낌이었다.

"내 젊은이에게 부탁이 있는데 들어주소!"

내게 부탁이라니. 무슨 부탁일까 하는 의아심도 들었지만 그러겠노라고 했다.

"다름이 아니라, 저 대망호 때문에 그러는데 저래 봬도 아직은 내 포부를 담고 있는 것이네. 저걸 좀 지켜 주지 않겠는가? 기계도 전부 뜯어 철공소에 갖다 놨기 땜세 도둑 맞을 만한 것도 없지만 그래도 내 입장으로는 어디 그런가. 마치 혼삿날 앞둔 딸년 보듯 못내 아쉽구먼……."

"그건 염려 마십시오. 제가 양식장 둘러보는 길에 살피죠."

"고맙네. 그리 신경 쓸 만한 것도 아니지만 내 날마다 둘러볼 수도 없고 거리까지 여간 멀잖은 데다가 도와 줄 자식이라곤 대학 졸업반 딸년 하나라…… 한번씩 둘러나 봐 주게."

그의 대망호를 바라보던 눈빛. 그것은 맑은 날 꽃게 등에 반짝거리는 물빛처럼 강렬했다.

그후부터 대망호를 바라보는 눈은 더욱 각별했는데 날이 갈수록 마음이 변해 갔다. 내 개인의 문제가 더욱 크게 부딪쳐 왔고 대망호의 변해 감을 좇고 있다는 느낌이 들었기 때문이었다. 한풀씩 내가 꺾일 때마다 대망호라는 이름은 희미해져 갔고 급기야는 폐선으로 변해 갔다.

계속하여 창문은 덜컹댔다. 아주머니는 연신 하품만 해 대며 앉아 있었다.

"아주머니! 한잔 드실래요?"

"괜찮여라우…… 선상님이나 드시시요."

"자꾸 선생이라 부르지 마세요. 거북하게……."

"달리 뭐라 부르겠소? 요런데 있을 사람 같질 않아 뵌
디……."

"해삼 맛이 그만인데, 이쪽으로 오세요!"

아주머니는 못 이기는 척 겸연쩍은 표정을 지으며 앞자리
로 와서 가져온 술잔을 앞에 놓고 가득 부었다. 그러고 나서
잔을 든 두 손을 받쳐 들더니 고개를 약간 돌리고서 쭈욱 마
신 다음 입맛을 다셨다.

"안주도 드세요."

아주머니는 해삼 한 토막을 집어 입에 넣었다. 조심스레 오
물거리는 모습은 흡사 지금보다 젊으실 때의 어머니를 떠올
리게 만들었다.

땡볕의 여름날. 골목마다 후비시며 머리에 인 달아의 중량
만큼이나 무거운 땀방울을 흘리시던 모습. 우연히 그 골목에
서 나와 순빈의 나란한 걸음과 부딪쳤을 때 얼른 발길을 바
꾸어 버리시던 아픔. 어쩌면 순빈과의 관계도 어머니의 땀방
울을 떠올릴 때마다 죄스러움으로 인한 스스로의 탈출을 기
도했기 때문인지도 몰랐다.

아주머니는 내게 한 잔을 따라 주고 돌아가 버렸다.

순빈의 마음처럼 맑디맑은 소주는 폐선처럼 변해 가는 나
를 위하여 방부제 역할을 해내는 건가. 바람이 폐선을 스치

어 지나는 것처럼 가슴을 퀭하니 후비고 지나는 것 같은 소주의 찌릿함은 해안에 달려드는 물결처럼 밀려왔다.

"원, 바람도. 잘려는 생각을 않고 불어 대네…… 참, 꽃게들은 안 죽었습디여?"

"네. 여기 올 때까진 죽은 건 없었어요."

"저번엔 폐유 땜세 작업을 못 하더니 오늘은 또 바람 땜세 못 허요잉?"

순간 섬뜩했다.

"어뜬 놈이 뭣헐라고 그런 짓을 했을께라우?"

아주머니의 한 마디는 허탈감을 느끼게 만들어 버렸고, 생각은 폐선을 쫓기 시작했다.

몇 주 전의 밤이었다.

바다는 썰물이었고 달은 가득 차 만월이었다. 쭈욱 밀려 나가 버린 바닷물 때문에 갯벌은 발가벗은 채 부끄러움을 감추지 못하며 쩔쩔매고 있었다. 폐유 한 통의 중량이 한 손으로 계속 들기에는 무거웠다.

폐선은 달빛 아래 빛나며 유령선처럼 서 있었고, 그 흐느낌만 바람이 실어 와 들려 주었다. 앞바다의 물결은 반짝거리며 엷게 밀려오고 있었다. 폐선은 점점 나의 표정과 행동을 따라서 하는 듯했다.

— 오늘로서 너도 끝장이다.

나의 피폐해 감에 따라서 대망호는 점점 폐선이 되어 갔다. 어쩌면 내가 폐선의 변해 감을 따라 더욱 말라비틀어져 가고 있는지도 몰랐다. 입대 전, 낯선 사내들에게 붙들려 가 아직 돌아오지 않는 얼굴들이 그리웠다. 자꾸 학교로 되돌아가고 싶었다. 그러나 환경은 조건을 만들어 주지도 못하면서 자꾸만 얽매어 놓기만 하는 듯싶었다. 시간의 흐름에 따라서 스멀스멀 나를 조여 오는 것이었다. 거기에다가 건강 상태는 더욱 나빠졌다. 거울에 비쳐진 앙상하게 몰골만 남아 버린 얼굴을 바라다볼 때마다, 화가 치밀기는커녕 오히려 위축감만 들 뿐이었다. 급기야는 자살을 떠올려 보기도 하였다. 아마 그때부터 폐선을 없애 버리려는 생각을 떠올렸던 것 같다. 자신에 관한 모든 문제들을 극복해야만 한다는 결심을 하면서 이빨을 뿌드득 갈아 보았지만 그건 밤뿐이었고 날이 밝으면 해안에 와 닿는 물결마냥 흔적조차 남지 않았다. 참으로 암담했었다. 낮은 낮대로 밤은 밤대로 뼛속 깊숙이 파고드는 절망감을 어찌할 도리 없이 그대로 당할 수밖에 뾰족한 수는 끝내 보이지 않았다.

그때마다 가슴팍을 간지럽히며 쿨럭거리게 만들어 버리는 막대형의 병균들. 좋은 약들을 돈만 있으면 바꿀 수 있는 세상이라 해도 몸살 정도로 치부해 버리기에는 상당히 늦었다고 의대에 다니고 있는 친구놈은 말했지만, 이미 늦었건 빨랐건 치료에 관해서 나로서는 별도리가 없었다.

충분하지 못하더라도 적당량의 돈만 있다면 나와 가정이 겪고 있는 문제들은 비록 항생제 정도의 효과겠지만 해결할 수 있다는 생각을 떨궈 버리지 못했다. 그러나 쉽사리 돈을 벌어들일 수는 없었다. 어쩌다 친구들을 만나러 커피숍에라도 들어갈 경우에 흘러나오는 팝송 선율을 들을 때 나는 얼마나 부끄러워했었던가. 가끔 순빈과 만나 제과점에라도 들어가 앉아 주문한 생과자를 집어든 손의 부끄러움. 그것들은 끝없이 끝없이 절망하게 만들어 버렸다. 그러나 항상 꿈을 꿀 수 있기를 바랐었다. 꿈을 꿀 수만 있다면……. 꿈을 꿀 수만 있다면 하고 얼마나 기도를 하였던가. 꿈은 내게 있어서 구원이었다. 그러나 그것은 쉬이 이루어질 기미를 보이려 들지 않았고 계속 절망의 수렁에서 헤어나지 못하고 있었다. 그런 것들이 폐선이 여기에 밀리 듯 나를 양식장까지 밀리게 해 버렸는지 모른다.

추해 가는 모습을 다시는 비쳐 보지 말자는 생각으로 한걸음 한걸음 폐선을 향해 내디뎠다.

폐선은 달빛 아래 푸시시 기지개를 켜며 파르스름한 빛을 띠고 있었다. 잘 그려진 석고 데생처럼 명암이 잘 나타나 너무 정교한 나머지 신비스러웠다. 안개 속에서 어스름하게 보이는 교회의 첨탑처럼 비밀스럽기도 하면서 내부 구조까지 환하게 알 수 있을 것 같았다.

하마터면 미끄러질 뻔하였지만 용케, 고물 쪽과는 달리 그래도 아직은 제 모습을 조금이나마 갖고 있는 이물 쪽 갑판까지 오를 수 있었다. 갑자기 설레이기 시작했다. 마치 순빈과의 처음 키스를 나눌 때처럼.

어선이었던 터라 어창(漁艙)은 여섯 칸이나 되었다. 갑판 아래 각 칸의 갯물이 닿지 않은 부분은 깨끗했다. 다른 걸 생각할 필요 없이 기름을 사방에 흩뿌려 놓고 불만 붙여 버리면 되는 것이었다.

사방은 모든 것을 폐선과 갯벌에 빼앗겨 버린 채 고요했다. 푸시시 잠에서 깨어난 폐선만 나의 침입에 움칫했다.

겉모습만 피폐하게 보였을 뿐 내부는 거의 원상태를 유지하고 있는 것 같았다. 그러나 내게 보였던 폐선의 모습은 어떠하였던가. 내가 실의에 빠져 헤매일 때의 그 모습. 그걸 볼 때마다 내가 폐선을 닮아 가는 건지 폐선이 나를 닮아 가는 건지 분간하기 어려웠다.

더욱 마음이 산만해져 갔다. 달빛 아래 나의 손은 더욱 희게 보였다.

폐유통의 마개를 돌려 열었다.

제대로 정신이 집중되지 않았다. 죽기 직전 최후로 날뛰는 짐승과 흡사하다는 생각. 폐유통을 비스듬히 들고 조심스럽게 뿌리기 시작했다. 엄지와 중지 끝을 맞대었을 때의 크기만한 구멍으로 콸콸 또는 질질 폐유는 갑판 위에 흘러 번져 갔다. 폐유통이 가벼워졌을 때서야 겨우 정신을 차릴 수 있었다.

밤바람에 느끼던 한기였는데 이제는 등에 약간의 땀까지 배어 들었다. 온몸에 힘이 모두 빠져 버리는 듯했다. 폐유가 묻지 않은 바닥을 찾아서 털석 주저앉아 버렸다.

―이제 불만 붙이면 된다. 아, 그런데 이 대망호를 아니 이제는 폐선이 되어 버린 나의 껍데기를 꼭 불태워 버려야 하는가. 그래야만 혼돈의 수렁 속에 빠져들어 허우적거리는 자신을 찾을 수 있고 그리하여 폐선으로부터 자유로울 수 있을까.

그러한 생각들이 마음을 갈기갈기 찢어 놓았다. 불을 지른다는 것에 대한 회의에 젖어들기 시작했다.

―정말 불태워 버리는 게 내 삶의 극복은 아닐 것이다. 또 나의 거울에 비쳐진 모습을 영영 볼 수 없게 될는지 모른다. 그것은 나에 대한 함몰이자 영원한 위선이고 마는 걸까.

그런 생각들은 이내 불안으로 다가와 온몸을 휘감기 시작했다. 어쩌면 거울의 사라짐으로 인하여 나는 완전히 삶의 현장에서 패배해 버릴는지 모른다. 자신에 대해서 더욱 초라해짐을 느낄 수 있었다.

―더 이상 초라해서는 안 된다. 더 이상 초라해져서는 안 된다.

내 주변의 얼굴들이 하나둘 어른거렸다. 그들은 한결같이 나를 향해 킬킬대기 시작하며 달려들었다. 그 사이에서 터무니없이 무너져 내리는 모래성 같은 자신을 볼 수 있었고, 폐선은 이미 마음속에서 훨훨 타오르고 있는 것처럼 느껴졌다.

방으로 돌아온 나는 한잠도 잘 수 없었다. 뻘이 묻은 옷들을 벗지도 않고 석유 난로 곁에서 입은 채 말렸다.

아주머니는,

"그런 놈은 말이요, 잡으면 죽이든지 교도소에 처넣어야지라우……."

라고 얼굴을 붉혀 가며 투박하게 말했다.

거울을 깨뜨리지 않았던 것이 얼마나 다행이었던가 하면서 내 자신에게 측량할 수 없을 만큼의 깊은 감사를 보내고 있었다. 그러나 해안에 번들거리며 떠다니는 폐유로 인하여 얼

마나 많은 지장을 초래하고 말았던가. 폐유 찌꺼기가 모두
사라질 때까지 작업을 중단할 수밖에 없었다.

　술집의 공간에는 침묵만이 무겁게 가라앉았다. 나는 연거
푸 술잔을 비웠다. 바람은 세차게 술집의 출입문을 두들겨
왔다.

　이제 완전한 겨울인가 보다 하는 생각이 들었다. 아직 군데
군데 가을의 냄새를 맡을 수 있는데. 겨울이 온다는 것은 나
와 가정 형편으로 보아 좋을 게 쥐뿔도 없었다. 꽃게 수출이
아무런 타격 받지 않고 잘 되어야 하는데……. 여러 종류의
수산물이 치열하게 경쟁을 하는데 아직 꽃게만큼은 별 지장
없이 잘 되고 있는 편이었다. 그리고 내가 이곳에서 일하게
된 것은 어떻게 생각하면 하나의 희망일 수 있었다. 집안 부
채의 이자 일부라도 내가 메꾸고 동생들에게 어줍잖게 용돈
을 줄 수 있기 때문이다. 사실, 그런 것보다 내 자신에게도
헤아릴 수 없이 많은 죄스러움으로부터 조금이나마 벗어날
수 있었다는 것이다. 내게 있어서 꽃게는 반짝거리는 희망이
었다.

　"어디, 일기예보나 들어 보께라우?"

　아주머니는 라디오 볼륨을 켰다. 일기예보는 나오지 않고
유행가만 흘러나왔다.

　"표 선상! 지끔 몇 시, 한 서너 시나 됐을께라우? 날이 궂
어 시간 가늠도 어렵게 하는구만요"

　"글쎄요."

　바람 때문인지 술기운이 오르는데도 춥다는 생각만 들었

다. 그리고 자꾸 기침이 나오려고 했다. 몇 점 남지 않은 해삼 토막들을 전부 집어 먹고는 자리에서 일어섰다. 머리가 띵하면서 다리가 휘청거렸다.

"아이, 벌써 가실랴고요?"

"녜. 꽃게도 둘러봐야 하구요."

"그라지라잉. 한 마리도 안 죽었어야 할 것인디. 추운디, 쬐게 더 계시다 가시제…… 일찌거니 문을 닫어야 할랑가. 요놈 바람은 끝도갓도 없이……."

출입문을 열자마자 바람은 달려와 안기기 시작했다. 안긴다기보다는 부딪쳐 오는 것이었다.

물결은 이빨을 세워 해안에 달려들었고 언제 왔었는지 여자는 여느 때처럼 방파제 끝에 머리칼을 나부끼며 서 있었다. 언젠가는 머리칼에 가려진 얼굴이 까만 점 하나로 보이기도 했었다. 그 여자는 햇살 받은 꽃게 등처럼 반짝거렸다.

확, 술이 깨는 듯싶었다. 그러면서 가누지 못할 정도로 온몸이 떨려 왔다. 양식장 쪽으로 발길을 옮기는데 호흡은 가빠 오고 바람은 세차 마음대로 몸조차 가누기 어려웠다.

양식장에 다다랐을 때서야 바람을 조금은 적게 맞을 수 있었다. 그래도 숨을 제대로 내쉴 수가 없었다. 모래톱 위로 재빠르게 달려가는 갯강구들이 보였다. 걸음을 내디딜 때마다 모래들이 무너져 걸음은 더욱 비틀거렸다. 갑자기 바람이 멈추었다. 그때서야 숨을 길게 내쉴 수 있었다. 모래밭은 누군가가 비로 쓸어 놓은 듯 깨끗하게 평평했다. 바람이 자는 것도 불과 몇십 초뿐이었다. 그리고 맹렬하게 다시 불어 왔다.

온몸에 기운이 빠지고 혀가 마르는 것 같았다. 빨리 관리 사무소로 가야겠다는 생각이 들었으나 뛸 수가 없었다. 모래 섞인 바람이라 눈을 제대로 뜰 수가 없었다. 머리칼 사이로, 귀로, 모래들은 바람이 데려다 주는 대로 나의 부서져 가는 구석구석에 날아와 앉았다.

바람은 빠른 속도로 부딪쳐 왔다. 정신이 희미해지면서 온몸이 나른해지는 것을 느낄 수 있었다. 가슴이 자꾸 겔근거려 왔다. 관리 사무소까지 이 상태로는 도저히 갈 수가 없을 것 같았다. 조금이나마 바람을 피할 만한 곳은 없을까. 그런 곳은 얼른 눈에 띄질 않았다.

모래 때문에 가늘게 보이는 시야에 어스름하게 폐선이 들어왔다. 그것은 무너져 내리는 모래톱처럼 하염없이 부서져 내리고 있는 것처럼 느껴졌다. 이 정도의 바람을 이겨 내지 못하다니. 나는 이를 악물었다. 그러나 그것은 인간이 의식하지 못하던 자기 상황을 의식했을 때, 그리하여 자기의 모든 것이 허물어져 가고 있다는 것을 느꼈을 때 가질 수 있는, 자신을 지키려 하는 하나의 안간힘이었다. 그러나 그것마저도 타인에게는 우습게 보여지고 마는 것이다. 정말 하찮은 몸부림에 지나지 않는 것인지 몰랐다.

어떻게 왔는지 꼿게 양식장 앞까지 다다랐다. 바다와는 차단되어 있는 양식장의 물결이 찰브락거리고 있었다.

―아! 그런데 이게 어찌된 일일까. 어찌된 일일까.

순간, 희미해져 가던 정신이 번뜩 들었다. 그러나 눈앞에 보이는 상황, 작은 상황 때문에 까닭 모를 절망이 한기와 더

불어 이 지방의 가을 안개처럼 온몸에 엄습해 왔다.

　모래톱 사이로 발가락 몇 개를 예쁘디예쁘게 드러내 놓고
꽃게 한 마리가 죽어 있었다.

　강하게 눈을 자극시키며 햇살은 방안으로 쳐들어오고 있었
다.

　"이제 조금 정신이 든갑네. 웬 아가씨가 아니었더라면 자넨
저세상 사람이 됐을지도 모르네."

　정산이 아버지, 아니 사장님이었다. 그는 안쓰러워하는 표
정으로 나를 내려다보며 서 있었다.

　"네에?"

　"자넨 일기예보도 안 듣나?"

　"도대체 어떻게 된 겁니까?"

　"어떻게 되긴, 폭풍주의보가 내린 어제, 양식장 앞에 쓰러
져 있는 자네를 웬 아가씨가 술집 아줌마와 부축하며 택시
잡으러 종점 부근 한길까지 나오는데, 마침 내가 날씨 때문
에 양식장 둘러보러 가다가 만난 걸세."

　방안에 가득 찬 햇살이 병아리의 노랑 같은 포근함을 느끼
게 만들었다. 무척 오랜만에 느끼는 것이었다. 갑자기 열이
오르는 것 같았다.

　자리에서 일어났다.

　"좀더 쉬거라. 병원으로 갔었는데 몸살 기운 이외는 괜찮다
고 해서 집으로 온 거지만 건강도 별로 좋잖은 몸으로 무리
하지 마라. 아직, 집으로는 연락을 안 했다."

"괜찮습니다, 거뜬하네요."

밖으로 나가 보고 싶었다. 이제 완전히 겨울인가 싶었는데 겨우 하루 사이에 날씨가 이렇게 변덕을 부리다니…… 마치 나의 감정처럼 기복을 보이고 있는 것이라는 느낌이 들었다.

나는 밖으로 나왔다. 방에서 느꼈던 것보다는 약간 덜한 감이 없지 않지만 마치 봄처럼 따스함을 느낄 수 있었다. 누군가를 만나 보고 싶었다. 그러나 이곳에서는 누구도 만날 수 없으리라. 방파제 끝에 나타나는 여자가 쓰러져 있는 나를 발견했었는지 모른다. 틀림없이 그 여자였을 거라는 생각이 스치었다.

"집에 들를 건가?"

"아뇨."

"갈려면 차고에서 차를 빼서 타고 가게. 최 기사 응접실에 있을 걸세."

"네. 참, 양식장엔 별 피해가 없었습니까?"

"음, 피해는 없었네. 자네 병원에 간 것 말고는……."

꽂게 양식장까지는 승용차로도 30분이 더 걸렸다. 양식장 진입로 입구 못 미처 차에서 내렸다. 술집에 들르기 위해서였다.

순빈이 아닌, 방파제 끝의 여자가 자꾸만 머릿속에 지끈거려 왔다. 어쩌면 술집 아주머니는 알고 있는지도 모른다는 생각이 들었다.

술집 앞에 다다랐을 때 출입문을 열고 나오는 사람이 있었다. 뜻밖에도 그는 대망호 선주였다.

"오랜만입니다."

"어이구, 표 선생 아녀? 이제 괜찮은 모양이구먼? 쓰러져 병원으로 옮겨진 사람이 양식장 관리인이라는 딸네미 말을 듣고 무척 걱정했는데……."

"따님 말씀을요?"

"어제 저녁에야 첨 알았는데 여길 가끔 오는 모양이던데. 그래도 딸네미라고 이 애빌 조금은 생각하는 모양이지…… 헛헛. 혼자서 멀리서나마 대망호를 살피러 다니고 말야."

"죄송합니다. 걱정을 끼쳐 드려서."

"무슨 소린가? 이제 건강하면 되는 게지."

몇 달 만에 그가 여기에 왔는지 기억해 내기 힘들었다. 처음 만났을 때보다 훨씬 수척해 보였다. 그 여자가 대망호 선주의 딸이란 말인가.

"오랜만에 웬일이십니까?"

"가면서 얘기하세."

"무슨 일이 있으세요?"

"음, 다름이 아니라 항내 질서 유지를 위해서 노후 선박들을 모두 철거하라는 거네. 그래서 몇 조각 남잖은 저걸 뜯으러 왔네. 그 동안이라도 저걸 돌보느라 자네 수고만 끼쳤어?"

나는 바다 쪽을 보았다.

해안을 따라서 갯검불을 모아 둔 더미가 시커멓게 군데군데 놓여 있었고 폐선에는 서너 사람이 무얼 하고 있는 게 보였다. 순간 마음이 세차게 설레이기 시작했다. 폐선, 아니 나의 거울을 부순다고?

내게 쏟아져 내리는 햇살을 털면서 뛰기 시작했다. 꽃게 양식장을 끼고 돌아가는데 꽃게 몇 마리가 헤엄치는 게 어른어른 반짝거렸다.

목수들로 보이는 사람들이 폐선 위로 올라가 있어, 마치 언젠가 죽어 밀린 꽃게에게 붙어 있는 갯강구들처럼 보였다.

그것들이 나를 쪼아 먹고 있다는 생각이 들자 소름이 끼쳤다. 그리고 남은 부분은 완전히 산산조각을 내 버릴 기세였다.

끈의 기억

차가 터미널에 들어서면서야 사내는 기다랗게 그림자를 드리우며 늦가을 속에 웅크리고 있는 용두봉을 볼 수 있었다. 손으로 햇살을 가리며 차창 밖을 내다보던 사내는 가만히 고개를 끄덕였다. 여직공이 일러 준 대로 시야를 가로막고 버티는 이무기였다.

사내는 착잡한 표정으로, 누명이 풀려 7년 만에 석방된 자가 가해자를 찾아 그 일가족을 몰살시켰다는 기사가 실린, 몇 차례나 되풀이 읽은 주간지를 접어 가방에 넣고 버스에서 내렸다.

늦가을 햇살이 잘게 부서져 내려 용두봉 능선을 더욱 선명하게 만들어 눈이 부셨다.

시골이라도 터미널 부근은 제법 많은 사람들로 붐볐다.

정말, 안 될 일이 될 수 있을까. 하긴, 모든 일에는 예외라

는 게 있기 마련이지. 모른다, 그런 경우를 가리켜서 사람들
은 기적이라 부르는지도.

사내는 택시를 잡아타며 그런 생각을 했다.

"어디로 모실까요?"

"기사 양반에게 물어 보면 훤히 알 거라고 하던데……."

"어딘 데요? 말씀만 하십쇼. 이래 봬도 여기서 사십을 넘게
살아 모두 제 손금 보듯 훤합니다."

"자식 때문에 그럽니다만……."

꺼내던 말을 주저하며, 담배를 빼내어 택시 기사에게 권한
다음 자신도 한 개비 불을 붙여 한숨 섞인 연기를 길게 내뱉
는 사내의 표정은 납빛으로 굳어지고 있었다.

"어딜 가시는데, 그리 어려워하시오?"

"소문에 정신병…… 여자가 치료를 한다고……."

"아, 토굴!"

택시 기사의 대답이 채 끝나기도 전에, 시동이 걸려 있는
택시는 터미널 앞 교차로를 향했다.

"진작 말씀하시제……."

"토굴이라뇨? 정신병 치료하는 곳이라던데요?"

"예, 맞아요. 기도원이라 부르기도 하는데, 보통 토굴이라
부르는 편입죠. 이렇게 된 사람들 고치는 데 말씀하시는 거
죠? 헷헷."

택시 기사는 손님이 원하는 곳을 알아맞혔다는 것 때문인
지, 바른손 집게손가락으로 자신의 오른쪽 관자놀이께에 동
그라미를 그려 보이다, 얘기를 마치고는 헤벌거렸다.

"오래 가야 합니까?"

"한참 가야죠. 즈어기 보이는 용두봉을 돌아가야 되는데 너무 늦었습니다!"

차가 덜컹거리며 달리는 도로 양 켠으로는 텅 빈 논들만 펼쳐져 그 위로 몇 마리의 참새들이 날아오르고 있었다.

"손님은 서울서 오시는 모양인데, 고향이 이 부근 어딘 모양이죠?"

"한 육십 리 정도 떨어졌죠. 하지만 고향과 인연 끊은 지 벌써 삼십 년을 훌쩍 넘기는 중이네요."

"너무 걱정 마십쇼. 증세가 어떤지 몰라도 토굴만 갔다 하면 열이면 열, 백이면 백 모두 멀쩡해 가지고 내려온다덤만요."

"그래요? 정말, 그렇게 잘 고친답니까?"

택시 기사에게 말을 묻는 사내의 표정은 버스에서 내릴 때와는 달리 퍽이나 밝았다.

"고롬요. 거, 뭐라드라 업으로 미친 것까지 고친다던데……글쎄, 괴 벗고 부끄런 줄도 모른 채 내젓고 댕기던 중앙식당 큰 딸네미도 토굴 가서 묘하게 낮어 내려와 이번 가을에 시집갔다니까요. 대학 병원 가서도 못 고쳤는데……."

"업으로요?"

"예. 업으로 그랬을 거라덤만요. 지금도 푸줏간을 겸하고 있지만 원래 그 중앙식당 주인이 백정 아니었겠소. 산 목숨 죽이는 것이 젤 큰 죄 아니겠소?"

택시 기사의 애기를 들으면서 사내는, 오십 년을 넘게 살아오면서 마음에 걸리는 일이라고는 그 일밖에 없건만 전생에 무슨 죄를 졌기에 이리 되게 덜미를 잡고 놓아주지 않는 듯한 아들의 병을 떠올리며, 꽁초를 차창 밖으로 던져 버렸다.

"그 원장인가 하는 여자도 여기에 첨 왔을 땐, 인공이 막 끝난 참이었는데 미쳐 있었다덤만요. 한참을 읍내 차부에서 손님들에게 구걸하며 살다가 결국 사람들한테 쫓겨나 용두봉 토굴에서 자리를 편 모양입디다. 근데, 얼마 지나서부터 미친 기도 싸악 가시고 오히려 미쳐 버린 사람들을 고친다는 소문이 퍼져 이제는 돈만 해도 솔찮이 벌었을 겁니다. 그새 토굴 옆으로 집을 세 채나 짓고 전기까지 끌어다 쓴다덤만요."

"그런데 치료는 어떻게 하는 줄 모르십니까?"

"뭐, 굿을 한다든가 무슨 기도를 올린다든가…… 야튼간에 중앙식당 큰딸네미는 무슨 업풀이를 했다덤만요. 용이 승천하려다 못 해 이무기가 됐는데 그게 바로 용두봉입죠. 그래서 영험이 있다고들 하덤만요. 헷헷."

차는 용두봉을 끼고 돌기 시작했다. 나무들은 이제 서서히 옷 벗을 채비를 차리는지 색색이 단장을 하고 있었다.

차는 개울에 가로놓여진 나무다리 앞에서 멈추었다.

"여기서부터는 걸어 올라가야 쓰겠습니다."

"아, 네에. 어느 쪽으로요?"

"쭈욱, 산만 보고 개울 따라서 시간 반 남짓 올라가셔야 될 거요. 참, 손님은 언제 내려오실랍니까?"

"그건 왜 묻는데요?"

"아, 다시 서울로 가실라믄 읍내에서 차를 안 탈라요? 여기
서 읍내까지 차로도 30분이 더 걸리는데 걸어서 나오실랍니
까? 촌길 이 정도면 상당한 편입니다."

"글쎄요. 올라가 봐야……."

"오늘은 내려오시기 힘들겠습니다. 올라가는 시간, 일보고
내려오는 시간, 금방 해떨어져요……."

"거기선 숙박할 수 없는가요?"

"아니, 왜요? 그러면 환자들 데리고 온 사람들은 어디서 자
게요? 다 되어 있는 모양입디다."

"그렇담 오늘은 틀렸고 내일 일찍 내려오죠. 기사 양반은
10시쯤 이 자리에서 만날 수 있겠어요?"

"예, 그럽죠."

사내를 내려놓은 차는 흙먼지를 일으키며, 가을 물 들어가
는 산을 뒤로 하고 사라졌다.

개울 흐르는 소리가 산 속의 고요를 더욱 적막하게 만들었
다. 물 소리만 용두봉 자락을 채우는가 싶었다. 길을 따라 깊
숙이 들어갈수록 가을이 짙어 가고 있었다. 인가도 없고 밭
들만 맨흙을 드러내며 띄엄띄엄 누워 있었다.

사내는 웅덩이가 있는 개울가에 앉아 담배불을 붙였다. 걸
어 올라온 길을 가는눈으로 바라보았다. 개울은 상수리나무
며 가시덤불과 소나무들이 꽉 들어찬 산과 길 사이에 흐르고
있었다. 웅덩이 속에 떼지어 다니는 피라미들 위로 고추잠자
리들이 기우는 햇살 몇 줄기를 날개에 싣고 동그라미를 그리
며 날고 있었다. 그것들은 사내로 하여금 지금은 떠나 버린

고향을 생각하게 만들었다.

6·25를 겪는 사이에 모든 현상들이 그를 고향에 살도록 내 버려 두지 않았다. 고향이 아니라 처절하게 피비린내 나는 곳이었다. 그 살기 충천하던 밤들. 그 바람에 사내는 홀로 남은 부친을 잃었고, 휴전이 되고 세상이 어느 정도 조용해지자 재산을 정리하여 고향을 등지고 말았다. 부친을 살해한 덕보의 여동생마저 찾기만 찾으면 죽여 없애 원수를 갚겠다는 생각을, 아들 우선이가 정신 착란을 일으키자 그때서야 버렸다.

하지만 막상 고향 가까운 곳에 돌아와 보니, 그 처절했던 기억들은 어디로 달아나고 유년 시절의 감정이 다시 살아나는 것을 느낄 수 있었다. 머슴들이 산에 나무하러 갈 때면 데려가라고 떼를 썼고 어머니의 눈을 피해 끝내 산에 따라갔던 일들까지 기억해 내며, 사내는 다 타 버린 꽁초를 구두코 끝으로 밟아 끄고 나서 계속 걸어 오르기 시작했다.

산으로 오르는 길은 구두를 신고 오르기에는 불편하게 비탈인데다가 자갈이랑 쇄석들이 깔려 있었다. 숨이 차오르고 서서히 몸에 땀이 배이고 있는 걸 느끼면서 사내는 비탈을 올랐다.

― 휴우.

벅찬 한숨을 내쉬면서 사내는 산중턱쯤에 이르자 바위에 걸터앉아 손수건으로 이마의 땀을 훔쳐 냈다. 한참을 올라와 아스라할 듯싶은 산길이 되새기고 싶지 않은 기억마냥 바로 턱밑에 꾸불거리고 있었다.

내 어렸을 때 머슴집 아이들처럼 제대로 먹지도 못하고 고생하며 살아야만 하는 환경이었더라면 어떤 상처 없이 살아갈 수 있었을 텐데……. 그때 덕보네한테는 우리 집이 원수처럼 느껴졌을 것이다. 어머니까지 돌아가시고 남매가 그대로 놉살이 할 수밖에 없었을 때 우리 집에 얼마나 많은 저주를 퍼부었을까. 그러다가 세상이 바뀌자 눈에 핏발이 섰을 터이다. 그래도 덕보 여동생, 처녀티가 나기 시작한 덕례에게는 방학 때면 도회지의 물건들을 선물해 주기도 했었다. 언젠가 덕보에게는 흰고무신을 덕례에게는 가느란 철사핀과 수놓는 오색실을 세트를 사다 주었을 때의 환한 표정들…….

사내는 한참을 그런 생각에 빠져 있다가 일어나 지그재그로 뻗쳐오른 비탈을 힘겨이 내딛기 시작했다.

그가 산등성이에 거의 다다랐을 때부터 사방에 저녁 어스름이 조금씩 깔리기 시작했다.

사내가 찾는 기도원 또는 토굴이라 불리는 곳은 용두봉에서도 훨씬 더 안쪽으로 들어가 야트막한 산 중턱에 사찰처럼 버티고 앉아 있었다. 그곳은 웬만하게 알려진 사찰보다 더 무겁게 가라앉아 있어, 사내로 하여 까닭 모를 섬짓함을 느끼게 만들었다.

정말, 안 될 일을 될 수 있게 할까. 그 택시 기사의 말대로라면 고쳐질 수도 있을 것 같은데.

그런 생각으로 설레이고 흥분된 감정을 감추지 못하면서 마당에 들어선 사내는 안채인 듯싶은 건물 쪽으로 걸음을 재촉했다.

넓은 마당을 중심으로 하여 스레이트 지붕의 건물이 세 채 늘어서 있었다. 추녀 끝에는 풍경이 매달려 있어 느릿한 바람에도 흔들려 소리를 냈다. 마당에는 화단이 가꾸어져 있었고 가장 깊숙하게 자리한 안채 곁으로 우물이 보였다. 뒷켠으로는 지붕을 넘게 자란 시누대가 숲을 이루어 울타리 대신하여 기도원을 에워싸고 있었다.

우물 곁에서는 물을 길어 올리는 단발머리 여자아이와 그 곁에 엄마인 듯한 여자는 쌀을 씻고 있었다.

사내가 화단 곁을 지나 우물 쪽으로 다가서자 그네들은 경계하는 눈빛을 띠며 사내를 살폈다. 사내는 그네들에게 어떤 말부터 시작할까 망설이며 물을 긷고 있는 아이의 동작을 물끄러미 바라다보았다.

"아저씨는 누구시당가요?"

아이가 사내에게 먼저 말을 건넸다.

그때까지 쌀을 씻고 있던 여자가 힐끔 사내를 쳐다보았다.

사내는 고개를 갸웃거리며 아이의 말은 소용없다는 듯 여자와 마주친 눈길을 놓치지 않고 말을 건넸다.

"아주머니, 실례합니다!"

"……."

사내를 올려다보던 여자는 대답 대신 아이를 손으로 가리켰다.

"엄마는 말 못 혀라우."

아이의 말을 듣고 난 사내는, 긴 한숨을 내쉬며 차츰 어두워 가는 하늘을 멍하니 쳐다보았다. 그러다가 다시 아이에게 물었다.

"음, 엄마구나? 그럼, 다른 어른은 안 계시냐?"

"할메 만나시게요?"

할머니? 택시 기사의 얘기로는 결혼한 것 같지 않았는데 손녀가 있다니. 하지만 다행이다. 벙어리인 여자가 기도원 원장이 아니어서.

사내는 그런 생각으로 약간 고조된 긴장을 풀고는 화단 쪽으로 시선을 옮겼다. 피어 있는 연보랏빛 구절초 몇 무더기 밑으로 잘디잔 꽃잎들이 흩어져 있었다.

"저쪽 마루로 가서 쉬시시요."

우물가에서 어정쩡하게 서 있던 사내는, 아이가 가리키는 마루로 가서 걸터앉았다. 건너편 바라보이는 산의 능선을 떠 있는 듯하게 만드는 어스름은 기도원 분위기만큼 가라앉아 있었다.

"누가 아파서 오셨당가요?"

아이가 사내 쪽으로 다가서면서 수말스럽게 물었다.

"여긴, 아픈 사람들만 오냐?"

"아니라우, 공드릴라고 오는 사람들도 있어라우."

"지금 할머니를 뵐 수 없냐?"

"시방, 굴에서 치성 드리고 계신디라우."

"치성?"

"야."

"그럼 언제쯤 나오시는데?"

"오늘이 초사흘인께 나오실 날인디…… 으짜믄, 이따가 밤에나 나오실랑가……."

말대답을 하던 아이는 사내 곁에 앉았다. 시리게 보이는 눈망울과 오똑한 콧날이 밉상으로 보이지 않았다.

"얘기하는 걸 들어 보니, 넌 참 똑똑하구나?"

아이의 귀밑이 붉어졌다.

"몇 살 먹었냐?"

"열네 살이라우."

"그럼, 중학생이겠구나?"

"아니라우. 학교는 초등학교 사학년까장밖에 못 댕겼어라우."

아이는 사내의 말에 대답하며 무리들과 떨어져 피어 있는 화단의 구절초마냥 수줍은 표정을 지었다.

아이를 보면서 사내는 아들 우선이를 떠올렸다. 왜, 무엇 때문에 그리 되었을까. 아무리 어찌될 줄 모르는 게 삶이라 한다지만 느닷없이 그리 되다니. 어린 나이에 본 현장 기록 사진들의 충격이 그리도 컸을까. 하긴, 어른들조차 이해할 수 없는 만행이었는데…….

그런 생각을 처음 하는 건 아니었지만 아들 또래들이 사내에게는 까닭 모를 아픔으로 와 닿았다.

"아저씨는 누가 아파서 오셨냐니까, 왜 암말도 안 하신당가요?"

아이의 말에 사내는 암울해질 수밖에 없었다. 아들 때문에 사내는 자신도 모르는 사이에 타인 앞에서건 혼자 있을 때건 곧잘 난감해질 때가 많았다. 더욱이 전문 병원이라는 곳에서

조차 치료가 불가능해져, 최근 들어서 그런 감정이 사내로 하여금 위축감만 더 들게 만들었다. 그로 인하여 갑자기 화를 낸다거나 필요 없는 자기 결벽증을 드러내면서 사내 스스로 환자가 되어 가는 것 같았다.

"그럼 엄마랑은 왜 여기에 와 있냐?"

"음······."

아이는 말대답을 주저했다.

"괜찮다, 아저씨한테는······."

"이런 이야기하믄 못쓴디······ 그러니께 아부지가 미쳤었어라우. 나가 쬐끔했을 때여라우. 병 고치러 아부지가 여그로 와야댕께 엄마랑 같이 딸려 왔어라우. 아부지는 낫어 갖고도 안 내려가고 여그서 할메 일이랑 봐 주시다가 그만 돌아가셨어라우. 그러고 나서 엄마도 마을로 내려가 봤자 성제간도 없능께, 여그서 잔일도 해 주고 그냥 살어라우. 할메도 성제간이 안 계셔 우리를 얼마나 애껴 준다고라우."

말을 마친 아이의 눈은 퀭하니 이슬을 머금었다. 사내는 잠시 침묵을 지키다가, 고개를 끄덕이며 다시 아이에게 물었다.

"그럼, 친할머니가 아니구나?"

"야. 그래도 참할메하고 똑같어라우. 나를 얼마나 이뻐하신다고라우."

"할머니도 친척이 안 계시냐?"

"야. 오빠가 계셨는디 인공 때 돌아가셨다고 했어라우."

"그래? 지금 여기 아파서 온 사람들은 얼마나 있냐?"

"지금은 없어라우. 어쩔 때는 방들이 다 차기도 하는디, 몇 달이고 몇 년이고 있다가 다 낫어 갖고 내려갔어라우."

"할머님은 몇 살이나 잡수신 줄 아냐?"

"그것은 잘 몰라라우. 전에 손님하고 이야기헌데 들으니께 한 오십 몇 살 잡셨는갑데요. 참, 아저씨는 여그서 주무시고 가실 것이지라우?"

"할머님을 만나고 가야는데……."

"저쪽에 방은 많은께 잘 수 있어라우……."

사내는 담배를 꺼내 물면서 다시 호주머니에 손을 넣어 껌을 꺼냈다. 서울을 떠나 올 때 터미널에서 주간지와 함께 샀던 것이다. 그것을 보고 있던 아이의 눈이 빛났다.

"줄 게 이것밖에 없구나."

"야! 이것 테레비에서 선전한 것이지라우? 고맙습니다아."

"여기 텔레비전도 나오냐?"

"야. 엄마랑 애국가가 나올 때까지 보고 자라우. 첨에는 안 그랬는데, 인자는 엄마도 무지하게 재밌게 본다니께요. 이산 가족 찾기 첨 할 때는 얼마나 울었다고라우. 그 참에는 잠도 안 자고 봤어라우."

사내는 차에서 내리면서 가방에 넣어 둔 주간지를 꺼내어 펼쳤다. 그때 아이의 엄마가 다가와 손짓을 했다. 아이는 깡충거리며 엄마를 따라갔다. 사내는 차 안에서 몇 차례나 되풀이 읽었던 누명의 7년이라는 머릿기사를 다시 대충 훑었다. 얼마나 한이 맺혔으면 석방되자마자 가해자를 찾아 그 일가족을 모두 살해하고 말았을까. 그런데 꼭 그럴 필요가 있었을까. 아니다, 그 나름대로의 절박함을 가지고 있었으리라. 사내는 기사를 훑으며 그런 생각들을 했다.

"아저씨, 저쪽 사랑채 방으로 들어가서 쉬시시오."

언제 왔는지 아이가 사내 앞에서 말했다.

"그럴까."

사내는 가방을 들고 아이 뒤를 따랐다.

"엄마한테 껌을 드린께 좋아라 했당께라우."

방은 깨끗했다. 아랫목에는 이불이, 들창 아래 윗목 구석으로 재떨이와 빗자루, 그리고 반쯤 타다 남은 초가 꽂힌 촛대가 서 있었다.

"지금 저녁밥하고 있는께 쬐께 있다가 차려 드리께라우."

아이가 나간 뒤 사내는 엄습해 오는 피로감을 느꼈다. 개켜 놓은 이불에 몸을 기댄 채 천장을 쳐다보았다. 때는 타지 않았지만, 벽지는 바른 지 오래된 듯 색이 바래 있었다. 벽지의 둥근 무늬들은 마치 터널 입구처럼 사내에게 느껴졌다. 사내는 그 속으로 힘없이 빨려들어갔다.

아이는 저녁밥상을 마루에 놓고 방으로 들어가 초에 불을 붙이고 나서, 잠들어 버린 사내를 흔들어 깨웠다.

"뭔 잠을 그리 주무신당가요? 밥상 들어온 것도 모르시고……."

"음, 아저씨가 피곤했던 모양이지……."

"찬도 없어라우. 그래도 많이 드시시요."

아이는 사내가 밥상을 물릴 때까지 기다려 있다가 상을 내갔다. 다시 숭늉을 가져다 주는 사이 촛불이 홀렁거렸다.

어둠은 기도원의 모든 것을 삼켜 버렸다. 아이는 반쯤 타들어 가는 장작개비 서넛을 사랑채 뒷켠으로 들고 가서, 사내가 있는 방의 아궁이에 군불을 지폈다. 아이의 얼굴이 타오르는 불빛에 반사되어 빨갛게 이글거렸다.

"아저씨, 쬐께 있으면 방이 따땃해질 것이요."

"그래? 고맙다."

"우리 방에서 테레비 보셔도 되는디……."

"괜찮다. 아직 할머님은 안 오셨냐?"

"야. 아직도 치성이 덜 끝난 모양이어라우. 굴에서 나오시면 아저씨가 오셔서 기다린다고 말씀드리께라우."

아이가 제 방으로 돌아간 뒤, 사내는 이불에 등을 기대었다. 바람에 댓잎 서걱이는 소리만 기도원을 휩쓸었다. 사내는 방바닥이 미지근해지는 걸 느끼며 다시 눈을 붙일까 하다가 담배에 불을 붙였다.

근 삼십 년 동안 한 번도 찾지 않던 고향 부근의 산 속에서 하룻밤을 묵게 되는구나. 그것도 무슨 전생의 업보로 아들 녀석이 그렇게 되었나 하고 이제는 병원에 데리고 가는 것조차 포기해 버리고 말았는데, 여직공의 말을 듣고 마지막으로 찾아온 시골 산 속의 기도원. 불현듯 마음 깊숙이 가라앉아 있던 향수가 되살아나는 것을 보니 인간이란 어떤 원초적인 감정 앞에서는 어쩔 수 없이 나약해지는 모양이구나.

담배를 피우며 사내가 그런 생각을 하고 있을 때, 밖에서 인기척이 들리는가 싶더니 아이의 목소리가 들렸다.

"아저씨! 할메 오셨어라우."

사내가 약간은 긴장된 마음으로 주춤하고 있을 때 아이가 방문을 열고 들어섰다. 뒤이어 소복 차림의 여자가 따라 들어섰다. 낭자를 한 정수리의 가르마가 촛불 속에서도 파르스름한 빛을 발했다.

"지는 나가 있으께라우."

시선이 마주친 사내와 여자는 서로 온몸이 경직되고 말았다. 그들은 멍하니 서로를 바라다볼 뿐, 눈 한 번 깜박거릴 수 없었다. 상처가 깊으면 깊을수록 아무리 묵은 기억이라 할지라도 재생해 내는 데는 시간을 필요로 하지 않는다.

—아!

그들은 자신도 모르는 순간에 신음 소리를 흘려 방안의 무겁게 가라앉은 공기를 흔들었다. 여자의 눈이 번쩍 빛을 발했다. 사내의 마음에서는 그때까지 잠재워 놓은 기억들이 용수철처럼 튀어올랐다.

그 해 초가을 마을 면사무소 옆 공터에서 내 아버지를 돌아가시게 한, 그것도 죽창으로 찔러 죽인 머슴 덕보의 여동생. 이제야 덕례 너를 만나게 되었구나. 잊어버리려고 그렇게 애를 쓰며 고향까지 등지고 말았지만 우선이가 그리 되는 바람에 완전히 잊고 살았었는데……. 여기에서 이렇게 만나게 되다니.

그 무렵 여자네 남매는 사내의 부친인 박천수의 집에서 놉살이를 하며 행랑채에 살고 있었다. 인민군이 면을 휩쓸자 그때까지 어리숙하게만 보이던 여자의 오빠인 오덕보는 청년동맹위원인가 하는 감투를 쓰고 길길이 날뛰었다. 마치 삼복에 목매달려 죽기 직전 줄이 풀려 달아나는 개처럼. 여동생 덕례는 그런 오빠를 말렸지만 막무가내였다.

"야! 너는 모르믄 모른 대로 카만 있어. 우리가 누구 땜세, 뭣 땜세 남의 집 종노릇 허는 줄 알기나 혀? 지주놈들은 모두 때려잡아야 혀."

"오빠! 그래도 주인어른을 그라믄 쓴다요? 제발 마음 좀 차분하게 가라앉히시오."

"천수 그놈은 잡아 죽여야 혀. 너는 벌써 그것도 잊어부렀냐? 해방 되던 해 그 숭년이 들어 우리들은 죽도 제대로 못 묵고 살 때 즈그들은 이밥 묵고 살았다고! 울 엄니도 그 바람에 허천병 나서 돌아가신 걸 너는 모르냐?"

면내 어른들은 모두 쉬쉬하면서 덕보의 행위에 대하여 수군댔다.

"덕보놈 저리 날뛰다가 여러 사람 잡겠어."

"세상이 이럴수록 자기 중심 안 잃어야 쓰는디…… 저러다가 제 명대루두 못 살제……."

그 무렵 덕보뿐만이 아니었다. 면내에서 청년동맹에 가입하여 미친 듯이 날뛰지 않은 머슴들은 거의 없었다.

"오빠, 참말로 미쳤소?"

"내가 왜 미쳤어?"

"그라믄 왜 그렇게 발광을 한당가요? 동네 어르신들도 다 오빠 두고 뒷말헌다던디……."

"그놈의 주둥아리 닥치지 못해! 어뜬 놈이 내 욕을 해? 다 우리가 잘 살라고 이러는 거신디."

“하이고 오빠아! 잘 사는 것도 좋제만 다 타고나야 잘 사는 것이고 오빠가 그라믄 쓴다요?”

“이 소갈머리 없는 것아! 너는 그때 우리는 우리라 해두고, 소작하는 사람들은 암 것두 못 묵고 그 숭년에도 소작료로 다 바치는 걸 보도 못 했어? 그란디, 이 판에 돼지 같은 천수 놈 안 없애면 언제 없앨 거시여?”

“오빠아!”

“너는 굿이나 보고 떡이나 묵어. 이 오빠가 호강시켜 줄 것잉께. 인자 조온 세상 온 거시여. 내남없이 다 같이 일하고, 다 같이 나눠 먹고 사는 세상 말이여.”

인민재판은 인근 부락 사람들을 모아 놓고 면사무소 옆 공터에서 열렸다. 장대에 손을 뒤로 묶인 다섯 사람 중에는 박천수도 끼여 있었다. 그의 얼굴에는 닦아 내지 않아 굳은 피가 검붉게 붙어 있었다.

“이 반동 지주놈! 짚단더미 속에 숨어 있어?”

덕보는 오른손에 쥐고 있던 죽창을 왼손으로 옮겨 쥐었다. 그러고 나서 오른손으로 얼마 남지 않은 박천수의 머리칼을 쥐고 얼굴을 들여다보며 득의양양한 표정을 지으며 말했다.

“이놈, 하늘이 무섭잖냐?”

박천수의 호통은 뒤쪽에 선 사람들에는 들리지 않고 겨우 덕보에게만 들릴 정도로 가늘게 신음처럼 흘러나왔다.

“이 반동의…… 아직도 정신을 못 차려서 하늘 타령이여? 내가 느그 집 실머슴 노릇한 것도 억울해 죽겄다!”

순간, 덕보의 죽창을 타고 피가 주르르 흘러내리자 어른들

틈에 끼어 호기심으로 바라보던 꼬마들마저 입을 다물지 못
했다. 어느 누구 숨소리조차 제대로 내지 못했다. 그저 가을
하늘만 더욱 높아 보일 뿐이었다.

세상이 바뀌자 숨어 있다가 산에서 내려와, 그래도 고등학
교까지 나왔다고 치안대장을 맡던 박천수의 외아들은 아버지
원수를 갚는다며, 미처 인민군을 따라 도망을 못 가고 치안
대에 붙들린 덕보를 지서 뒤뜰에서 총살시키고 말았다. 그
때 덕보의 여동생 덕례도 마을 사람들에게 빨갱이로 몰렸는
데 총살당해 버린 오빠만을 외치다가 그만 실성해 버리고 말
았다. 그후 덕례는 어디론가 자취를 감춰 버리고 말았었다.

사내와 여자는 침묵만을 지킨 채 서로의 상처를 헤아려 그
걸 덮으려 하지만 어색한 분위기는 쉬이 걷혀지지 않고 계속
되었다. 시누대숲 우는 소리가 마치 비 내리는 것처럼 들렸
다.

"으째, 웬수 갚으러 예까지 찾아왔소?"

이글거리는 눈빛으로 먼저 말을 꺼낸 쪽은 여자였다.

"아, 아니…… 그게 아니라……."

사내는 당황한 표정을 애써 감추며 말을 더듬거렸다.

"그거시 아니믄, 뭣 땜세 쌩쌩한 몸으로 이 산까장 찾아왔
당가요?"

여자의 말투는 조금도 누그러들지 않았다. 사내는 조금은
차분하게 생각들을 가라앉히며 펼쳐진 주간지를 접어 한켠으
로 밀어 놓으며 말했다.

"그게 아니라, 내 말 좀 들어 보시게. 역정내지 말고……

실은 아들 때문에 찾아온 거요.”

사내는 여자의 마음을 가라앉히려 애쓰며 약간은 주저하는
눈치를 감췄다.

“아들이 으짠디라우?”

여자는 다소 고조된 감정을 억누르며 사내의 말에 반문했
다.

“대학 병원이고 어디고 간에 이름 좀 알려진 정신과라고 하
는 데는 거의 돌아다녔어도 그 모양이어서 그만 포기하고 말
았는데, 여기 읍내가 고향인 여공이 귀띔을 해주대. 이 기도
원이 신통할 정도라고…… 그래, 물에 빠져 지푸라기라도 잡
는 심정으로 이렇게…….”

“그랑께 아들이 정신 이상이 되어 부렀다 그 말씀이지라
우?”

사내는 순간 등골을 타고 내리며 쭈뼛쭈뼛 되살아나는, 그
해 초가을 산에 숨어 지내며 숨소리조차 다스려야 했던 긴장
감을 느꼈다.

“어떻게 아픈디라우? 으짜다가 그랬는가 첨부터 차근차근
야그해 보시시오.”

여자가 조금은 차분해진 눈빛을 보이면서 말했다.

“그땐 내가 집에 없어 보진 못했지만, 아들놈이 사십 년 만
에 찾아온 더위가 계속되던 어느 날 학교에 다녀와서부터 이
상 증세를 보인 거요. 느닷없이 대소변을 가리지 못하더니
혼자 실실거리다가 자기 방에서 나오질 않다가도 발가벗고
집안에서 돌아다니는 건 다반사라 나중엔 지 누나들조차 피

하더구만요. 하는 수 없이 시설에도 보냈다가 데려왔죠. 증세사 심해지니까 나중에는 집에서 기르던 송아지만한 세퍼드를 목 졸라 죽이고 맙디다. 전문의라는 사람들도 고개를 흔들어요. 그런 지 벌써 삼 년이나 되었는데…… 나중에 들은 얘긴데, 어린 중학생놈이 친구들과 어울려 그 기록 사진전을 봤다덤만요. 거, 몇 년 전 봄에 이쪽에 일어났던 큰일 말이오. 그때 알게 모르게 찍은 사진들이 지금 서울에서는 나돌고 있거든요. 사진첩까지 사 가지고 얼마나 봤던지 껍데기가 닳아졌습디다."

말을 하면서 사내는 몇 번이고 되풀이 꽁초를 재떨이에 짓이기고 있었다.

"그래라잉……"

침묵이 방안 공기를 무겁게 만들고 촛농만 방울져 흘러내리게 했다.

"어떻게 고쳐질 수 있을까……"

"해 봐야지라우. 인력으로 해도 안 되믄 으짤 수 없는 노릇 아니겠소?"

"그건 그렇죠."

여자의 말을 듣고 있던 사내는 그게 희망적이라는 판단을 하면서 약간 들뜬 감정으로 대답했다.

"그것이 다 업본디…… 저 시누대밭에 실 한 타래 한 번 얽히고설켜 들면 누가 무슨 재주로 풀겠소. 종당엔 끊어뿐져야제…… 그러고 나면 아무 쓸짝 없는 쪼각실만 남고……"

사내는 그 말을 들으며 눈만 껌벅거릴 뿐이었다. 여자의 갸

름한 얼굴과 정수리의 가르마에 어두운 그림자가 스쳐 지나
갔다. 여자는 사내보다 몇 살이나 더 아래임에도 불구하고
더 늙게 보였다.

"혼자 사시는 모양이네?"

"야. 모진 것이 목숨이라 못 죽고 이렇고롬 살어가요. 아저
씨는 으짜꼬 사요? 나중에 알어보니께 고향도 떠부렀다던
디……."

"난리 끝나고 전답 정리해 서울 가서 여태까지 쪼끄만 봉제
공장 하나 돌리며 살어가네요."

이야기를 주고받는 사이 서로의 감정에는 그 옛날의 끈적
끈적함이 뒤섞여 있으면서도 서로 그것을 꺼내려고 하지 않
았다. 어린 시절 나이 차이도 있어 서로 친하게 지내지는 않
았지만, 놉이라고 함부로 대하지 않아 도련님인 사내를 잘
따랐던 덕례였다. 하지만 느닷없는 세상의 소용돌이 속에서
그런 감정들은 일순간에 사라져 버리고, 상처만 기억의 밑바
닥에 앙금되어 가라앉고 말았었다.

"지금도 그때 일을 생각허믄 자다가도 몸서리쳐 깨난당께
라우."

"나라고 마음 편케 살았겠소? 살다 보니까 이리 살아가는
거지요. 그런데 어떻게 하다, 이 산 속에서 살아가는 거요?"

"언젠가 정신을 차리고 보니께 내가 흙구덩이 굴 속에 있습
디다. 깜짝 놀래서 보니께 산중 아니요. 바로 거그가 여그
요…… 묘하게 무슨 신이 들렸는가 나도 모르겠소. 그땐 거
지도 그런 상거지가 없었을 거시요. 산을 내려가 남의 앞날

을 봐주기도 했는디, 그것들이 용하게도 척척 들어맞더랑께
요. 그거시 사람들한테 입소문 나니께 정신없습디다. 그란
디, 다시 이리 오게 머시 씌어 댕겼는가 비여라우. 그래 갖고
는 아픈 사람들도 낫게 하는 힘이 생깁디다. 이상해진 사람
들 말이요. 아예 여그다가 기도원 맨들어 놓고 이렇게 사는
거요. 휘이— 아저씨네 애기들은 몇이나 되요?"
　여자는 한숨 섞인 지내 온 이야기를 사내에게 들려 주었다.
　"큰딸은 출가시키고 작은딸은 이번에 대학 졸업반이고 지
금 다니면 이번에 대학 시험칠 늦둥이 아들 하나가 이렇게
속을 썩이네요. 그런데 왜 결혼은 안 했소?"
　"하나백에 없는 오래비가 그 난리 통에 죽어 버렸는디, 내
가 세상 머시 좋다고 시집 가 살겄소. 오빠가 죽었을 땐 미치
겠더니만 나중에 들리는 말이 그때 내가 참말로 미쳤다더랑
께요. 내가 얼마나 아저씨를 저주했는지 알기나 허요? 벼락
맞을 소리제만, 새벽마다 찬물 떠 놓고 치성을 드렸소. 제발
당신 집안에도 우리 같은 사람 더도 말고 하나만 나오라고
말이요. 그때 내가 보기엔 우리 덕보 오빠는 미친 것으로만
보입디다. 휘이— 그러고 보면 그때 그 색실의 끈이 솔찮이
긴 갑소, 이렇게 만나는 거 보믄? 그 색실하고 검정 머리핀을
평생 안 잊어 묵고 살았어라우. 그 시절 귀한 고무신보다 더
좋았으니께……."
　여자는 그렇게도 조심스럽게 감추어 오던 질기디질긴 기다
란 끈을 긴 한숨과 함께 아주 쉬이 풀어 버렸다.
　"아이를 여기로 데려와야겠구만요?"

"야. 여그다 데려다 두시오. 낫제 안 낫겄소. 그 봄에 이상
해진 사람들도 몇 댕겨갔는디, 여그 와서 못 고쳐 나간 사람
은 아직까장 한 명도 없어라우. 이무기산 힘을 빌려야지라
우. 이 산 힘을 믿기 땜세 내가 이리 산다는 생각이요…… 그
색실이 얼매나 이뻤던지 한동안 쓰지 않고 들여다보기만 해
도 좋았제라우. 그란디 세상이…….."

"제발 낫게만 해주시면…… 아들이라곤 그놈 하나밖에 없
는데…….."

"염려 놓으시오. 낫게 정성껏 치성을 드려야제라우. 아저씨
를 봐서도 그렇고 우리 어릴 때 살어온 정을 봐서라도 그러
지요. 생판 모른 사람들 치성도 내 일이라 여김서 드리는
디…… 남의 일이라는 생각이 절대 안 드니께. 너무 걱정하
지 마시시오. 그란디 여그까장 왔는디 고향에는 안 들려 볼
라요? 얼마 안 먼디…….."

"고향 떠날 땐 뒷도 돌아보기 싫었는데…… 우선이 데려다
놓고 한번 들려 볼 생각이네요. 가 봤자 일가 뿌리도 없지
만…….."

"불편혀도 여그서 주무시시오. 낼 올라가실 거시지라우?"

"예. 서둘러 올라가야겠소."

여자가 방을 나서자 사내는 마루까지 따라나섰다. 제법 싸
늘한 밤바람 끝자락이 사내의 살갗에 엉겨붙었고, 마치 잎줄
기들에 얽히고설킨 끈들을 풀어 내기라도 하듯 시누대숲이
술렁댔다.

방으로 들어온 사내는 가방에서 잠옷을 꺼내 갈아입고 자

리에 누워 천장을 쳐다보았다.

정말, 내로라하는 전문의사들도 두 손 들고 말았는데 나을 수 있을까. 여기서는 모두 고쳐서 나갔다고 하지 않는가. 덕례의 말대로 그 무슨 업보로 우선이가 그렇게 되고 만 걸까.

그런 생각을 하면서 사내는 뿌듯한 설레임으로 좀처럼 잠을 이룰 수 없어 자꾸만 뒤척였다. 그때, 바람에 시누대숲 우는 소리가 빗줄기처럼 들창을 적시는가 싶더니 사내의 베갯잇까지 스며들었다.

지퍼와 망(網)

앞가슴에서부터 왼쪽 옆구리를 돌아 등골 가운데까지 이빨
굵은 지퍼가 왕지렁이처럼 꿈틀댔다.

— 으흐.

5병동 503호 탈의실 대형 거울 앞에서 강종도 단풍하사는
상의를 벗은 채 짧은 신음을 흘렸다. 거울에 비쳐 꿈틀대는
듯한 수술 자국은 병상에 앉아 손끝으로 만지며 내려다볼 때
와는 달리 섬뜩하게 만들었다. 다시 한 번 왼쪽 팔꿈치를 쳐
들어 몸통을 반쯤 돌려 본다.

수술 후 중환자실에서 외과 일반 병실로 다시 옮겨져 3주
가 지났지만, 살오른 그의 얼굴에는 아직 핏기조차 돌지 않
았다.

자신의 일부가 아닌 것처럼 느껴지던 지퍼는 거울에 비쳐
지는 순간부터 살아 있음을 확인시켜 주는 듯싶었다. 하지만

이내 풀어져 버리게 될는지도 모른다는 불안감으로 다가왔다. 막연한 생각만은 결코 아니었다. 지퍼가 채워져 살아났지만 결국 갇혀 있는 것과 다를 바 없다는 생각을 했다.

그는 거울 속의 자신을 향해 씨익 웃어 보였다. 거울 속의 머리카락을 제법 기른 환자복의 사내는 자신의 의도와는 달리 씁쓰레한 표정으로 지퍼를 만져 대기만 하는 모습이었다.

그는 거울 속의 현실에 대한 확인으로 병동 밖의 살아 움직이는 공기를 마시며 휴게실 쪽 잔디에 누워 하늘이나 실컷 쳐다보고 싶다는 생각을 했다.

순간, 병상에 누워 있으면서도 느끼지 못했던 포르말린 냄새가 그의 코를 자극시켰다. 그것은 환자들을 무기력하게 만들어버리고 마는 일종의 권태였다.

그는 채워져 꿈틀대는 거울 속의 지퍼를 바라보다가 6병동의 최찬환 상병을 떠올렸다. 지금, 이 국군 제9통합병원에서 가장 먼저 만나 보고 싶은 얼굴은 가무잡잡한 그뿐이었다. 수술 후 병실에서 회복기를 지내며 되풀이 꾸었던 최 상병에 관한 꿈들. 그 꿈 때문에 혹시 퇴원해 버렸으면 어쩌나 하는 생각도 했었다. 수술 때문에 내과에서 외과로 옮긴 뒤로 철조망 앞에서 잠깐 만났었지만, 5일 뒤 특박을 나간 터에다가 다녀오자마자 수술에 들어가 여태까지 만나지 못하였다.

다음 주부터 활동을 하여도 괜찮다는 과장의 얘기에, 그는 병상에 걸터앉아 발로 병실 바닥을 셀 수 없을 만큼 디뎌보며 한 주일 내내 오늘만을 기다렸었다. 이제 다시 태어난 셈이다.

다섯 시간 삼십여 분에 걸친 개흉수술(開胸手術).

립스프레더(Rib-Spreader)로 왼쪽 옆가슴의 근육과 립을 자르고 좌폐하엽을 절제해 냈다.

비어 있는 것처럼 느껴지는 왼쪽 옆가슴. 그것은 종도로 하여금 불순 조직이 잘라 내졌다는 흔쾌함보다 이렇게 쉬이 살아날 수도 있구나 하는 생각을 하게 만들었다.

수술 받기 며칠 전 특박 나가서 3박 4일 동안 맡았던 고향의 갯내음. 그것들과 다시는 만나지 못할 거라는 막연하게 엄습해 오는 감정 때문에, 이튿날 앞바다에 떠 있는 밤섬〔栗島〕에 캔버스와 화구통을 가지고 갔지만 밑그림조차 그리지 못한 채 종일토록 수평선만 바라보며 울기도 했었다.

"강 하사, 애인 있나?"

"……."

하사관 학교에서 교육을 받던 도중에 후송을 왔던 터라 하사관 후보생으로 단풍하사 계급장을 달고 있었지만 모두가 그에게 하사라고 불러 주었다. 그건 여간 유쾌한 일이 아닐 수 없었다.

"왜, 아직 애인도 없어? 입대할 때 눈물 흘려 준 아가씨 말야! 그럼 특박 안 보내도 되겠는데?"

외과 과장 정 소령의 특박이라는 말에 종도는 귀가 번쩍 트이는 것을 느꼈지만, 후줄근한 환자복 차림으로 부동자세를 취하며 아무런 대답도 하지 못했다.

"이번에 집에나 다녀오라구! 3박 4일뿐이야. 짧은 시간이지만 사회에서의 캥기는 건 남기지 말고 미련 없이 풀어 버리는 거야. 알았나?”

“네엣, 과장님!”

“수술에 임하는 맘가짐도 중요하니깐 단단히 준비하라구! 까짓, 두 번 죽는 건 아니니깐 너무 벌벌 떨지 말구, 재미나 쏠쏠히 보다가 귀대하란 말야. 알았나? 가 봐!”

“네엣, 피일스응!”

고향으로 향하는 열차의 차창을 통해 쏟아져 들어오는 햇살의 투명함에, 수술에 대한 불안감은 점점 색이 바래져 갔다. 단지, 집으로 가고 있다는 사실이 묘하게도 뒤틀린 감정으로 다가왔다. 입대하여 지금까지 생활해 왔던 모든 것들을 토해 내버리고 싶은 충동만 강하게 일렁거렸다.

그는 군대라는 조직의 구성원이 된 이후 10개월이 지난 지금까지 계속 느껴 온 것들에 대하여 곰곰이 되새겨 보았다.

입대하여 훈련소에서 하사관 후보생으로 차출된 것부터 잘못이었다.

체격 등급이야 갑종을 받았지만 체력에 자신을 가질 수 없었다. 입대 전에는 어디 이렇다 하게 아픈 곳이 없었지만, 허우대만 멀쩡했지 심한 운동은 하지 못하는 편이었고, 어쩌다가 감기처럼 아주 짧은 마른기침을 해 댈 때도 있었다. 그럼에도 불구하고 하사관 후보생으로 차출되어 버린 것이다. 어떻게 생각하면 사내로서 사병에서 하사관 후보생으로 뽑힌 게 자랑스러울 수 있는 일이겠지만, 그런 마음은 결코 생기지 않았다.

“전 사병으로 가겠습니다.”

"뭐라구?"

"저는 하후생 자격도 없을 뿐더러 그냥 사병으로 복무하고 싶습니다."

"햐아, 임마! 너 아직 사회 때를 덜 벗겼구나? 여기가 늬 집 안방인 줄 알아? 좋으면 삼키구, 싫으면 뱉게? 그 정도면 충분히, 넌 우수한 하사가 될 수 있어."

신검이 끝나 완(完)자 받은 장정들을 분류하는 인사계 앞의 종도는 굳어 서 있었다.

"알았으면 들어갓!"

군대 생활은 그렇게 잘못 시작되었다. 최소한 종도 자신에게 있어서 군대 생활 첫 단추는 잘못 끼워진 것이라고 여겼다. 장교도 사병도 아닌 말 그대로 하사관 노릇을 제대로 해낼 수 있을까 하는 의문이 교육 중에도 몇 번씩 되풀이되었다. 그러나 하사관 학교 교육에서 낙오되지 않으려고 갖은 애를 다 썼지만 주위의 동료들은 보이지 않고 늘 혼자인 것처럼 느껴졌다. 체력이 딸리면 정신력 문제라 여기며 겨우겨우 버틸 수 있었지만, 동료들과의 경쟁에서는 도저히 그럴 엄두조차 내지 못했다.

그때, 태어나서 처음 정신력만으로 체력의 한계를 극복해낼 수 없음을 느꼈었다. 교육의 입장에서는 어떠한 개인 사정도 용납되지 않았다. 명령에 따라 전체가 그대로 움직여야 하는 것이다.

지휘라든가 명령이라는 게 따지고 보면 지배의 틀에서 그리 멀리 벗어나지 않는 것이었다. 어쩌면 지휘관들이 부하들을 통솔하는 데 있어서 절대적 필요 요소로 하사관은 존재하는지도 모른다는 생각마저 들었다. 거기에다가 조교들에게 느껴지는 비인간적 요소들은 사라지지 않는 괴로움이었다. 그들은 마치 조련사와도 같았다.

하사관 학교에서 흙먼지로 목욕을 하던 PRI(사격자세훈련)와 측정이 끝나 교육도 후반에 이르러, 다음 교육인 유격 훈련에 들어간 그 첫 주의 밤.

그는 동초를 서고 있었다. 허기를 느꼈지만 퍽이나 극성을 떨어 대는 꽃샘추위 탓이려니 생각했다. 말이 3월이지 밤이면 추위가 중반 교육을 받던 1~2월과 다를 바 없었다. 그러나 낮에는 흘려 대는 땀으로 한여름과 별 차이 없는 무더움을 느껴야 했다.

어떻게든 이 달만 지나면 교육이 끝나 하사 계급장을 달고서 어디론가 배속될 것이고 대륙으로부터는 황사가 쳐들어오리라.

근무에 신경을 집중하지만 자신에 대한 생각을 훨씬 많이 가질 수 있는 시간이었다. 군용 점퍼 포켓에 넣어 한 개씩 꺼내 먹던 별사탕과 건빵도 떨어져 버린 지 이미 오래였다. 함께 동초를 서고 있는 신준필 하후생 것까지도.

"스펄. 뱃속의 거지들은 매일 이 시간이면 극성이란 말야. 저녁 먹은 지 얼마 되지도 않는데…… 쿨럭―."

"나도 마찬가지야. 견뎌야지 별수 있어? 근무 교대할 때까지만……."

"그러면 송곳 같은 수가 생기나?"

"그땐 해골 눕히면 되잖아."

별들만 또렷하게 박혀 있는 하늘을 향하여 찌를 듯한 포플러만 바람 스치는 소리를 내며 흔들렸다. 그는 몸을 좌우로 몇 번 뒤틀고는, 쪼그려뛰기를 서너 차례 하면서 말했다.

"나도 피엑스나 한번 다녀올까? 아직 문은 열렸을 테니깐 말야."

"하품나게 하지 마라. 가는 날이 장날이라고 그러다 걸리면 어떻게 되는 줄 알아? 더구나 오늘은 우리 내무반장이 주번 하사라구! 그리고 지금 몇 신데?"

"오늘 기간병들 피엑스에서 회식하는 모양이던데…… 스펄, 작살밖에 더 나겠어? 군대 삼대 불가사의 중의 하나를 내 무슨 재주로 깨트리겠냐? 아무리 다녀와도 또 가고 싶은 휴가, 아무리 자고 나도 졸리는 잠, 스푼 놓기 바쁘게 고픈 배, 그러지 말고 돈 좀 보태!"

"재수 없으면 영창이야!"

"다른 애들은 슬쩍슬쩍 다녀오는 모양이던데……."

"걔들이야, 재수 좋은 놈들이지……."

준필은 구겨진 지폐를 종도에게 건넸다.

종도는 돈을 받아 쥐는 것과 동시에 철모를 준필에게 맡기고는, 내무반 동쪽에 자리한 PX를 향하여 어둠을 뚫기 시작했다.

준필은 철모를 맡긴 맡았지만 몇 번이고 고개를 갸웃거리며 마른침만 삼켰다.

싸늘한 밤공기에도 불구하고 PX를 향하여 민첩하게 움직이는 종도의 등에는 땀이 배었다. 준필의 말대로 걸리기라도 한다면 어떻게 될까, 그런 생각을 하면서 그는 손바닥으로 이마의 땀을 훔쳤다.

PX에서는 불빛이 여리게 새어 나오고 있었다. 그는 총을 어깨에 맨 채 안으로 들어섰다. 흐릿한 불빛 아래 많은 먹이들이 진열장 속에, 회식하는 기간병들처럼 수북히 갇혀 있었다. 기간병들은 종도를 힐끗 쳐다보았지만 아랑곳하지 않고 자기들의 얘기에 열중했다. 준필에게 사다 줄 것을 봉지에 담고 나서 그는 초코파이를 한입에 하나씩 넣고는 우유를 벌컥대며 마셨다. 그렇게 초코파이를 대여섯 개 먹고 나서 주머니마다 가득히 서둘러 담았다.

"손들엇! 뒤로 돌아!"

종도가 PX에서 나와 원위치를 향하여 조심스럽게 막 3구대 내무반 곁을 지날 때 누군가가 불쑥 나타나면서 외쳤다.

그는 아차 싶었지만 때가 이미 늦었음을 알아차렸다. 그의 내무반장이면서 주번 하사인 오 하사였다.

"이 새끼 강종도 아냐? 피엑쓰 갔다 오는 거지? 그 봉지 이리 내!"

"내무반장님, 한 번만……."

그는 봉지를 내밀고 나서 부동자세를 취하며 말했다.

"봐달라 이거지? 좆까지 마라, 이 씹색꺄! 손 못 올려?"

"시정하겠습니다."

그는 다시 손을 번쩍 들면서 애원했다.

"퉁소 불지 말고 따라와 색꺄! 늬놈들이 피엑쎌 다니는 줄

다 알고 길목 지킨 거야. 그래, 근무 이탈을 해? 각오는 섰겠지? 넌, 영창이야, 영창!"

종도는 오 하사의 뒤를 따랐다. 내무반 안의 대원들은 모두 취침 중이었다. 그가 내무반장실에 들어서자마자, 오 하사는 주먹질과 발길질을 시작했다.

"이 색꺄, 근무 이탈을 해? 뭣하러 피엑쎌 가는 거야? 그만큼 주의를 줬는데도 말야. 고작 빵이나 사먹으려고 피엑쎌가? 이 씹새끼!"

"어이쿠, 앞으로 시정하겠습니다."

앞으로 꼬꾸라지며 그는 오 하사에게 빌었다. 코피가 주르르 흘러내렸다. 오 하사의 군홧발길은 종도의 아무 데고 닿는 대로 걷어차고 밟아 댔다.

"앞으로 시정하겠다구? 지금 너하고 농담 따먹기 하는 줄 알아? 정량을 제대로 먹는데 어떻게 해서 배가 고프냔 말야?"

"잘못했습니다."

그는 흘러내리는 코피를 손등으로 훔치며 오 하사에게 울음 섞인 목소리로 통사정을 했다. 그의 얼굴은 피와 눈물로 얼룩졌다.

"잘못했다구? 그럴 짓을 뭣하러 하냔 말야? 군기가 푹 빠졌어. 설령 배가 고팠다 치자. 그런데 훈련 중에 배고픈 줄 모르는 놈이 어딨겠어? 너 같은 놈 땜에 우리 내무반이 찍힌단 말야. 그래, 근무 서다가 철모 맡겨 두고 피엑쎌가?"

"내무반장님, 한 번만 봐주십쇼. 다신 안 가겠습니다."

"그럼, 또 갈려구 했어?"

그러면서 오 하사는, 피로 얼룩진 얼굴을 숙이면서 무릎을 꿇고 있는 종도의 등을 몇 번 짓밟았다.

꽈당―.

그는 맥없이 내무반장실 바닥에 그대로 엎디어졌다.

"누구 맘대로 근무 이탈을 해? 넌 행정반으로 안 가기에 그만헌 줄 알아. 빨리 꺼져!"

말과 함께 침을 내뱉고 난 오 하사는 담배를 입에 물고 불을 붙였다.

종도는 내무반장실 바닥에 겨우 무릎을 세우면서 등으로 손을 갖다 대며 신음했다.

"새끼, 쎅쓰지 말구 빨리 꺼지라는데 뭘하고 있는 거야?"

―흐윽.

복받쳐 오르는 걸 참으려 할 때마다 그의 어깨가 들먹거렸다. 침상으로 가는 그를, 내무반장실에서 새어 나오는 소리에 잠을 설친 몇 명이 작살났구나 하는 표정으로 힐끔힐끔 쳐다보았다.

그는 침상에서 모포 베개에 얼굴을 파묻은 채 모포를 덮어쓰고 흐느꼈다. 간헐적으로 흐윽― 소리를 내면서 진저리쳤다. 그의 흐느낌은, 잠에서 깨어났지만 그대로 누워 있는 대원들에게 묘한 공포감을 불러일으켰다.

저마다 한숨을 내쉬었지만 곁의 준필을 제외하고는 그 누구도 종도에게 다가와 위로라든가 얼굴에 얼룩진 피를 닦아주려 들지 않았다. 어떤 대원들은 애써 눈을 감아 버리기도 하였다.

"조금 참아라. 오 하사 저거 자원 내무반장이라 눈에 뵈는 게 없잖냐!"

종도의 얼굴을 닦아 주면서 준필이 말했다.

"흐윽, 차라리 영창엘 보내지 근무 이탈했다구 이렇게 구타를 할 수 있냐? 쿨럭―."

종도는 울음이 섞여 제대로 알아들을 수 없을 정도로 준필에게 혼잣말처럼 중얼거렸다.

그때였다. 내무반장실 문이 열리며 오 하사의 고함이 내무반 안을 가득 메웠다.

"취침 않을 거야? 여기선 모든 게 교육이라는 걸 몰라?"

종도의 흐느낌이 내무반 밤공기를 더욱 가라앉게 만들었다. 그는 새벽까지 흐느끼다가 탈진한 상태로 잠들었다. 취침 중에도 몇 번인가 진저리를 쳤다.

대원들은 모두 기상 시간 10분 전에 일어나야만 했다. 일조점호에 다른 내무반보다 빨리 집합하기 위해서였다. 정확하게 5시 50분이면 눈을 떠야 했지만 종도는 끙끙 앓으며 일어나지 못했다. 온 뼈마디가 쑤시고 머리가 지끈거렸다. 가장 통증이 심한 부분은 등과 가슴팍이었다.

곁에 누워서 눈만 껌벅이고 있던 준필이 그에게 물었다.

"지금도 많이 아프냐?"

그는 대답도 못 하고 끙끙대기만 하였다.

―저언다알!

─저언다알!

─각 내무반 훈병들은 열외 일 명 없이…… 연병장에 선착순 집합한다!

─실시!

"야, 종도! 못 일어나겠어?"

종도는 아랫입술을 깨물며 준필의 팔을 잡고서야 겨우 일어섰다. 그의 얼굴에는 아직도 덜 지워진 핏자국과 눈물 자국이 얼룩져 있었다. 대원들은 사물함을 정리하면서, 준필이 종도의 담요를 개키는 것을 힐끔댔다.

종도를 부축해 연병장으로 가는 준필에게 김 하후생이 소곤거렸다.

"얼마나 맞아서 그래?"

"보면 모르겠어? 이 얼굴 좀 봐!"

"우물로 가서 씻어 줘야겠는데?"

"지금 그럴 시간 어딨어!"

아침이지만 선착순 집합의 군화들 때문에 흙먼지가 일었다. 그것은 이내 새벽안개 속에 점호를 취하는 병사들과 더불어 연병장을 가득 채웠다.

일조 점호와 조기 청소가 끝나고 식사 시간 때까지도 종도의 표정은 계속 일그러져 있었다. 그는 식당엘 갔지만 한 수저도 들지 못하고 준필의 식판 옆으로 자기 것을 밀어 놓았다. 그는 손으로 이마를 짚으며 대원들의 식사 장면만 멍하니 바라보았다.

"내무반장님! 종도가 교육에 불참할 것 같습니다. 심하게 아픈 모양인데요……"

교육장으로 나가려고 막 철모를 쓰려던 오 하사는 준필에게 버럭 화를 냈다.

"지금 무슨 소릴 하는 거야? 새끼가 그걸 맞구 빌빌거린단 말야? 코피 그건 살짝 잘못 맞아 그런 거라구. 빨리 나오라구 해!"

종도는 준필의 부축을 받으며 연병장에 집합한 대열에 끼어들었다.

—삐이익.

조교들의 호루라기 소리는 이른 아침 산 계곡을 울려 하루 교육의 시작을 알렸다.

—목표는 유격장. 뛰어갓!

—한나 두울. 한나 두울. 한나 두울 삼 넷. 한나 두울 사암 네엣!

유격장까지 구보를 해야 했다. 바로 앞선 구대에서 복창하는 군가가 종도의 귀에는 아득하게만 들렸다.

종도는 등과 앞가슴의 통증을 참으며 뛰기 시작했으나 그것은 무리였다. 먼지가 일어 제대로 눈을 뜰 수 없을 정도였다. 그는 조교들의 호루라기와 앞선 대원들의 군화 소리만으로 마치 곤충의 더듬이처럼 방향을 감지하여 뛸 수밖에 없었다. 뛸수록 통증은 점점 심했다. 1킬로미터를 채 뛰지 못하고 그는 쓰러지고 말았다. 앞에총 했던 M16이 길 위에 떨어지며 날카로운 금속성 소리를 냈다.

"종도야!"

옆 대열에서 뛰고 있던 준필이 부축하려 들었지만 종도는 손바닥으로 땅을 짚고 엎디었다. 그의 이마에는 식은땀이 흐르고, 입에서는 가늘게 신음 소리가 새어 나왔다.

내무반장이면서 조교인 오 하사가 뛰어왔다.

"뭐야?"

"종도가 쓰러졌습니다!"

"이런 병신새끼…… 어디다 총을 버려?"

그러면서 오 하사는 종도의 어깨를 걷어찼다.

종도는 땅에 짚고 있던 팔을 후들거리는가 싶더니 풀썩 엎드리고 말았다.

"쎅쓰지 말고 일어나! 이게 노골적으로 문관 노릇 할려구 해."

오 하사는 시계를 들여다보더니 준필에게 말했다.

"넌, 종도 데리고 내무반으로 가서 안정 좀 시켜! 재수가 없으려니깐…… 야, 색꺄! 총부터 챙겨얄 거 아냐?"

"네엣!"

대열은 흙먼지 속에 희미해져 갔다.

종도는 간헐적인 기침과 신음을 하며 침상에서 천장만 쳐다보다 혼수 상태에 빠졌다가, 대원들이 교육을 마치고 돌아왔을 때서야 겨우 의식을 되찾았다. 몇몇 대원들이 그의 곁으로 다가서서 안타까운 표정을 지으며 조금 괜찮느냐고 묻기도 했다.

"어디가 그렇게 아파?"

교육을 마치고 돌아온 오 하사가 누워 있는 종도에게 물었다. 종도는 바른손으로 왼쪽 어깨를 가리켰다.

"언제부터 그렇게 아픈 거야?"

"아파 죽겠어요."

종도는 어제 저녁부터였다고 목까지 차오르는 말을 되삼키며 시선을 떨구었다.

"낮에 의무댈 가 봤어?"

종도는 고개를 가로저었다.

"뭐야? 그럼 지금까지 누워서 뭘했어? 그러다가 뒈지면 누가 책임진다고 그래? 내일도 계속되면 의무댈 가 봐! 알았어?"

준필이 바로 곁에서 울상을 지으며 종도의 손을 쥐었다.

왼쪽 어깨를 손으로 가리키며 준필을 올려다보는 종도의 표정이 일그러졌다.

"내무반장님! 종도가 너무 심한데 지금 의무댈 보낼 수 없겠습니까?"

준필이 내무반장실에 들어가 오 하사에게 말했다.

"고거 더럽게 속썩히네…… 알았어!"

준필의 얘기에 오 하사는 피우던 담배를 내무반장실 바닥에 던져 군화로 밟아 끄며 자리에서 일어섰다.

종도는 당직 하사와 함께 의무대를 향했다. 기침까지 자꾸 나오는데다가 걸음걸이조차 불편했다. 하지만 의무대라도 가고 있다는 게 그의 마음을 느긋하게 만들었다.

그에게 느껴지는 의무대는 온화한 분위기였다.

"어디가 아파?"

"오전에 구보하다가 쓰러지면서 어깨를 다친 모양입니다."

중위 계급장을 단 군의관의 질문에 종도 곁에 서 있던 당직 하사가 대답했다.

"어디, 여기야? 벗어 봐!"

군의관이 종도의 어깨를 짚으며 말했다.

종도는 윽, 하는 소리를 내면서 풀썩 주저앉고 말았다.

"엄살은…… 타박상 같은데, 왜 그랬어? 쓰러져서 이 정도까지 되나? 기침을 한다거나 속 아픈 덴 없어?"

오 하사의 얼굴이 스치었다. 종도는 대답도 못하며 왼쪽 어깨 위에 손을 얹었다.

군의관은 몇 번 고개를 갸우뚱거리면서 담배를 꺼내어 물고 불을 붙였다. 겨우 군의관을 간신히 올려다보는 종도의 눈빛은 초조한 기색이 역력했다. 무언가를 골똘히 생각하던 군의관은 담배가 반쯤 타들어 갈 때서야 입을 열었다.

"늑골이나 쇠골이 다친 모양인데, 이거 어쩐다지…… 엑스레이 촬영기도 없으니 말야."

군의관은 계속 담배만 피워 대다가 꽁초를 바닥에 던지며 말했다.

"아무래도 안 되겠어. 우선 에이피씨(APC : 진통제)로 견디라구! 날이 밝아야 뭘 어떻게 해 보지. 응급 외래 상신도 올려야는데, 밤이라 맘대루 차를 움직일 수도 없구…… 아무튼 지금은 곤란하니까 낼 아침에 외래 수속 밟아야겠어.”

당직 하사는 종도를 남겨 두고 돌아갔다.

종도의 신음은 새벽부터 다시 시작되었고, 낯빛마저 노오랗게 변해 갔다.

“강종도, 증세가 아무래도 이상하니깐 지구병원으로 외래 가라구! 거기 가서 엑스레이도 찍구 말야.”

종도는 의무대 앰뷸랜스에 실려 군입대를 했던 훈련소 부근에 있는 제3지구병원으로 옮겨지는 도중에 실신하고 말았다.

그곳은 외래 환자들로 들끓었다. 주로 훈련소에서 교육 도중에 부상당한 환자들이었다.

그는 들것에 실려 응급실로 옮겨졌다.

“혈관 찾아서 오프로 하나 꼽고, 엑스레이 찍도록 해!”

“넷!”

군의관의 말에 위생병이 대답했다.

종도가 지구병원 응급실에서 의식을 회복했을 때는 점심시간이 거의 지날 무렵이었고, 5% 덱스트로스(Dextrose)는 50cc 정도 남아 있었다. 하지만 몸이 마음대로 움직여 주지 않았고 통증은 계속되었다.

종도가 지구병원에서 내무반으로 돌아오자 대원들은 이미 하루 교육을 마친 뒤였다.

“조금 괜찮아? 오늘 외래 갔었다면서? 뭐래?”

준필이 종도에게 물었다.

“링거 한 병 맞고, 엑스레이만 찍고 왔어. 낼 다시 가 봐야

확실한 걸 알게 돼. 거기만 다녀와도 안 아픈 것 같은
데……."

"여태까지 어디가 어떻게 된 줄도 모른단 말야?"

"외래 환자기 때문에 서둘러 돌아와야 하는데다가 그걸 물
어 볼 마음이 있어야지. 쿨럭!"

기침을 하고 난 종도의 얼굴은 몹시 붉어졌다. 그는 이마의
식은땀을 훔쳐 냈다.

"웬 기침이 그리 심해?"

"나도 잘 모르겠어. 요즘 들어 부쩍 심해지는데."

"개새끼덜. 벌써 이틀이나 질질 끌어…… 뒈지고 나면 그때
고칠 건가……."

종도는 내무반에서 모든 게 열외였다. 그는 취침 실시 뒤
완전 소등을 했어도 쉬이 잠을 이룰 수 없었다. 여러 생각들
이 뒤엉켜 들었다. 이러다가 병신되는 건 아닐는지. 밤이 깊
어 갈수록 통증은 더욱 심했다. 기침까지도. 그 때문에 잠을
설친 몇몇 대원들은 혀를 차면서 뒤척거렸다. 종도는 몸이
아프면서도 대원들에게 미안감을 느껴야만 했다. 차라리 의
무대라도 입실하면 괜찮겠지만, 내무반에서 혼자만 열외로
지구병원엘 다닌다는 게 대원들의 눈치를 여간 살피지 않을
수 없는 노릇이었다.

그는 다음 날도 의무대를 거쳐 지구병원으로 갔다. 정형외
과 복도에 서서 차례를 기다렸다.

"강종도!"

"네."

그는 과장실로 들어가, 과장의 테이블 앞에 섰다. 과장은 종도의 X-Ray 필름을 보면서 말했다.

"왼쪽 늑골에 미세한 금이 갔어."

"네엣?"

그는 놀라면서도 고개를 끄덕였다. 그럼 그렇지, 그렇지 않고서야 통증이 그렇게까지 심할 수 없지. 오 하사의 얼굴이 떠올랐으나 이내 사라졌다.

"거기에다가 급성폐렴일 가능성이 높아! 아무래도 후송 가야겠지? 자칫하면 위험해. 그 동안 뭘했어? 오늘 후송 상신 올릴 테니까 나오는 대로 후송 가라구!"

그 이틀 후, 그는 하사관 학교에서 국군 제9통합병원으로 후송되었다.

국군 제9통합병원. 그곳은 도청을 소재하고 있는 도시의 외곽에 자리하고 있었다.

ㄱ자와 ㄴ자 모양의 흰색 건물이 ㅁ자 형태로 잘 가꾸어진 잔디 위에 투명하게 반짝거리고, 후문 쪽 병원 중앙에는 타워가 우뚝 솟아 있었다. 잔디가 깔린 정원에는 군데군데 옮겨 심은 지 얼마 되지 않는 듯한 나무들이 몸통 가운데 감겨진 월동용 새끼줄을 아직 풀지 못한 채 줄서 있었다.

군대 병원이 아닌 무슨 호텔 같다는 생각을 그는 떨궈 버릴 수 없었다. 후문 옆 휴게실에는 환자들과 면회객들로 붐볐다.

그는 지구병원에서처럼 정형외과로 가서 수속을 밟고 진찰을 받은 뒤 일반 병실 509호실로 갔다.

병실 병상의 3분의 2가 환자들로 채워져 있었다. 모두 단풍 하사 계급장을 붙인 그를 물끄러미 바라보았다.

"신참! 신고 안 할 거야?"

병상을 찾으려고 두리번거리는 그에게 누군가가 소리쳤다.

종도에게는 모든 게 귀찮게만 느껴졌다. 병실에 와 있다는 심리적 작용인지는 몰라도 통증은 덜했지만 불안을 동반한 낯설음에 피곤할 뿐이었다. 까닭 모를 암담함이 엄습해 왔다. 아무리 오래 있고 싶어도 이곳에서는 6개월 이상은 입원해 있을 수 없다. 그 이전에 의병 제대를 하든지 치료를 끝내고 원대 복귀를 하여야 한다.

"임마! 말이 안 들려? 다리가 말을 안 들으니까 신참까지 웃기네. 너, 이리루 와. 빨리, 눈썹이 휘날리게 말야!"

종도는 왼쪽 다리에 깁스를 하고서 오른팔에 5% 덱스트로스를 꼽은 채 누워 있는 그를 쏘아보았다. 그는 약간 움찔하는가 싶더니 다시 말을 이었다.

"째려보면 어쩔 거야? 이래 봬도 쩜프하다가 다친 몸이야. 너 같은 하후생 정도는 우습다 이거야. 독사눈 해가지구 째려보지 말구 빨리 신고식이나 하라구!"

다른 환자들이 두 사람을 번갈아 보며 교묘한 웃음을 지어 보였다. 군대 어디서나 마찬가지지만 아무리 신참이라고 여기에서부터 꿇리기 시작하면 걷잡을 수 없을 거라는 생각이 들었다. 그는 하는 수 없이 깡으로 버틸 도리밖에 없다고 생각했다.

"중상인데다가 지금 도착해, 수속 밟고 피곤해 죽겠으니 다음에 하죠?"

"중상, 저거 웃기는데. 혹시 잘못 찾아온 거 아냐? 육병동 가야 될 아이 같은데……."

사방에서 와— 하는 소리가 터져 나왔다.

"너 병실 잘못 찾아온 것 아냐? 신고식을 다음에 하겠다니…… 미안하지만, 신고식엔 외상 절대 사절이야!"

다른 환자가 장난기 섞인 말을 했다.

"죄송합니다. 지금 도저히 어깨를 움직일 수 없는데요."

그러면서 종도는 병상을 찾아 벌렁 누워 버렸다. 그는 천장을 쳐다보며 나중에야 어떻게 될망정 지금의 상태를 유지해야 되겠다는 생각을 했다. 순간, 어깨가 쿡쿡 쑤셔 왔다. 모두 멍하니 그를 바라볼 뿐이었다.

"저거 완전히 똥배짱인데. 무슨 빽으로 후송 왔다고 저 모양이지?"

"글쎄 말야. 겁대가리 없이……."

면회 온 가족들을 만나러 나갔던 실장이 오후 늦게 돌아왔다. 그는 종도를 하사라고 불러 주었다.

이른바 신고식이 거행되었다. 신상에 관한 것부터 시작하여 노래라든가 장기 자랑을 마지막으로 끝내는 상투적인 것이었다. 종도는 겨우 노래를 불렀지만 몇몇을 제외하고는 귀담아들으려 하지 않았다.

종도는 병실에서 쉬이 그 누구와 친하려 들지 않았다. 곁의 환자와도 얘기조차 나누지 않고 지냈다. 그저 병상에 누워 있거나 병동 주변을 거닐기도 하다가 편지지 뒷면에 크로키를 해대는 편이었다. 물론 같은 병실의 환자들도 종도에게는 말조차 건네지 않으려고 했다. 그들은 서로 마치 병실이 다른 환자들처럼 병상 생활에 필요한 기본적인 의사 소통 이외는 하지 않으며 지냈다.

"강 하사, 요즘 어때?"

정형외과 최 소령이었다.

"많이 좋아졌습니다. 과장님!"

"너, 냇과로 옮겨야겠어……."

"네에?"

"아무래도 이상하단 말야. 넌 몸이 정상이라구 생각하나?"

"가끔식 기침하는 것 이외는 별다른 걸 못 느낍니다!"

"바로, 그게 문제야!"

"입대 전부터 그랬었는데요."

"그런데 어떻게 하사관 학교로 차출됐지? 상식적으론 이헬 못 하겠어. 사람이 그렇게 둔할 수 있어? 아무튼 냇과로 옮기도록!"

종도는 509호실에서 203호실로 옮겼다. 509호실보다 병상은 많이 채워지지 않아 겨우 7명뿐으로 거의 핏기 없는 얼굴들이었다. 그들은 간혹 병실 복도에서 마주쳐 종도와는 낯설지 않은 편이었다. 병실 분위기도 509호실에 비하여 삭막하지만은 않았다. 우선 깁스를 하고 누워 있는 환자부터 눈에 띄지 않았고, 그들은 덱스트로스의 수액세트로 열쇠고리를 만들거나, 우두커니 창밖을 내다본다거나 책을 읽으며 수족관의 열대어처럼 부유하는 듯했다. 어쩌면 그런 방법으로 권태를 이겨 내는지 몰랐다.

"신고식 안 해도 되는가요?"

그의 말에 열쇠고리를 만들고 있던 두 명이 시선을 모았을 뿐, 아무런 대꾸도 하지 않았고 오히려 의아해하는 표정을 지어 보였다.

"야, 신고식 안 해도 되는 거냐구?"

마침 밖으로 나가려는 환자에게 조금은 조심스럽게 물어 보았다.

"에이, 다 아는 얼굴이잖아요……."

이병 계급장을 단 환자는 씨익 웃어 보이며 밖으로 나가 버렸다.

그의 내과 병실 생활 역시 특별히 친하게 지내는 사람도 없을 뿐더러 정형외과 병실 그것과 별다른 차이는 없었다. 오히려 병실 밖 잔디 위에서 책을 읽는다거나 산책을 하는 데 더 열중이었다.

어깨 늑골의 통증이 사라지는 것과는 반대로 종도의 기침은 점점 더해 가 급성폐렴이라는 진찰 결과가 나왔다. 가끔씩 하던 기침이었지만 그는 아득해짐을 느꼈다.

하사관 학교에서 교육 도중 그 많은 먼지들을 마시고 땀으로 훈련복이 다 젖어도 목욕 한 번 못했던 기억. 아무래도 오하사에게 구타를 당한데다가 서둘러 의무대에도 못 가고 응급 치료조차 받지 못했던 게 결정적인 원인이었으리라는 생각에 그는 주먹만 부르르 떨었다. 오 하사는 장기 하사관 지원을 한데다가, 내무반장을 자원한 신참 하사였다. 종도는

바로 그런 게 오 하사로 하여금 날뛰게 만들었는지 모른다는
생각을 했다.

　조직에서는 금방 죽어간대도 수속이라는 게 뒤따랐다. 그
어느 것 하나 개인의 마음대로 할 수는 없었다. 일반 사병들
에게는 통합병원 후송 생활이야말로 군대에서 가장 편할 것
처럼 보이겠지만 결코 그렇지 않았다. 오히려 개인의식이 철
저하게 폐쇄된 병영보다 더 고통스러웠다. 그것은 통합병원
이 완벽할 정도로 사회와 차단되지 않은 이유 때문인지도 몰
랐다. 마음만 먹으면 병영보다는 비교가 안 될 정도로 쉽게
민간인과 접촉할 수 있는 곳이었다.

　후송병들 중에는 별의별 환자들이 많았다. 더러 치료보다
의병 제대를 노리는 환자도 있었다. 중환자가 아닌 경우에도
담당 과장의 소견서 한 장이면 제대할 수도 있다는 공공연한
비밀도 환자들 사이로 부유하고 있었다. 하지만 그런 경우는
색을 사용하지 않고 그림을 그리는 것만큼이나 어려운 일이
아닐까 싶었다.

　종도는 활동에 그다지 영향을 받지 않을 정도로 건강해졌
다. 하지만 그의 잔기침은 끊이지 않고 계속되었다. 병실 안
에서도 많은 환자들이 퇴원을 해 버려, 후송 4개월째 그에게
는 실장이라는 직책이 맡겨졌다. 자동적으로 입실 순서에 따
라 최고참에게 맡겨지는 것이다.

　내과로 옮겨 몇 차례의 X-Ray 검진과 진찰을 받고 난 뒤
그는 내과 과장실로 호출되었다.

　"강 하사! 집에 연락해서 부모님들 오시라구 해야겠어."

"네에?"

"그 동안 여러 가지 생각을 해 봤지만 아무래도 수술하지 않으면 안 되겠어."

"수술을요?"

"그래, 폐렴은 잡혔지만 심한 기침에다 무기폐가 겹쳤어. 약물 치료로는 너무 늦은데다가 이젠 그것마저 불가능해. 조금이라도 빨리 하는 게 나을 거야."

군의관의 얘기를 듣고 있던 종도의 부동자세는 점점 흔들렸다. 후송 와서 한 번도 연락하지 않았던 가족들의 얼굴이 놀란 표정으로 다가왔다가 흔들리며 사라졌다.

"그렇게 겁낼 건 없어. 팔십 프로 정도 성공할 수 있으니까. 그렇다고 나머지 이십 프로에 대해서도 비관적인 것만은 아냐."

"……."

"물론, 이곳에서 미심쩍으면 사회에 나가서 할 수 있도록 의병 제델 시켜 주지. 하지만 비용이 엄청날 거야. 어쩌다 이 지경까지 내버려 뒀어? 이건 보호자와 나눌 얘기지만 생명의 지속력에 대해서도 문제야…… 아무튼 알아서 결정하라구! 가서 집에 연락 취하고 쉬어!"

"네엣!"

종도는 이마의 식은땀을 훔치며 과장실을 나와서 병실로 가지 않고 휴게실 쪽으로 갔다.

낮익던 사물들조차 자신과는 너무 먼 거리를 유지하고 있는 듯하게 느껴졌다. 전혀 낯선 공간에 와 있는 것 같은 착각. 그는 참담함 이외는 아무것도 느낄 수 없었다. 수술과 관계되는 모든 것들이 고향 앞바다의 물결처럼 겹겹이 밀려올 뿐이었다.

"강 하사는 좋겠어! 빨리 제대할 수 있어서 말야."

"무슨 얘기야?"

"무슨 얘긴, 무슨 얘기야? 중환자들 수술 안 받으면 의병 제대 할 수 있잖아. 지금 당장에라도 말야."

"알았어. 남의 일에 신경 쓰지 말라구! 제대가 소원이면 나처럼 아프면 될 거 아냐!"

"아무리 그래도 실험용으로 생살 째긴 싫다."

"그래도, 군의관 칼 맞긴 싫은 모양이지?"

"제대는 하고 싶지만, 실험 대상은 되기 싫다구. 차라리 원대 복귀하고 말지."

"실험 대상이라니?"

"모르면 가만 있으라구. 그 사람들이 뭐가 아쉬워서 여기 있겠어? 벌써 나가서 개업했거나 종합 병원으로 갔겠지. 그래서 환자들이 수술은 제대하구 나서 큰 병원 찾아 하는 거라구. 세상에 공짜는 없어, 일테면 그렇단 얘기지……."

그날 밤 종도는 잠을 이룰 수 없었다. 어찌하여 수술까지 해야만 되는 것인지 도무지 실마리를 찾기가 어려웠다.

집안 형편이 웬만하다면 일단 의병 제대를 하고 나서, 다음에 서울의 큰 병원에서 수술받을 수 있을 텐데. 부모님의 주름살이 바로 앞에서 실룩거리는 것 같았다. 한편으로는 통합 병원의 시설 문제와 더불어 수술의 성공률이라든가 임상 경험이 염려스러웠다.

종도는 그런 생각 끝에 수술을 받기로 다짐하고 나서야 잠에 들 수 있었다.

"그래, 어떻게 생각해 봤나?"

내과 과장 문 소령은 담배를 태우면서, 앞에 부동자세를 취하며 서 있는 종도에게 물었다.

"네. 수술을 받겠습니다."

"그래, 잘 생각했어. 너의 가정 형편이 어렵다는 건 알고 있지만 일단 강 하사가 살고 봐야 되겠지? 돈 없으면 눈 뜬 채 죽는 게 현실 아냐? 더구나 너의 경우에 대해선 내 연구 분야라 더욱 관심이 크다구. 외과 정 소령 역시 마찬가지구 말야. 참, 부모님껜 연락은 했나?"

"아직……."

"빨리 하구, 넌 냇과로 옮겨!"

"네!"

내과 과장실을 나선 종도는 병실로 돌아가 203호실에서 503호실로 옮겼다.

수술에 필요한 보호자의 승인 때문에 면회를 다녀간 지 1주일이 채 못 되었건만 부모님은 군대 보내고 처음 만나는 것만큼이나 특박 나온 아들을 반겼다.

쥐포 가공 공장에서 늦게야 귀가한 어머니는 대문컨에 들어서자마자 손에 든 바케츠를 내려 두고, 인사하는 종도의 목덜미를 껴안았다.

"잘됐지 뭐냐. 그래두 과장이란 사람이 그 분야 전공이고 또 수술팀이 그런 수술을 두어 번이나 해 봤고 임상인가 뭔가 하는 것도 지켜 봐야 한다더라…… 우리 형편에 그 정도 수술은 감히 엄두도 못 내지 않겠냐? 암, 병도 고치고 제대까지 한다면 다행이지!"

"글쎄 말이요. 서울 어디 병원에서는 그런 수술 한 번 하면 돈 천만은 그냥 깨진다고, 그 의사 선생이 그러더라!"

"그러고 이십 프로의 실패율이란 것두 후유증을 감안하여 하는 얘기니깐 너무 신경 쓰지 말구 자기들을 믿어 보라더구나!"

저녁밥상을 앞에 놓고 나누는 부모들의 얘기가 종도에게는 짜증스럽게만 들렸다. 그렇다고 그런 내색을 할 수도 없어 그는 슬그머니 수저를 놓아 버렸다.

3박 4일의 짧은 시간에 그는 식구들을 제외한 그 누구도 만나려 들지 않았다. 고작 그림을 그린답시고 밤섬에 가서 하루종일 수평선만 바라보며 앉아 있다가 되돌아왔을 뿐이다.

그에게는 80퍼센트의 성공률보다 20퍼센트의 실패율이 더 크게 다가왔다. 하지만 그에 따라 죽는다는 것에 대해서는 생각하지 않았다. 설령, 경제 문제로 사회에서 못 한 것이라 수술에 성공한다 할지라도 군의관들에게 치러야 하는 예우가 부담스러웠다. 수술 비용의 30퍼센트 정도는 군의관의 호주머니에 넣어 주어야 한다는데…….

사실, 입대 전이나 그후에도 그리 심하게 아프지 않았었다. 그는 훈련 중에 마셔 댄 먼지와 오 하사의 구타, 그리고 이틀 동안 의무대에 다니던 사이에 병이 악화되었으리라는 생각을 쉬이 떨쳐 버리지 못했다.

아, 살아날 수만 있다면 좀더 치열하게 생활해 나갈 수 있을 텐데. 왜, 그때 오 하사의 구타에 맞서지 못했을까. 근무 이탈과 총을 떨구었다는 것? 그것만도 아니리라. 의무대엘 가서 덤벼들어서라도 치료를 받는다거나 군의관의 진찰 결과를 물어 보지도 못했었잖은가. 결국은 용기, 용기 없었음이리라. 진정한 용기는 자기 편이 없어도 싸울 수 있어야 하는 게 아닐까. 상대가 아무리 견고한 성을 쌓아 올렸다고 해도 말이다. 하지만 상대는 보이지 않게 너무 거대한 힘을 가지고 있어 그것과 맞부닥친다는 건, 교묘하게도 그 올가미에 걸려들게 되어 자칫하면 영창행. 바로 그것 때문이었다고 말하기엔 자신이 너무 비참해진다는 생각만 물결처럼 밀려들었다. 아니다. 그건 그들이 쳐 놓은 올가미가 아니라, 어쩌면 부나비들이 보고 덤벼드는 등잔불 같은 것인지도.

종도는 다시 거울에 비친 불그죽죽하게 꿈틀대는 듯한 수술 자국을 바라보면서 손끝으로 매만졌다. 야전 점퍼의 지퍼 이빨처럼 수술 자국은 서로 맞물려 있어 풀기만 하면 옆가슴 속을 들여다볼 수 있을 것 같았다.

─으흐.

그의 입에서는 까닭 모를 신음이 계속 흘러나왔다.

궁핍하게 살아온 사람에게는 경제적인 부담이 가장 지워지지 않는 상처가 될 수 있는데, 종도는 지금 채워져 있는 지퍼가 영원히 그렇게 남을 것 같다는 생각을 했다.

수술 전에 가졌던 감정들은 어디론가 모두 도망해 버리고, 그 침전물들은 포르말린 냄새에 섞여 부유하기 시작하며 종도를 병실 밖으로 내쫓았다.

종도에게 지퍼가 채워지고 되살아나 첫 외출인 것이다.

그는 최 상병을 만날 수 있을는지 모른다는 예감이 들어맞기를 바라면서 계단을 내려갔다. 그는 마치 걸음을 걷고 있지 않는 것처럼 발이 가볍다는 것을 느꼈다. 포켓용 성경을 든 몇몇 환자들이 올라오며 종도에게 눈인사를 했다.

눈이 부셨다.

그는 가을을 향해 치닫는 하늘을 가늘게 뜬눈으로 쳐다보며, 수화 김환기가 〈고향〉이란 그림에 썼던 프러시안블루를 떠올렸다. 아니, 수술 뒤 중환자실에서 의식을 처음 차렸을 때 떠올린 가족과 고향 하늘, 그리고 그 바다의 빛깔과 너무 닮아 보였고, 꼭 그 색이 아니라 할지라도 자신은 도저히 표현해 내지 못할 거라는 생각을 했다.

병원 잔디밭에는 많은 환자들이 일요일 오후의 햇살을 즐기고 있었다. 뭐라고 소리라도 지르고 싶은 충동을 억제하며 그는 후문 위병소 쪽으로 갔다. 그곳을 지나야 6병동이 보이기 때문이었다.

위병소 앞 벤치에는 면회객들과 환자들로 붐볐다. 누구 면회하러 올 사람도 없으리라는 것을 알면서도 그는 면회 신청하러 줄선 사람들을 기웃거렸다.

"여어, 강 하사!"

이 상병이었다. 그는 부모로 보이는 사람들과 잔디밭에 앉아서 종도에게 하늘색 표지의 포켓용 성경책을 흔들어 댔다.

종도가 겸연쩍은 표정을 지으며 머뭇거리자, 이 상병은 씨익 웃으며 다가와 그의 팔을 당기며 말했다.

"부모님이 면회 오셨지 뭐야. 저리 가자구!"

바로 그때였다.

어디선가 울부짖는 소리가 들렸다. 종도는 면회객들이 시선을 돌려 보는 병원 중앙에 우뚝 서 있는 타워를 바라보았다. 타워 위에는 콜라 병목을 쥐고 자기의 왼팔에 자해를 해 보이는 환자가 있었다.

종도는 대번에, 그가 6병동 최 상병이라는 걸 알아차렸다.

"어, 저게 언제 저기까지 올라갔지?"

위병소 밖에 서서 근무하는 일병이 말했다. 그의 말에 안에서 접수를 맡고 있던 위병이 밖으로 뛰쳐나왔다가 다시 들어갔다.

"이 상병 잠깐만……"

"왜 그래?"

"잠깐만 부모님께 가 있으라구!"

그는 이 상병의 손을 떼어 놓으며 말했다.

"저 싸이코, 저번에도 저래서 작살나 가지구 이번엔 완전히 갈려구 저러는 거 아냐?"

"오늘도 존 구경꺼리 생겼구나!"

안으로 들어갔던 위병이 철모를 들고 나와 머리에 쓰면서 말했다.

"늬들 말 좋게 못하겠어! 완전히 가다니, 그게 무슨 소리야?"

종도는 위병의 말을 가로막았다.

"왜, 그러십니까? 저 싸이코와 무슨 상관예요?"

"임마, 네 말투가 너무 거칠어서 그러는 거야."

종도는 후송 와서 이렇다 하게 가까이 지내는 사람 없이 지냈었다. 어떤 환자들은 더욱 아픈 척해 보이기 위해 병실에서 꼼짝 않기도 했지만 그는 달랐다. 매일 버릇처럼 혼자서 병원의 구석구석까지 돌아다니며 즐겼다.

후송 2개월에 접어든 어느 날 종도가 6병동 쪽에 갔을 때였다.

"여어, 하사!"

감정을 억누르며 애써 점잖아 하는 목소리였다. 초점 잃은 두 눈에 비해 상의에 붙어 있는 작대기 세 개는 황금빛이었다.

군대의 계급이란 어디서든 통하는 게 아니다. 일반 부대도 마찬가지지만 통합병원 역시 먼저 후송 온 환자가 선임 노릇을 톡톡히 해 댔다.

그가 반말을 하자 끓리지 않으려고 군기 문제에 정신이 쏠려 있던 종도는 피식 웃고 말았다. 병실에서 가끔씩 귀담아 듣던 6병동 사이코라는 말이 떠올랐기 때문이었다.

"하사, 난 지금 제정신인데 여기에 쳐 넣어져 있는 거라구. 그러니깐, 내 말 좀 들어 달라구!"

종도는 어이가 없었지만 안쓰러워하는 표정을 지으며 그를 바라보았다. 말로만 들어 왔던 6병동 환자이지만 생각보다 중증이라고 느꼈다.

"그렇게, 못 믿겠다는 눈으로 보지 말라구. 난 정말 어디가 아파 여기에 있는 게 아니라니까. 시험해 보면 될 게 아냐?"

그는 종도 앞에 손가락 두 개를 폈다가 한 개를 더 펴 보이며 씨익 웃어 보였다.

"이건 두 개, 이건 세 개……."

그는 계속하여 다섯 손가락 전부를 차례로 폈다가 오므려 보이며 씨익 웃었다.

종도는 그의 그런 동작을 얼떨떨한 표정으로 계속 바라보았다. 그는 멈칫거리다가 종도의 눈치를 살피더니 반말을 존댓말로 바꾸어 쓰기 시작했다.

"아, 그렇게 못 믿겠다는 표정인데…… 그래도 좋소. 아직까지 내 얘기를 제대로 들어 준 군바리는 없었는데, 어쨌든 하사께선 그렇지 않으니 말이오. 실은 내가 신병 훈련을 마치고 자대에 배치되면서부터가 문제 아니었겠소?"

"임마, 지금 너와 농담 따먹기 하구 서 있는 줄 알아?"

종도는 얼른 자리를 피하고 싶었다.

그런 기미를 알아챘는지 그는 황급히 손을 내저으며 계속 말을 이었다.

"누가 그런대요? 잠깐만 내 얘길 들어 보면 이해가 될 거 아뇨? 난, 말단 소총수로 전방에 근무를 했었는데, 그놈의 환청 때문에 아주 곤욕을 치렀소. 금방이라도 누군가가 불쑥 나타나 내게 총질을 해 댈 것 같았단 말이오. 거기에다가 상병 달면서부터는 밤마다 잠자리에서 나도 모르게 소리를 지르곤 했었나 봐요. 그때마다 무서운 꿈에 시달렸던 거요. 늘 애인이 칼을 들고 내게 덤벼드는 꿈을 말이오. 그래서 의무대로 끌려갔었지만 거기서도 마찬가지로 시달리다가 이리로 온 거요…… 정말이지 난 육병동이 지겹단 말이오.”

종도는 자신이 점점 그의 이야기에 빠져들고 있음을 느꼈다. 이래서 흔히 6병동의 사이코라는 말이 생겨났을 거라는 생각을 했다. 그는 병실에서 들었던 얘기들이 결코 터무니없지만은 않다고 여겼다.

“그래서 어쨌다는 거야?”

“어쨌다뇨? 알았으면 나를 밖으로 내보내 줘야 할 거 아뇨? 멀쩡한 놈을 이렇게 가둬 놓으니 정말 환장할 노릇 아뇨?”

“임마, 지금 나도 환자야!”

그는 낭패라는 표정을 지으며 두 눈만 껌벅거렸다.

“그래, 위생병과 환자들을 구분도 못하면서 뭐가 멀쩡하다고 그래?”

“그건 절대 아니오. 어떻게 보면 그렇게 보일는지 모르지만, 당신들이 나를 이상하게 보는 고정관념 때문에 그렇게 보이는 것 아니겠소?”

종도는 입술을 맞물려 지그시 깨물었다. 철조망을 사이에 두고 이쪽과 저쪽이라는 거리가 상대를 자신과는 동질일 수 없게 만들고 있다는 생각을 했다.

“하사님! 서로 알고나 지냅시다. 나, 최찬환이오. 보시다시피 계급은 상병이오.”

그러면서 최 상병은 종도를 향하여 철조망 사이로 집게손가락을 내밀었다. 그는 몹시 조심스러워했다. 그걸 보고 있던 종도는 최 상병의 손가락을 쥐면서 말했다.

"난, 강종도!"

"저보단 계급이 높군요? 허나 이 병원으론 내가 더 고참인 것 같은데요? 난 벌써 삼 개월째요."

"그래서 어쨌다는 거야?"

"아, 별거 아니니 그런 표정으로 노려보지 마쇼. 하지만 우린 똑같은 인간 아니오? 이 병원도 그렇지만 군입대는 내가 훨씬 빠를 거요."

"좋아, 앞으로 잘 지내 보자구! 근데, 이 병원에 내가 늦게 입원한 걸 어떻게 알지?"

"하하, 거짓말 같지만 난 이 병원에서 누가 입퇴원하는지 다 안다구요. 늘 여기에서 서성대며 첨 보는 얼굴이면 나보다 늦게 입원한 거구, 보이던 얼굴이 안 보이면 퇴원한 것 아니겠소? 안 그래요?"

종도를 만나 얘기를 나누는 평소의 최 상병은 정상인과 다를 바 없음에도 6병동에 입원해 있는 것이다. 물론, 종도로서는 병실에서의 최 상병이 어떤 증세를 드러내는지에 대해 본인의 말을 통해 듣지 않고서는 알아낼 도리가 없었다.

"강 하사, 여기가 갑갑하지 않으쇼? 난 미칠 지경인데."

봉급날 종도가 과자와 빵을 사 가지고 6병동 철조망에서 건네주었을 때 그걸 받으며 최 상병이 말했다.

"글쎄, 후송 생활 권태롭고 갑갑하지 않는 환자 누가 있겠

나. 다 마찬가지지."

"그래도 군대 생활, 후송 왔다 하면 젤 편한 거라든데……
나만 빼고 말입니다."

"그건 사람에 따라 다르지 않을까?"

"강 하사! 난 요즘 계속, 도망가구 싶어 미치겠어요."

"탈영?"

"그래, 차라리 탈영이라도 해 버리고 싶다니깐요!"

"불만 있어?"

"불만?"

그때 F4 편대가 굉음을 지르며 남쪽으로 날아갔다.

최 상병은 빵을 입안에 가득 넣어 우물거리다 말고는 퀭한
눈으로 하늘을 올려다보았다. F4 편대가 사라진 뒤 최 상병
은 입안의 빵을 꿀꺽 삼키고는 갑자기 키득거렸다.

종도는 움칫했다. 저래서 사이코라는 걸까.

최 상병은 몇 번을 계속하여 키득거리더니 그짓을 그만두
었다.

"갑자기 우스워서……."

"뭐가 그리 우습나?"

"강 하산 우습지 않으쇼? 남은 심각해 있는데 하필이면 그
때 비행기가 날아가니 웃지 않고 배길 수가 있어야죠. 아, 나
도 날아다닐 수 있다면, 이 육병동을……."

최 상병은 못내 아쉬워하는 표정을 지으면서 과자 한 개를
입안에 넣고는 계속 말을 이어나갔다.

"자유롭고 싶어요! 이 육병동은 도저히 자유로울 수 없는

곳이죠. 그래두, 이렇게 강 하사 만나서 애기라도 하니까 괜찮지, 안 그러면 금방이라도 숨이 막혀 버릴 것만 같다니깐요!"

"자유롭고 싶다구?"

"그래, 무척이나 갑갑해요. 병실에서 모두 나를 완전 싸이코 취급하거던요. 군의관이나 간호 장교, 돌팔이들 땜에 그렇지만, 병실에 있는 놈들까지 그러는 바람에 이젠 정말 서서히 미쳐 가는 것 같애요. 육병동 환자이긴 마찬가진데……차라리 자대에서 환청에 시달리는 편이 더 나을 것 같다는 생각이 들 때가 많아. 하긴, 전방 생활을 못 해 본 강 하사에게 환청을 설명한다는 게 무리지만 말입니다……."

종도는 물끄러미 최 상병을 바라보며 애기만 들었다. 그에게는 타인들 몰래 이런 애기를 주고받는 게 늘 설렐 정도로 신기하게 느껴졌고, 하루 일과 중 6병동 철조망에서 최 상병과 나누는 시간이 즐거웠다. 가장 원초적인 감정을 내뱉을 수 있는 애기를 최 상병과 나눌 수 있다는 게 마치 연애라도 하는 기분이었다.

최 상병에게는 그 누구도 면회를 오지 않았다. 물론 입원 환자의 모두에게 가족들이 면회를 오는 것은 아니었다. 그래도 어떻게든 한두 차례 가족과 면회를 하는 셈이었지만 최 상병의 경우에는 그게 아니었다. 찾아올 사람이 없는 것도 아니라지만 그는 그런 걸 바라지도 않는 듯했다. 하지만 그런 것까지도 그가 주위로부터 업신여김을 당하는 심리적 요인으로 작용되었다.

“강 하사! 난 요즘 죽고 싶단 생각뿐이오.”

“갑자기, 웬 뚱딴지야?”

“억울해요.”

“왜?”

“몰매를 맞았죠. 돌팔이들에게 안 죽을 만큼 두들겨 맞았어요. 그래서 며칠 동안 만나지 못했던 거요.”

“아니, 뭣 때문에 맞은 거야?”

“그놈의 꿈 때문인데 날더러 헛소리를 한다나요. 그래서 나 때문에 잠을 제대로 못 잔대요. 웃기는 놈들…… 멀쩡한 놈을 육병동에 집어넣구선…….”

최 상병은 사뭇 격조된 억양으로 분을 겨우 참으며 말했다. 그가 그럴 때는 종도에게 너무나 측은해 보였다. 마치 어린애가 응석을 부리는 것만 같았다.

“어떤 꿈 때문에 그래? 아직도 시시하게 그 애인 꿈이야?”

“아니야, 요즘엔 다른 꿈을 꿉니다. 내가 하늘을 마음대로 날아다니는 거 말입니다. 그러다가 꼭 땅으로 추락당하고 말거던요. 그래, 추락하는 게 아니라 추락당하는 거예요. 날아가다 보면 그물이 쳐져 있는데 첨엔 그게 안 보여요. 계속 날다가 부닥치는 순간에야 그물이 쳐져 있다는 걸 알게 되는데 아마, 그때 소리를 지르는 모양예요.…….”

“…….”

“아무튼 맞아 죽지 않는 게 이상할 정도예요. 그렇다고 내가 돌팔이 따위에게 맞아 죽을 순 없는 것 아닙니까? 사이코 취급당하는 것도 억울한데 맞는다는 건 너무해서 차라리 죽이라고 덤볐죠. 그런데 그때 돌팔이들에게 아첨하는 병실 놈들까지 합세하여 몰매를…… 완전히 싸이코로 만들 작정인가 봐요. 이제 더 이상 참기 힘들어요. 죽어 버리고 싶은 생각뿐이에요."

최 상병의 눈은 물기 어려 검게 빛나고 있었다. 섬뜩했다. 종도가 처음으로 그에게서 느끼는, 그 무엇인가를 끝내 저지르고야 말 것 같은 눈빛이었다.

"강 하산 내 말 이해 못 하겠죠?"

"아냐. 이해할 순 있어. 하지만 그런 생각은 버리라구! 너무 경솔한 생각이야. 얼른 눈에 띄지 않는 그물이 도처에 무슨 음모처럼 펼쳐져 있는 게 현실 아니겠어?"

종도의 얘기를 듣고 있던 최 상병의 시선은 먼 곳에 가서 멎었다. 마치, 몰매를 맞던 기억이라도 해내듯이.

"모든 걸 강 하사처럼 생각하면 끝이 없다구요. 짜를 땐 짤라야지 않겠어요? 내 경우만 보더래도 너무 참다 보니까 끝내 사이코 취급을 못 면하는 것 아닙니까?"

"그렇다고 죽는다는 것에 대해선 조금도 무리가 없다고 생각하나? 그럴 용기면 뭘 못한다고 말야."

"그건 아냐. 꼭 그렇게만 생각하진 않아…… 점점 이젠 내가 나를 이해할 수 없다니깐……."

최 상병은 잠시 말을 끊었다.

6병동 환자들이 24시간 계속하여 정신 질환을 드러내지는 않는다. 환자 개인에 따라 다르지만 때때로 정신 이상 증세를 나타내는 경우가 있을 뿐이었다. 하지만 그건 초기 증세

인 나비병 수준에서 크게 벗어나지 않았다. 최 상병도 예외
는 아니었다. 어쩌다 혼자 있을 때 급변하는 눈빛과 헤픈 웃
음, 그리고 백치처럼 보이는 표정, 거기에다가 심한 결벽증
이외는 별다른 증세는 나타내지 않았다. 사실 최 상병에게
있어 결벽증이라는 것도 성장 과정에서 기인된 집중력이었
다. 정신과 환자들 중에서 유독 최 상병이 두드러질 뿐이었
다.

통합병원 내에서는 6병동 환자들을 가리켜 모두가 사이코
또는 또라이라고 불러댔다. 어쩌다 근무하러 들어오는 방위
병들조차도 숫제 그렇게 부르며 업신여기려 들었다. 그러나
군기면에서는 6병동 환자들이 가장 기합이 잘 들어 있다고
정평이 나 있는 편이었다. 그들은 위생병들을 아주 무서워했
다. 잘못 보였다가는 그쪽에서 신속한 반응을 보이기 때문이
었다. 그런 경우, 가혹할 만큼의 체형이 가해졌다.

그날 이후로도 최 상병은 종도를 만날 때마다, 자살 얘기를
심각하게 꺼내곤 하였다. 그러나 종도는 그것을 액면 그대로
받아들이지 않았다.

사실 종도 나름대로의 최 상병에 대한 판단도 있었지만 그
것은 불가능하리라고 여겼던 까닭이었다. 그 판단이라는 것
도, 중학교부터 고학으로 지방 국립대학까지 힘겹게 마친 최
상병이 그렇게 단순하지만은 않을 거라고 여긴 데 있었다.
그것은 종도 자신이 미술 대학을 끝내 마치지 못하고 휴학해
버린 놈이라 자학하는 데 기인된 생각인지도 몰랐다.

그런데 최 상병은 지금 하늘만큼이나 높아 보이는 병원의

타워에 올라서 있는 것이다.

사다리가 부착된 타워이지만 꼭대기까지 올라갈 때 위생병이나 다른 환자들의 눈에 띄지 않았을까.

종도가 그런 생각을 하고 있을 때, 위생병들은 잔디밭에서 초가을의 오후를 즐기며 면회 중이던 환자와 가족들을 해산시켰다. 그러고 나서 환자들을 모두 병실로 몰아넣었다. 순식간이었다.

종도는 병실로 가지 않고 얼른 위병소로 들어가 타워를 바라보았다. 병원 전체가 정적감에 휩싸였고 타워만 우뚝 서 태양을 향하고 있었다.

곧이어 병원장이 타고 온 지프에서 서둘러 내렸고, 거의 모든 위생병들이 타워 주변을 빙 둘러섰다. 그들은 그물을 받쳐든다거나 매트리스를 깔아 뛰어내렸을 때의 대책은 세우지 않았다.

"최 상병, 내려와라!"

"웃기지 마라! 내려가면 영창 보낼려구?"

"요구 조건이 뭐냐? 들어줄 테니 내려와라!"

"쌥색꺄! 내가 한 번 속지 두 번까지 속을 줄 알구? 인제, 내 인생 끝나는 줄 아니까 쇼들 하지 마!"

몇 마디 설득을 하던 병원장은 집무실로 들어가 버렸다.

"이럴 땐 모두 숨어 버려야 해. 저런 새낀 보고 있어 주면 더 버틴다구. 모두 숨어서 보구 있어! 제 풀에 꺾여 내려올 때 덮치면 되는 거야!"

선임 하사가 둘러선 위생병들에게 손짓을 하며 말했다.

위생병들은 더러는 자기 근무 부서로 들어가기도 했지만, 거의가 수군대며 숨어 버렸다.

병원 잔디밭 위로는 따가운 침묵만 앙금처럼 가라앉고 있었다.

한낮의 정적은 숨어서 타워를 지켜보는 이들로 하여금 엄청난 불안과 공포를 느끼게 하였다. 동작그만의 그것과 다를 바 없어 개미 기어가는 소리까지 들릴 정도였다.

"원장새끼 나오라구 해! 돌팔이 새끼덜두 나오라구 해! 원대 복귀라도 시켜 달라는데, 왜 안 시켜 주는 거야? 니들 앞에서 내가 죽어야 되겠나?"

최 상병은 한 손에 깨진 병목을 들고 태양 아래서 마치 무슨 짐승처럼 울부짖고 있었다.

그의 왼쪽 팔뚝에서는 햇빛에 반사되어 선홍으로 빛나는 피가 줄줄 흘러내렸다.

종도는 뛰어나가 최 상병을 달래 볼까 하였지만 마음뿐이었다. 살려고 하는 가장 극적인 표현이 자살 아닐까. 그 직전에 포기가 아닌 형태로 살아날 수 있다면 삶에 궁극적인 최선을 다하게 되는 것이라는 생각을 하면서도, 종도는 위병소 유리창을 통하여 타워 위의 최 상병을 올려다볼 수밖에 없었다.

"개새끼덜아! 왜, 멀쩡한 나를 잡아다 육병동에 집어넣은 거야? 늬들 눈에는 모두 정신 질환자로밖에 보이지 않냐? 다 소용없으니 원대 복귀만 시켜 달라니까!"

최 상병은 가슴에 응어리져 있는 것들을 간헐적으로 욕설과 함께 퍼부어 댔다. 그것들은 하나하나 구슬처럼 떨어져 굴렀다.

"망이라도 쳐 놔야지 않을까요? 저러다 갑자기 뛰어내리면……."

한 위생병이 숨어서 타워를 훔쳐보고 있는 선임 하사에게 말했다.

"관둬! 저런 새끼 뒈져도 아얏말을 못해…… 저번에 올라갔을 때, 본때를 봐줬어야 했는데…… 그때 봐줘노니까 저러는 거야."

"그래도……."

"망 칩네 하면 저 새끼 기가 더 살아서 방방 뜰 거야. 군대 생활 이십일 년째 월남까지 갔다 와서 아는데, 저런 새끼 가만히 놔 두면 제풀에 꺾여 내려오게 돼 있는 거야!"

종도는 만약 최 상병이 투신하여 죽는다면 쫓아와서 목놓아 울어 댈 그의 부모들을 생각했다. 내 아들 내놓으라고 얼마나 통곡을 할 것인가. 그런 생각을 하자, 후송 온 뒤 면회 와서 울먹이던 어머니의 얼굴이 떠올랐다. 최 상병의 부모도 마찬가지이리라.

수술 전 3박 4일의 특박 나갔을 때 모든 것들이 자칫할 경우에는 마지막이라는 생각이 들자, 자주 다니던 음악다방에 앉아 마시는 커피 한 잔에도 무슨 의미가 담겨진 것 같았고, 고향의 모든 것들이 좋게만 느껴졌다. 약간은 허한 상태여서 그랬는지 모르지만 자신의 마음이 아무런 욕심 없이 깨끗하다는 생각을 했었다. 그럼에도 불구하고 고향의 모든 사물들을 그 어떠한 색으로도 표현해 낼 수 없었다.

"종도야! 니, 묵고 싶은 거 말해라. 전부 사다가 해 줄 것인
께. 사람이 살믄 얼마나 산다고 묵는 거 애껴 쓰것냐? 이번에
들어가면 수술까지 받는다는디……."

마치 어린애에게 하듯이 어머니는 안쓰러운 표정으로 말했
다.

"괜찮아요."

"그래도, 니 오믄 닭 한 마리 고아 멕일라고 돈도 이렇게
모태 놨는디 그러냐?"

하면서 구겨진 천 원권 지폐 몇 장을 꺼냈다.

"그러지 마시고, 집에 필요한 물건이나 사서 쓰시지 그래
요? 전 병원에 가면 무진장 잘 먹어요. 고기도 내가 먹기 싫
어서 안 먹는 편인데요."

"거짓말 말거라. 무슨 고기를 얼마나 많이 준다고 묵기 싫
어서 안 묵는다고 그러냐?"

그러면서 시장엘 다녀왔고 생삼 몇 뿌리 넣어 고아 놓은 닭
을 종도 혼자만 먹으라는 것이다.

"그래도, 이놈 한 마리 묵고 나면 기운이 옛날하고는 틀릴
꺼다."

"잘 먹을게요. 느그들도 같이 묵자!"

"이것은 성하 약인께 니는 딴 것 묵어라……."

어머니는 재빨리 막내의 손에서 숟가락을 빼앗으며 말했
다.

그때엔 다시 살아날 수만 있다면 진실로 열심히 살아야지,

모든 면에서 단 하나의 부족 없이 열심히 살아야겠는데 어찌 될는지 모르겠다는 생각뿐이었다. 주어진 생명에 대해서 낙관은 금물이라 여기면서, 그렇다고 결과를 기다려 보지도 않고 비관만 할 수도 없는 노릇이었다.

"사람의 명은 하늘에 있는 것이라지만 맘 독하게 묵어야 돼!"

"네, 너무 염려하지 마세요. 수술 끝나고 회복되는 대로 제대하니깐요. 이번에 말씀드린 거나 잘 좀…….."

종도의 얘기에 아버지는 하늘만 올려다보았다.

"수술 끝나면 그것이 걱정이다만, 그것은 다음 문제니께 수술이나 제발 잘 되얄 거신디……."

어머니는 금방이라도 울먹일 것 같았다. 종도는 자꾸 모자를 벗었다가 다시 쓰는 동작을 되풀이하면서 막내의 머리만 쓰다듬었다.

특박을 마치고 귀대하던 날 막내까지 터미널에 나와서, 어쩌면 다시는 만나지 못하게 될지 모른다는 마음으로 눈시울 붉히며 전송했었다.

그는 수술이 잘되어 어떻게든 꼭 살아야 한다는 생각을 고속버스 안에서 몇 번이고 되뇌었다.

픽—.

"와, 뛰었다!"

하는 소리와 함께 사방에서 위생병들이 뛰어나왔다.

피는 태양 아래 샐비어 꽃잎으로 반짝거리며 분수처럼 흩어졌다.

꿈틀조차 않는 시체는 들것에 실려 응급실로 옮겨졌다.

종도는 멍하니, 위생병들에게 둘러싸여 들것이 사라진 현관 쪽만 바라보며 초가을의 햇살 속에 서 있었다. 어쩌면 꿈속에서의 추락처럼 최 상병이 타워 위에서 뛰어내린 것인지 모른다는 생각을 했다.

그는 까닭 모를 답답함과 함께 현기증을 느끼며, 새로 태어나 첫 외출에서 죽사발 되어 버린 정신을 애써 가다듬으며 병실로 들어갔다.

환자들은 모두 창가에서 핏자국처럼 무리져 얼룩진 정원의 샐비어를 내려다보며, 앞으로 최소한 1주일 정도는 충분히 심심풀이가 될 최 상병의 투신에 대한 얘기를 나누고 있었다. 아니, 1주일이 아니라 한 달이고 두 달이고 어쩌면 제대하고 사회에 나가서라도 자신들의 화제가 빈약하다고 느낄 때, 언제라도 다시 꺼내어 멈춰 있는 술잔들을 돌리게 할 터였다.

종도가 들어서자 그들은 제각기 고개를 한 번씩 돌려 볼 뿐이었다.

그는 병상에 벌렁 누워 버렸다. 욱신거리며 온몸에 피로가 엄습해 왔다. 최 상병의 얼굴과 선임 하사 뚱보의 얼굴이 겹쳐져 스치었다. 자꾸만, 병원의 타워가 핑그르 회전하며 머리를 어지럽혔다. 그는 최 상병의 투신에 대해 생각하다가 결국은 그게 자신과도 연결되어 있다고 느껴졌다. 철조망에서 처음 만났을 때와는 달랐다.

"강 하산 어딨었소?"

　병상 곁으로 우 병장이 다가서며 말했으나 그는 아무 대답 하지 않은 채 천장만 올려다보았다. 조금 전 첫 외출에서 보았던 풍경들이 정지된 동작으로 한 장면씩 천장에 비쳐지는 것 같았다.

　"우리 병실엔 강 하사 혼자 안 보이더라구. 어딜 갔나 하고 둘러봐두 보여야지."

　"위병소에 있었어."

　"그래? 이 상병만 면회하다 졸지에 쫓겨 들어왔지 뭐야. 강 하사두 밖에 있었대서 물어 본 거야."

　"이 상병은 안 보이는데?"

　"상황 끝나자마자 밖으로 뛰어나간 것 같은데. 그럼, 강 하산 자살했다는 또라이 봤겠구나?"

　"자살?"

　종도는 천장에서 시선을 떼어, 우 병장을 쏘아보았다. 우 병장은 못마땅하다는 듯이 눈을 몇 번 껌벅거리며 말했다.

　"왜, 그렇게 비양거려? 우린 밖으로 나갈 수가 있어야지. 통제가 돼 가지구 말야."

　"안 보길 잘했지, 뭐……."

　"그건 또 무슨 소리야? 누가 면회도 안 오는 오늘 같은 날 존 구경거리 놓쳐, 속이 속이 아닌데…… 아, 처참했단 말이지?"

　"그걸 가지고 얘기한 게 아냐."

　종도는 한심하다는 듯이 왼쪽 옆구리를 세우며 돌아누웠다.

"그럼 뭐야?"

"우 병장은 그걸 재밌꺼리 정도로밖에 생각 못 하겠어? 동료가 죽었는데도 말야? 그리고 그건 자살이 결코 아냐……."

"뭐라구? 그럼, 자살이 아님 그게 뭐야? 다들 저 혼자 죽었다고 그러던데?"

우 병장은 어리둥절해하면서 종도에게 말했다. 종도는 시선을 우 병장의 눈에서 옮기지 않은 채, 말을 이었다.

"다시 말하지만 자살은 아냐. 오히려 그 반대인 타살일 수 있어……."

"타살?"

"어쩌면, 몸 사리기에 너무 익숙해진 우리 모두가 최 상병을 죽였는지도 모르지……."

그러면서 종도는 손으로 눈을 가렸다. 종도는 그 얘기를 우 병장이 아닌 바로 자신에게 내뱉은 게 아닐까 하는 생각을 했다. 그렇다고 하여 스스로 느끼는 죄의식을 한풀 한풀씩 떨궈 버리지 못하리라는 것까지도.

"최 상병? 그럼, 강 하사완 아는 사이였어? 그렇지? 근데, 자살이 아니라는 건 대체 무슨 얘기야? 혼자 쩜프했다던데……."

"늬들이 병실에서 재밌어 할 얘기가 못 된다니까! 그렇게 킬킬댈 일이 아니란 말야!"

"그럼, 넌 무슨 내막인가를 잘 알겠는데? 우린 뭘 알아야지…… 근데, 강 하산 어떻게 아는 사이야? 친구도 아닐 텐데 말야!"

가리고 있던 손을 내리면서, 종도는 상체를 힘겹게 일으켜 앉았다. 우 병장이 그를 도우려 했지만 종도는 고개를 가로 저었다.

"우 병장, 내 말 똑똑히 들으라구! 어쩌면 우리들은 월남 난민처럼 같은 배를 탄 처진데, 한 동료의 죽음을 무슨 구경 거리나 심심풀이 정도로 느껴서야 되겠어?"

"그럼, 글마의 자살을 누가 곁에서 시키기라도 했단 말야?"

종도는 어처구니없는 표정으로 우 병장을 바라보았다.

"시켰다는 게 아니라, 내버려 둔 것이지……."

"그건 강 하사의 감정이야! 이미 죽어 버렸으니 그렇게 생각해 주는 것두 괜찮지만 꼭 그럴 필요 있어?"

"뭐? 그렇게 생각해 주는 것도 괜찮다고?"

"그럼, 뭐야? 그런 건 싸구려 휴머니즘 이외는 아무것두 아니라구!"

"뭐라구? 지금 그걸 말이라구 하는 거야?"

"그렇게 흥분할 게 아니라 내 말을 들어 보라구! 상식적으로 생각해서 우리가 자살한 글마에게 그렇게까지 깍듯이 생각해 줄 필요가 있느냔 말이야?"

종도와 우 병장의 말소리가 커지자 그들 곁으로 병실의 환자들이 모여들었다.

"왜들 그래?"

"아, 글쎄. 강 하사가 그 또라이는 자살한 게 아니라고 우기잖아. 괜한 자기 감정에 빠져 가지구 말야……."

아랫입술을 지그시 깨물며 우 병장의 애기를 듣고 있던 종도가 입을 열었다.

"잘 들어 보라구! 내 감정이라고 애기하는데, 이게 결코 내 감정일 수만은 없어. 여기서 아프고 싶어 아파서 후송 온 놈 몇이나 돼? 거의 훈련 도중에 다치거나 해서 온 놈들이지?"

종도를 둘러싸고 있는 환자들은 잠자코 서 있다가 서로의 얼굴만 번갈아 볼 뿐이었다.

"그래, 뻔한 거야. 물론, 그렇지 않는 놈들도 있겠지만 누구나 아프고 싶어서 온 건 아니겠지? 최 상병도 마찬가지야. 얼마나 살고 싶었으면 자살을 했겠어? 참 좋은 놈이었는데…… 흐윽."

종도는 끝내 말을 잇지 못하고 제 분에 겨워 울먹이고 말았다.

환자 몇 명이 싱겁다는 표정을 지어 보이며 창가로 되돌아갔다. 우 병장만 난처한 표정으로 종도 곁으로 걸터앉았다.

"미안하다. 내가 모르구선 네게 따진 거야. 무슨 악의가 있어서 그런 건 아니라구. 한편으론, 이미 그렇게 끝나 버린 상황을 가지고 그런 강 하사가 답답하기도 했지만 말야."

"그래. 늬들이 나쁘다는 게 아냐. 단지 재밌어 하며 킬킬댈 성질의 일이 아니라는 거야. 늬들이야 잘 모르니까 그럴 수 있겠지만……."

종도의 어깨가 들먹거렸다. 우 병장은 종도의 어깨를 감싸며, 바닥에 떨어진 수액세트로 만든 열쇠고리를 발끝으로 톡 찼다.

"최 상병은 우연찮게 육병동으로 온 거야. 사실, 내가 만나 얘기를 나누면서도 이상한 느낌은 받은 적이 별로 없었고 말야. 우리가 모르는 뭔가를 참다 못해 뛰어내렸을 거야. 타워에 올라갔었을 때, 나라도 뛰어나가 말렸어야 했는데……."

"하지만 그게 어떻게 받아들여지나. 일단, 그런 증세가 심했으니깐 후송까지 왔었겠지. 안 그래?"

"물론, 그렇게 생각할 수 있겠지. 첫 사격 훈련에서 자신이 발사한 총소리 한 방에 놀라 쓰러져 정신 질환으로 이어진 환자도 있다니깐…… 아무래도 처음 후송부터가 잘못된 거라구…… 약간의 안정이면 충분했었을 텐데. 오히려 후송 와가지고 병이 생겼는지도 모르지."

"음……."

우 병장은 종도의 말을 들으며 고개만 끄덕였다.

종도는 우 병장에게 어느 정도 얘기하다가 창을 통해 보이는 하늘만 우두커니 바라보았다. F4 편대가 날아가지도 구름이 떠 있지도 않는, 그저 쏟아져 내리는 햇살만 가득 찬 하늘이었다.

"이쪽으로들 오라구! 햇살 좋은데 청승맞게 뭣들 허는 거야?"

창 쪽에서 누군가가 그들에게 소리쳤다.

"강 하사 저거, 괜히 저러는 거 아냐?"

"글쎄 말야. 비싼 수술 공짜로 했겠다, 가만히 누워 기다리면 제대하겠다, 뭐 저런 일로라도 슬퍼해야겠지. 그렇지 않겠어?"

"그러지, 누가 죽든 말든 그게 나와 무슨 상관이야. 국방부 시계만 안 죽으면 되는 거 아니겠어?"

"그래, 맞는 얘기야! 중요한 건 바로 그거라고!"

창가에 모여 밖을 내다보던 몇 명은 그런 얘기들을 수군거렸다. 우 병장이 그들 곁으로 갔고, 종도는 병상에 다시 누워 버렸다.

천장이 자신을 향하여 내려오는 것 같았다. 눈을 지그시 감았다.

그는 최 상병이 투신한 뒤 위병소에서 병실로 들어오면서, 떨쳐지지 않던 수술 전에 꾸었던 꿈을 떠올렸다. 신기할 정도로 최 상병과 서로 같은 내용의 꿈이었다.

모두들 밖으로 나가 버려 텅빈 병실 안으로 난데없는 올빼미 떼들이 날아 들어와 소스라쳐 일어났을 때는 꿈이었다. 그밤 내내 다시 잠을 이룰 수 없었다. 올빼미란 새가 원래 밤에만 활동하는데다가 음침하기 짝이 없는데……. 아무래도 좋은 꿈은 아닌 듯싶었다. 그런데 최 상병도 다음날 올빼미 꿈 이야기를 철조망 앞에서 하지 않았던가.

수술 때문에 내과에서 옮긴 바로 다음날 종도는 6병동 철조망에서 최 상병을 잠깐 만날 수 있었다.

수술을 해야만 하는 강박 관념으로 모든 게 귀찮아진 종도였지만, 올빼미 꿈은 처음인데다가 왠지 께름칙한 느낌에 최 상병을 찾았었다.

"그렇잖아도 강 하살 만날려고 했는데……."

"무슨 일인데?"

"돌팔이들에게 매일 시달리다 보니까 이젠 올빼미 꿈까지
꿔져요. 정말 무슨 일을 벌이고야 말 것 같아요!"

"올빼미 꿈?"

"그래, 내가 어떻게 된다는 예고편 아냐?"

최 상병의 꿈 얘기는 종도에게 섬뜩하게 느껴졌다. 종도는
자신이 꾼 꿈 내용을 최 상병에게 굳이 들려 줄 필요가 없다
고 느꼈다. 그저 흰색의 병동만 바라보았다.

"강 하사! 왜, 아무 얘기 않죠? 아무튼 강 하사가 들어 봐
도 재수 없는 꿈이 틀림없는 것 아네요?"

"최 상병, 신경 쓰지 말라구. 신경과민이야!"

종도는 수술 전, 그 꿈 때문에 어쩌면 수술이 실패할는지
모른다는 생각을 여러 번 했었다. 하지만, 그 꿈은 자신과는
상관이 없었고 오히려 최 상병과 맞아떨어졌는지 모른다는
생각만 마치 꿈속의 올빼미들처럼 달려들었다. 그때 타워 밑
으로 그물만 쳐 놓았어도 최 상병의 생명은 건져 낼 수 있었
을 텐데. 그에게 그물은 하나의 음모 같은 것인지도 몰랐다.
그의 얘기대로라면 꿈에서는 그물 때문에 추락했다지만 현실
에서는 추락하지만 그물이 없지 않았는가.

그런 생각을 하다가 종도는 눈을 떴다. 천장은 아까보다 더
욱 낮게 내려와 금방이라도 짓눌러 버릴 것만 같았다. 아니,
자신도 모르는 사이에 이미 병실의 천장은 짓눌러 오고 있었
다. 마치 그대로 압살이라도 시키려는 듯이. 식은땀이 흘렀
다.

저녁 예배 시간까지 그는 병상에 계속 누워만 있었다. 그때

서야 밖에 나가 있던 환자들이 들어왔다.

"여태 여기 있었어?"

이 상병이었다. 그는 집게손가락으로 콧등에 걸쳐진 안경을 올리며 말했다. 종도는 고개만 끄덕해 보였다.

"밖에서 우 병장에게 얘기 들어 강 하사의 맘은 알겠어. 하지만 그건 강 하사의 울분이나 기껏해야 우리 모두의 지나친 감정 표현으로밖엔 받아들여지지 않는다구…… 다들 재밌어 하면서 줏어 삼키지만 속마음은 그게 아닐 거야."

"우 병장이 얘기하더나?"

"음, 강 하사한테 무척 미안한 모양이던데…… 자긴 아무 것두 모르고, 마침 강 하사가 봤다 길래 물어 본 것뿐이었대."

"문제는 한두 가지가 아냐. 근본적으로 뜯어고쳐얄 게 너무 많아. 최 상병 같은 경우도, 군의관이 환자의 의견을 어느 정도는 참작했어야 되지 않았겠어? 나만 하더라도 다쳐서 지구병원 가는 데 이틀씩이나 걸렸는데 그 사이에 완전히 녹아났었지. 아마, 엄살 정도로 알았던 모양이야."

"그게 말이 쉽지, 어디 환자 맘대루 진찰해 주나? 군의관님 저는 위천공인 것 같은데 후송 보내 주십쇼라는 식으로라면 우리 나라 군바리 모두가 통합병원으로 후송된다구."

"그러니까 증세 봐서 치료도 해야지, 무조건 입원만 시킨다고 낫는 것도 아니잖아! 그리구 어떤 경우엔 정작 입원시켜야 하는데두 며칠씩 미루기까지 한다는데 그래?"

"강 하산, 그 친구와 친했나 보지?"

이 상병은 종도의 병상에 걸터 앉으며 말했다.

"후송 와선 그런 셈이었지. 거의 매일 철조망에서 만났으니깐 말야."

"그럼, 멀쩡한 친굴 무조건 육병동에 집어넣었단 말야?"

"최 상병 말대로라면 그런 셈이지. 나만 하더라도 자진해서 후송 온 건 아니니깐…… 하물며 육병동인 경우엔 오죽했겠어?"

종도는 말을 하면서도, 금방이라도 떨어져 버릴 것만 같은 이 상병의 코끝에 걸린 안경을 올려다보았다. 그의 안경은 자칫하면 미끄러져 내려와 그걸 보고 있는 종도로 하여금 심한 불안감을 느끼게 했다.

"하긴, 정신과엔 부상이란 게 없겠지만 윗과엔 부상당해 온 놈들이 태반이지."

"것보라구. 누군 다치고 싶어 다치냐지만, 따지고 보면 다 원인이 있는 것 아니겠어? 안전사고, 부주의? 그런 것들이 왜 일어나는데. 웃기는 소리라구."

"평소에 차분하던 강 하사가 분개하는 걸 보면, 우리도 느끼고 있었지만 이건 뭔가 단단히 잘못된 거야. 어떤 놈들은 억지로 후송 오고 싶어 안달인가 하면 병원 신세 마다하는 놈들을 입원시키구 말야. 우 병장과도 이런 얘길 나누었지만, 우리 모두의 치료조차 제대로 되는지 의문스러워……."

"최 상병의 경우도 그런 것들이 복합되었을 거야. 그래서 지금 위에선 모두 쉬쉬 하는 거 아냐. 그런다고 없었던 일로 되나. 하긴, 자살로 일단락되겠지. 쓰퍼얼 놈덜……."

"나도 면회 오신 부모님이 무슨 일이 있느냐고 물으시는데
진땀 뺐어. 그런 얘길 사실대로 해 드릴 수 없더라구."

종도는 누운 채 이 상병의 콧등에 걸쳐진 검은테 안경을 힘
없이 쳐다보면서 얘기만 듣고 있다가 문득 아버지의 안경을
떠올렸으나 이내 지워 버렸다.

"참, 저녁 예밴 참석 않을 거야? 다들 예배 보러 나갔는
데."

"예배? 그렇지, 정작 예수가 와야 할 곳은 바로 이 땅이라
구. 안 그래?"

"맞아!"

이 상병은 침울한 표정을 지우고 나서, 웃으면서 종도의 손
을 잡았다.

예배를 마치고 병실로 돌아온 환자들은 취침 시간 전까지,
낮에 있었던 최 상병의 투신에 대한 얘기로 시간을 메꾸었
다. 같은 처지의 후송 환자였지만 최 상병의 투신은 그네들
의 단조로운 생활에 심심찮은 화젯거리였다. 그렇게 해야만
그들은 자신을 잊을 수 있었다. 물론, 누군가로부터 편지나
면회가 오면 몰라도 그렇지 않는 경우엔 수족관의 열대어와
다를 바 없었다.

"글마가 뛰어내리기 전에 병원장에게 욕을 했었다면서?"

"그 새끼 신났겠어. 감히 병원장에게 대놓구 욕을 어디 상
상이나 할 수 있어?"

"얌마, 뒈질려면 뭣은 못 해?"

"그건 그래. 나래두 그렇지."

"그 또라이, 진짜 또라이다웠어!"

몇 명이 모여 장난기어린 표정을 지으면서 사뭇 진지하게 얘기를 나누는가 하면, 성경이나 주간지, 그리고 여성 잡지 따위를 읽기도 했다. 아예 일석점호 때까지 잠들어 버린 환자도 있었다.

종도는 좀처럼 잠을 이룰 수 없어 오른쪽으로 누웠다가 바로 누웠다가를 되풀이하였다. 취침 실시 후 완전 소등이 되었어도 그는 눈을 감은 채 계속 뒤척이기만 하였다. 자꾸만 최 상병의 투신이 자신과 바꾸어져 일어난 것 같은 착각이 일었다.

종도와 최 상병은 예비군복을 입고 기차에 올라탔다.

햇살은 차창을 통해, 나란히 앉은 그들에게 넉넉히 쏟아져 주었다.

"깜짝 놀라겠죠? 연락도 않구 이렇게 제대해서 강 하사와 집에 가면 말입니다."

최 상병은 예비군 모자 챙을 집게손가락을 세워 올리며 종도에게 말했다.

"그런데 이 차림으로 가도 괜찮을까?"

"아무렴 어때요? 우린 전우 아닙니까? 우리 부모님이 무척이나 좋아하실 거라구요."

최 상병은 의자에 깊숙하게 등을 묻은 채 종도에게 말했다.

"그래두 처음으로 뵙는데 이 개구리복으로 실례 안 될까?"

"왜, 우리 집에 가는 게 싫다는 뜻인가요?"

"그건 아냐."

종도는 그렇게 말하면서 차창 밖을 바라보았다. 차창 밖으로 스치는 들녘은 어느덧 황금빛으로 변해 가고 있었다.

"왜, 우리 집엘 먼저 가는 게 언짢은가요?"

모자를 꾹 눌러쓰고 챙 밑으로 실눈을 하고서 창 밖만 바라보는 종도에게 최 상병은 계속 말을 건넸다.

"제대는 제쳐 놓구라도 이렇게 병원만이라도 빠져 나오니 살 것 같네요. 정말 그 육병동에선 하루가 일 세기 같더라구요. 정말, 누가 싸이콘 줄 모르겠어. 이렇게 멀쩡한 날더러 싸이코라니……"

"그런 널, 군의관은 뭣 땜에 몇 달 동안 잡아 뒀었을까?"

"그러니까 오히려 지네들이 사이코들 아녜요? 첨엔 나도 그런 생각을 했었지만 병상 생활에 익숙해지면서, 내가 점점 이상하게 변해 가고 있다는 걸 알고 말았죠."

"그래, 넌 아무렇지 않은 거야. 육병동에 입원해 있었던 사실마저 잊어버리라구! 이익되지 않는 걸 간직할 필요가 있어?"

"하지만 이게 뭐야. 의병사 제대라니…… 우라질 놈의 스키 덜…… 내, 생각해 보면 너무나 분하고 원통하다구요. 생사람 잡아다가 돌았다구 육병동에 집어넣어 완전히 사이코 만들어 의병사 제대나 시키고…… 내 젊음을 어디서 누구한테 보상받죠? 엉, 이보라구 강 하사! 대답 좀 해 보라구요!"

말을 마친 최 상병은 자리에서 벌떡 일어나 객차 복도를 달려 앞으로 갔다. 벌떡 일어선 종도가 최 상병의 뒤를 쫓아 뛰어갔다. 그가 차량 연결 통로에 다다랐을 때, 최 상병은 달리는 열차에서 뛰어내렸다. 모자만 승강구 손잡이에 걸렸다가 튕겨져 나가 핑그르 돌더니 열차 뒤쪽으로 사라졌다. 종도는 애써 최 상병의 이름을 불렀지만, 그건 입 속에서 맴돌 뿐 소리가 되어 나오지 않았다.

땀을 훔치며 일어난 종도는 주위를 두리번거렸지만 모두가 취침 중이었다. 엎드려 버둥거리던 시트는 땀으로 흠뻑 젖어 있었다.

그는 상체만 세워 앉아 손으로 머리를 감쌌다. 수술 후 중환자실에 있을 때부터 되풀이되던 최 상병이 나타나던 꿈이었다. 가족들이 등장하는 꿈이 대부분이었지만, 때로 하사관학교에서 함께 교육을 받던 신준필이나 최 상병과 만나는 내용들이었다.

전방 부대에서 근무하는 신준필로부터 편지가 오는 대로 종도는 편지지 뒷면에 크로키를 해서 보내곤 했었다. 휴가 나오면 병원으로 면회를 오겠다고 했지만 아직 꿈에서만 보일 뿐이었다.

그는 마지막 외침 소리조차 듣지 못했던 최 상병을 떠올렸다. 위병소 안에서 통제를 당해 제대로 바라보기조차 어려웠지만, 그 순간 얼마나 많은 갈등을 느껴야만 했던가. 마치 최 상병의 투신이 자신의 탓인 것처럼 느껴졌다. 그가 근무했던 자대에서의 후송과 정원에서의 일만이 아니라, 결국 종도 자신의 방관 탓인지 모른다는 생각이 두 손으로 감싼 머릿속에서 지끈거렸다.

그것은 종도에게 아주 강한 죄의식으로 엄습해 왔다. 그때,

위병소에서 뛰쳐나가 최 상병을 말릴 수 있었을 텐데, 그럴 엄두조차 못 내고 말았지 않았는가. 타워 밑으로 가서 설득이라도 해 보았더라면, 최 상병은 날기를 그만두었을는지 모른다는 생각도 들었다. 그리하여 최 상병이 타워에서 내려왔을 때, 설령 영창엘 간다 할지라도 최소한 죽음만은 막을 수 있지 않았었을까. 병원측에서 타워를 중심으로 빙 둘러 그물이라도 쳐 놓지 않았다는 데도 문제가 있었지만 그는 이제 와서 그런 걸 따져 보고 싶지 않았다. 그물을 쳐 놓지 않아 최 상병이 뛰어내렸을 때 죽었다면, 그물은 최 상병에게 있어 하나의 음모이리라. 당황하며 차에서 내리던 병원장과, 선임 하사·위생병·간호 장교·군의관들의 히죽거리던 모습이 스치었다.

어쩌면 그들에겐 9월의 햇살이 너무 권태스러웠는지 모른다. 최 상병의 투신을 기다리며, 자신들의 권태를 인내하려고 애썼으리라. 자신들에게 배당된 하루 분의 권태를 어떻게든 이겨 내면 되는 것이었다. 굳이 다음 날의 권태까지 걱정할 필요는 없었다.

종도는 어둠 속에서 천장을 쳐다보았다. 용감하지 못한 자신을 마치 압살이라도 시키려는 듯이 천장이 조금씩 조금씩 내려오고 있는 것처럼 느껴졌다. 어둠 속에서도 퀭한 눈의 최 상병이 씨익 웃어 보이는 것 같다가, 그건 이내 사라지고 철조망 앞에서 자신을 기다리느라 서성대고 있는 모습이 보이는 것 같았다.

종도는 머리를 흔들었다.

아침은 쉬이 오지 않았다.

그는 새벽이 지나 동이 틀 무렵에야 잠에 들었으나 그리 깊게 잘 수 없었다. 쓰러지다시피 병상에 엎드렸으나 얼마 지나지 않아 기상이었다.

아침 식사 시간에도 환자들은 어제 최 상병의 투신에 관한 얘기로 수군댔다. 마치, 오늘만큼은 권태를 아침부터 느끼지 않으려고 안간힘을 쓰는 것처럼만 느껴졌다.

"왜?"

밥이 반쯤 남아 있는 식판을 앞으로 밀어 놓는 종도에게 이 상병이 물었다.

"못 먹겠어."

외과 병실 환자들은 수군대던 얘기를 멈추며 종도의 눈치를 살폈다.

하사관 학교보다는 훨씬 부드럽고 이제는 익숙한 식당 분위기지만 종도에게는 급작스레 그렇게 느껴지지 않았다.

종도는 병실로 돌아가 한참 동안 천장만 쳐다보며 누워 있었다. 오전 회진이 끝나고 햇살만 병실로 쏟아져 들어왔다.

그는 밖으로 나갔다. 몸에 힘도 없었지만 어제부터 땀이 많아졌다. 병실보다 밖이 더 시원하다는 것을 느낄 수 있었다. 후문 위병소 쪽에 다다르자, 6병동 부근의 쌓아 놓은 블록이 보이기 시작했다. 여느 날과는 달리 환자가 한 명도 눈에 띄질 않았다. 자신의 이름을 부르며 최 상병이 불쑥 나타나 씨익 웃을 것만 같다는 생각을 하면서, 그는 위병소 앞 벤치에 주저앉아 버렸다.

병원 중앙에 세워진 타워가 금방이라도 앞으로 쓰러지며 덮쳐 올 것처럼 느껴졌다. 바로 저곳에서 최 상병이 몸을 날렸다고 믿어지지 않았다. 꼭대기까지 그 누구의 눈에도 띄지 않고 어떻게 올라갈 수 있었을까. 그 무엇이 최 상병으로 하여금 저기까지 올라가게 만들었을까.

종도가 그런 생각을 하면서 타워를 바라보고 있을 때, 병원 중앙에서 언제 왔었는지 헌병대 지프가 정문 쪽으로 빠져나갔다.

병원 정원의 화단에는 샐비어가 무리를 지어 군데군데 붉게 타오르고 있었다.

"어딜 갔나 했는데, 여기 있었군?"

이 상병이었다. 그는 얼굴에 비해 크게 보이는 안경을 치켜 올리며 종도 곁에 앉아 씨익 웃어 보였다.

"강 하산, 어제부터 너무 우울해 보이는데? 최 상병 때문인 줄은 알지만 너무 신경 쓰지 말라구. 그러다가 신경성으로 변하면 어쩔려구 그래?"

종도는 이 상병의 애기를 들으며 왼손 집게손가락으로 콧등만 쓸어 올렸다.

"강 하사가 너무 그런다고 애들이 수군거려……."

"내가 어쩐다구?"

"별다른 애긴 아니니, 그것까지 신경 쓰지 말라구! 강 하산 어떨지 모르지만, 다른 환자들은 은근히 강 하살 시샘한다는 걸 모르는 건 아니지?"

"무슨 애기야?"

종도는 이 상병을 빤히 쳐다보며 말했다. 이 상병은 코끝으로 안경이 흘러내릴 때마다 그것을 치켜올리는 동작만 되풀이하다가 입을 열었다.

"이런 경우 말야. 가령, 다른 환자들이 느끼기에는 자기들이 강 하사 정도, 그러니까 수술도 성공으로 끝내고 제대를 앞두었다면, 최 상병의 일에 대해서도 제대로 관심을 쏟을 수 있다는 얘기지. 자기네들은 강 하사처럼 확실한 위치가 아니잖아? 제대를 할지 아니면 원대 복귀하게 될지 말야…… 여기 후송 와 가지구 제대하고 싶은 마음만 점점 간절해지구."

"나를 비웃는 거야?"

"그건 아냐. 강 하살 위해서 한 애길 뿐이야."

이 상병은 말을 마치고 힐끔, 종도의 눈치를 살폈다. 종도는 타워만 바라볼 뿐이었다. 타워는 종도에게 현기증만 느끼게 만들었다.

"내가 괜한 애길 했나?"

이 상병은 무안한 표정으로 종도에게 말했다.

"뭘, 내가 갑자기 울컥했어. 아직 흥분이 가라앉질 않아서…… 낯붉혀 미안해. 난, 최 상병과 친하다는 게 문제가 아니라고 생각해. 그 누가 그렇게 했대두 내 감정은 똑같았을 거야."

"평화시에 군인의 죽음은 아무런 의미도 남기지 않아. 자살이나 휴가 나갔다가 사고로 죽거나 하는 건 개인으로나 국가적으로 이익이 될 수 없지 않겠어?"

"하지만 최 상병의 투신을 그런 식으로 받아들이는 건 조금 곤란하지 않을까?"

"그렇다 해도 일단은 그런 형태 이외로는 받아들일 수 없잖아?"

타워만 바라보며 애기를 나누던 종도가 이 상병을 빤히 바라보았다. 이 상병은 계속하여 종도에게 말했다.

"방금 내 애기는 우리 병실 환자들의 중론이야. 어떻게 보면 강 하사더러 너무 그러지 말라는 식의 애긴지도 몰라."

종도의 얼굴이 붉어졌다.

그는 두 손으로 얼굴을 감쌌다. 9월로 접어들어 폭염은 지났어도 이마에는 땀이 흘러내렸다.

"이 상병! 지금 그 애길 말이라고 하는 거야? 대체 어떤 놈들이 그런다는 거야?"

말을 채 끝내지도 않고 종도는 벤치에서 벌떡 일어나 병실로 향했다. 이 상병은 우두커니 앉아 종도의 잰걸음만 바라보았다.

병실에는 환자 몇 명이 열린 창 쪽에 모여 서 있었다. 그들은 씩씩거리며 들어오는 종도를 힐끔 보았을 뿐, 다시 자신들의 애기에 열중했다.

"누구야? 내 험담 늘어놓는 놈이?"

등을 보이고 서 있는 환자들을 향하여 종도가 외쳤다.

그때, 이 상병을 비롯하여 우 병장과 노 하사가 뛰어들어왔다.

"강 하사!"

맨 먼저 병실에 들어온 이 상병이 소리쳤다. 창 쪽에 서 있
던 환자들과 종도의 시선이 모두 병실 입구 쪽으로 옮겨갔
다.

"뭘하는 거야? 경솔하게…… 이럴 줄 알고 뒤쫓아왔다구."

이 상병이 잔뜩 얼굴이 붉어져 있는 종도에게 말하며 곁으
로 다가가 그의 팔목을 잡아당겼다.

"나가자구!"

종도가 이 상병의 팔에 이끌려 밖으로 나가자, 병실에 남아
있던 환자들은 마치 약속이나 한 듯이 모두 소리내어 웃었
다.

"저게 보자보자 하니까, 꽤 웃기는데?"

노 하사가 병실 출입구 쪽을 바라보며 우 병장에게 말했다.

"그러게 말요. 저게 제대 앞두니까 눈에 보이는 게 없나 보
죠?"

"그러겠지. 천 정도 들어가는 수술을 공짜로 해서 목숨 건
졌겠다, 낼모레 제대하겠다, 한참 보이는 게 없을 때 아냐?"

"강 하산, 제 잘난 맛에 사는 놈 아뇨?"

"맞아, 그건 그래. 우리와는 잘 어울리지 않으려 들거던.
언제 한번 손 좀 봐줘야겠는데…… 수술한 지 얼마 안 되는
놈 건드릴 수도 없구 말야……."

"저거, 완전히 그쯤으로 목에다 힘주는 거 아뇨!"

"그래두 저게 이 상병과는 친하단 말야. 꼴에 무슨 미술 대
학인가 졸업했다며?"

"졸업이 아니고 중퇴했다던데요."

"평소에도 맘에 안 든 놈이었어. 물론, 단풍하사 주제에 말
뚝인 내게 시건방을 떨진 않았지만 괜히 준 것 없이 밉더라
구. 도대체 같은 병실에 있으면서 뭔가 오고가는 게 있어야
지."

노 하사는 병상에 걸터앉아 우 병장에게 말했다. 창 쪽의
환자들이 노 하사와 우 병장의 얘기를 들으며, 그들을 빙 둘
러섰다.

"그게 바로 시건방 떠는 거지, 뭐 별다르겠어요?"

"짜식이 한 병실 쓰면서 둥글게 살면 어쩐다구…… 설쳐대
봤자 자기만 손해지. 자기 뒤에 무슨 크댐한 빽이 있는 것뚜
아닐 테구 말야. 하긴, 빽이 있어 봤자지만……."

병실 환자들의 권태는 그런 식으로밖에 극복되지 않았다.
그들은 하루하루를 흔들림 속에서만 지낼 수밖에 없었다. 희
망 사항은 입원 환자 거의에게 제대뿐이었다. 하지만 그게
그리 쉽게 이루어지지만은 않았다. 웬만하다 싶으면 3~4개
월만에 퇴원해 원대 복귀되기가 쉽상이었다.

종도와 이 상병은 병원 뜰에 앉아 있었다.

"이 상병 미안해! 내 감정에 충실하고 싶었을 뿐이야. 그리
구, 아무리 남의 일이라구 목숨을 천시하는 처사나 킬킬대는
꼴은 못 보겠더라구."

"그래서 참으라는 거 아냐! 그런다구 하루아침에 달라지는
것도 아니잖아? 그렇게 변할 수만 있다면 누군 뭘 못 하겠
어?"

"이 상병! 바로 그게 문제라구. 방관의 연속이 가져다 주는

게 얼마나 엄청난 독이 되는 줄 알기나 해? 그건 다시 방관자
들에게 돌아오고 마는 거라구."

"그럼, 강 하산 어떻게 하겠다는 거지?"

"헌병대에서 조사 나왔다면서?"

"아까, 노 하사가 그러던데……."

"그러면 철저히 조사하게 만들어야지."

"하지만 그들이 최 상병의 투신 내막을 싸그리 안다고 해도
결과는 뻔해."

"그럼, 슬쩍 지나간다는 거야?"

"강 하사는 자대 생활을 안 해 봐서 잘 모를 테지만, 어제
같은 일들 어쩌다가 생겨나지만 그대로 끝이야. 집단이나 조
직은 양파 속과 다를 바 없어. 그렇다고 누가 까발리고 다닐
수조차 없구 말야."

ㅡ아.

종도는 감싼 머리를 세운 무릎 사이에 묻었다. 자신이 완벽
에 가까운 조직 앞에서 아주 철저하게 파괴되고 있다는 것을
느꼈다. 어쩌면 자신은 최 상병이나 병실 동료들보다 훨씬
힘없이 무너질 것 같다고 여겼다. 그는 어쩌면 군대는 평화
나 전쟁이 따로 없는지도 모른다는 생각을 했다. 자꾸 자꾸
만 평화시에 전쟁을 떠올리는 자신의 감정이 두려웠다.

"들은 얘기지만 월남전에서도 그랬었다잖아. 사실 교전 중
에 총 맞아 죽은 병사는 얼마 되지 않고, 여자의 배 위에서라
든가 근무 서다가 제 혼자 환장해 버리거나 하는 거의가 그
런 식이었대……."

종도는 밤이 되었어도 잠을 제대로 이루지 못했다.

모두가 벽이었다.

죽은 목숨이 지퍼 하나로 살아나기도 하고, 살아야 할 목숨이 그물 하나 쳐 놓지 않아 죽어 버리다니. 그건 결코 자살일 수 없는 타살이나 마찬가지였다. 아무리 수술로 지퍼가 채워지고 살아났다고 하여도 이 병원에서 이제는 더 이상 누워 있고 싶지가 않았다.

최 상병은 지금 12종 처리가 되어 있을 것이고, 집으로 연락은 갔을까. 그의 부모들은 얼마나 펄쩍 뛰며, 무너져 내리는 감정을 다스렸을까.

낮의 이 상병의 말대로 6병동에서는 헌병들이 들이닥쳐서 한번 난리가 났던 모양이다. 최 상병은 아무것도 남겨 두지 않았을 것이다. 6병동에서는 일기를 쓴다거나 편지조차 모아 두기 어려웠으리라.

종도는 그런 생각들을 하면서 계속 뒤척거렸지만 잠에 들지는 못했다. 자꾸 자꾸만 최 상병이 떠올랐고, 그때마다 자신이 점점 작아져 가고 있는 것만 같았다. 지퍼 하나로 허물어져 가는 자신이 완전하게 갇혀 버리게 된 셈이다. 하사관학교에서건 통합병원에서건 부딪쳐 오는 벽들을 도저히 뛰어넘을 수 없었다. 어쩌면 그것을 이룰 수 있는 모든 힘들을 전부 빼앗겨 버렸는지도 몰랐다. 양파 속 같은 이 거대한 조직 안에 얼마나 처절하게 허물어져야만 하는가.

초가을이라지만 햇살은 여름보다 더욱 따갑게 통합병원 뜰에 내리꽂히고 샐비어꽃들만 크림슨 빛깔로 불타오르고 있었다.

9월 말 의병 제대를 앞두고 종도는 특박이 아닌 15일 정기 휴가 통지를 받았다. 그것은 그에게 수술을 해주고 발부하는 염가의 수술 비용 청구서처럼 느껴졌다.

"강 하사, 잘 다녀오길 바래. 다녀오면 제대야, 제대! 요새, 원한다고 제대가 되는 게 아닌 걸 잘 알겠지?"

심란했다. 수술 환자들 사이에 떠도는 풍문만은 아니라는 확신이 들었다.

휴가라는 가면을 쓴 정기 휴가 통지가 그를 결코 유쾌하게 만들지는 않았다. 수술을 성공으로 이끌어 살아났으나 문제는 그 다음이라는 생각을 하지 않았던 것만은 아니지만, 종도의 마음은 흐트러지지 않을 수 없었다. 내색하지 않고 버텨 온 게 터져 버리고 만 것이다.

차라리 의병 제대 때까지 휴가가 없다면 좋을 텐데. 그러나 휴가가 없다고 해도 마찬가지였다. 큰 수술의 경우 불문율로 되어 있다는 사례비를 무슨 수로 내놓지 않을 수 있단 말인가. 군의관들이 종도 개인의 사정을 알아줄 바 아니었다.

정 소령 앞에 서 있는 종도의 다리가 후들거렸다.

다른 수술 환자들의 부모들은 하루 걸러 면회를 와 가지고 담당 군의관 면담을 하고 가는데 종도의 형편으로서는 염두에 둘 수조차 없는 일이었다.

수술 때문에 처음으로 종도의 부모님이 면회를 왔을 때였다.

"기왕, 입원한 거신께 수양한다아 생각하고 몸조리 잘 하거라!"

"맘 같으면 날마다 들여다보겠다만, 그게 어디 쉬운 일이냐. 한 번 다녀가는 데 여비만 해도 솔찮이 드는디……."

종도는 후문 위병소에서 부모님의 모습이 사라질 때까지 서 있었다.

정 과장이 종도의 형편을 감안하여 사례비를 안 받는다 하여도 수술팀은 그걸 액면 그대로 받아들이지 않을 것이다. 어쩌면 더욱 강한 요구가 자신을 기다릴지 모른다는 불안감에 종도는 가두어지고 있었다.

"강 하사! 살아서 휴가 가는 기분이 어때?"

"정 과장님 덕분입니다!"

"그럼, 휴가 잘 다녀오라구. 부모님께 안부도 전하고……."

"네! 다녀오겠습니다."

차라리 이대로 탈영을 해 버릴까 하는 생각이 그의 뇌리를 스치었다. 하지만 그럴 수는 없었다. 또 그렇게 해결해야 할 성질의 것이 아니었다.

정 과장과 수술팀에게 인간적인 등을 보이고 싶지 않다는 생각을 하면서 통합병원 후문을 빠져 나온 종도의 마음은 무겁기만 하였다.

남쪽을 향하여 달리기 시작한 고속버스는, 종도가 마음의 무거움을 풀어 낼 틈조차 주지 않을 듯이 빠르게 달렸다.

몇 가지 생각들을 채 정리하기도 전에, 버스는 종도를 뱉어 내고 말았다. 내리자마자 종도는 우울한 감정들을 털어 버렸다.

그는 이미 주사위는 던져졌다고 생각했다. 아무리 정 과장에게 인간적인 등을 보이지 않으려고 해도, 부모가 돈을 마련해 놓지 못했다면 그만이었다. 달리 어찌할 도리가 없지 않은가.

고향은 종도로 하여금 몇 년 만에 다시 돌아오는 듯한 착각을 일으키게 만들었다. 그에게는 고향의 거리들이 생소하게만 느껴졌다. 수술 받기 전에 다녀가던 때와는 전혀 다른 감정이었다. 풍겨 오는 갯내음만 익숙할 뿐이었다. 고향의 갯내음은 항상 상큼하다는 생각을 했다.

돌산동 언덕배기는 밤에 보아도 여전했다.

골목의 공동 수도 앞에는 10여 미터가 더 되게 두 줄로 물동이들이 줄을 서 있었고, 저지대의 8할을 점유하고 있는 공장의 굴뚝에서는 메스꺼운 연기가 내뿜어져 여전히 날아들고 있었다.

대문을 열어 주며 놀라는 사람은 어머니였다.

"오메, 내 새끼!"

"뭐, 종도가 왔다고?"

방으로부터 식구들이 뛰쳐나와 종도를 반겼다.

식구들은 그때서야 저녁밥상 앞에 모여 있었다. 종도를 맞이한 얼굴들마다 반가운 기색으로 가득했다. 저녁상이 물려지고 식구들은 온통 종도의 수술에 관한 얘기로 작은 공간을 메꾸었다.

"종도야! 그 숭터 좀 보자."

아버지가 말했다. 그러자 곁에 있던 동생들은 호기심에 찬

눈빛이었으나 어머니는 그렇지 않았다.

"저 어른은 말만 들어도 징한 것을 뭣하러 볼라고 저러까잉!"

"모르는 소리! 죽을려다 산 목숨, 그 숭터는 봐얄 거 아녀?"

아버지는 퉁명스럽게 말하며 어머니를 흘긋거렸다.

"좀 잘 보이게 돌려 봐라!"

상의를 벗은 종도에게 아버지는 바른손 집게로 안경을 치켜올리며 말했다.

"와아!"

동생들이 놀라 소리를 질렀다.

"이그 징해러! 모진 것이 사람 목숨이여잉! 저렇게 많이 칼로 째고도 산 것 보믄……."

어머니는 보자마자 고개를 돌려 버렸다. 아버지는 담배에 불을 붙여 한 모금 길게 마셨다가 한숨과 함께 뱉어 냈다.

"요샌, 어떤 편이에요?"

종도는 상의를 입으며 뻔하리라는 것을 알면서도 넌즈시 물어 보았다. 그러면서 아버지의 표정을 살폈다.

"왜, 그러냐? 저번에 얘기한 건 엄두 내지도 말거라."

"나는 이렇게 수술해서 생긴 지퍼 때문에 살았는데, 최찬환이라고 육병동 환자는 그물 때문에 죽었어요. 그물만 쳐 놓았어도……."

"너는 쬐끔이라도 배운 놈이 무슨 말이 그 모양이냐? 자크라니? 뜻은 알겠다만, 흉측하게 자크가 뭐냐? 그런데 그물은 또 뭔 말이냐?”

종도는 통합병원에서 있었던 최 상병의 투신에 대해서 얘기했다.

“거, 안됐다잉! 그놈들 완전히 생사람 죽였구나?”

애길 듣고 있던 어머니는 한숨을 길게 내쉬며 말했다.

“웬순 놈의 돈이여…….”

“성하! 미친 사람이 탑에서 뛰어내렸어?”

“그래.”

종도는 귀찮은 듯이 막내를 쏘아붙였다.

“그러니 어쩐단 말이냐? 돈은 한 푼도 마련하지 못했는디…….”

“그러니께, 웬순 놈의 돈 아니요?”

어머니가 아버지의 말을 거들었다.

“휴가 끝나고 들어가면 과장님한테 돈 백 정도는 갖다 드려야는데…… 돈 천 다 드는 수술까지 하구서, 나 몰라라 제대만 해 버릴 수 없는 노릇 아녜요. 그리고 언제부턴지 그게 수술 환자들 사이에선 관례로 되다시피…….”

“통합병원에서 후송병 수술한 걸 가지고 뭐가 어쩐다고 돈 갖다 주고 그런다냐? 그리고 그렇게 아픈 것도 군대 가서 그런 것 아니냐? 입대 전에는 멀쩡했던 놈을…….”

“안 갖다 줘도 나무랄 사람은 아니지만…… 그래도 여태까지 통합병원에서 수술 받고 의병 제대할 때는 거의가 얼마씩 갖다 주는 거래요. 그걸 혼자 가지는 것도 아니고 수술팀이 나눠야 할 거예요.”

"하긴, 인사를 차린다는 뜻에서 나쁜 건 아니지만 지금 우
리 형편으론 단돈 만 원 맨들기도 힘들다. 나도 직장 쉬게 된
지 벌써 이태째, 늬 엄마가 날일이라도 해서 먹고사는 것 아
니냐?"

아버지는 사뭇 고조된 음성을 낮추며 종도를 달랬다.

그런 부모 앞에서 자식으로서 돈 얘기를 꺼낸 게 너무 죄스
럽다는 생각을 종도는 하고 있었다.

"단돈 얼마라도 안 될까요?"

"이 불경기에 어디서 될랑가 모르겠다. 저번 수술 받기 전
에 왔을 땐 너한테 신경 안 쓰게 할려고 그랬었지만, 자기도
사람인데 형편 얘기 잘하면 이해가 될 것 아니냐? 그 정 과장
사람 좋아 뵈더라. 맘 같아선 내가 찾아가 고맙다는 인사를
하겠다…… 가서 잘 말씀 드려라. 니가 그 은혜 안 잊고 있다
가 나중에 갚으면 될 거 아니냐?"

곁에서 얘기만 듣고 있던 어머니는 계속 한숨이었다.

15일간 정기 휴가를 외출 한 번 하지 않고 종도는 귀대했
다.

503병실에서는 종도의 제대 파티를 연다고 법석이었다.

"강 하사 제대 축하해. 어려웠었지? 곁에서 아무런 도움도
주지 못해 미안했어."

"아냐, 그건 내가 이 상병에게 할 말이야."

"그래? 집에 가면 편지나 자주하고, 좋은 그림 하나 그려준
다던 약속 잊지 말라구!"

"암, 빨리 낫길 바래. 제대해두, 당분간 그림은 그리지 않

을 거야. 나만 느낀 건지 몰라도 하사관 학교에서나 후송 와
서도 마찬가지지만 자꾸 그 어떤 것들이 흔들리는 것 같
애…… 가령, 가치 기준이라든가 표준 색상 같은 것 말
야……."

"그래두, 그런 의식이 제대하고 나면 생활하는 데 에네르기
가 될걸. 통합병원에서 마지막 밤, 좋은 꿈꾸라구!"

종도는 바로 다음 날 제대였다.

"강 하사님은 좋겠습니다. 돈 안 들고 수술하여 병도 고치
고 제대까지 하니…… 아무튼 축하합니다."

이튿날 오전 종도는 환자복을 예비군복으로 갈아입고 503
호 병실 동료들과 악수를 나누었다. 그러고 나서 정 과장을
찾아갔다. 집무실이 아닌 휴게실에서 정 과장을 만날 수 있
었다. 정 과장은 동료 군의관들과 당구를 치고 있었다.

"정 과장님! 저, 제대합니다."

"그래?"

그는 큐대를 당구대에 기대어 놓고 나서 종도에게 악수를
청했다.

"그냥 빈손으로 왔습니다…… 사회에 나가서도 정 과장님
은혜는 잊지 않겠습니다!"

"그래? 그걸 말이라고 하는 거야? 알았어, 사회에 나가서
도 정기 검진 빼지 말고 받아 보라구. 가 봐!"

못내 아쉬운 표정을 감추지 않고 정 과장은 큐대를 다시 들
어 당구를 치기 시작했으나 공은 빗맞았다. 그는 바닥에 침
을 뱉으며 중얼거렸다.

"갑자기, 왜 이리 안 맞지……."

종도는 무안감 때문에 우물쭈물하며 서 있었다. 마치 최 상병이 올라갔던 타워 위에 자신이 올라가 있는 것처럼 느껴졌다. 순간, 다른 군의관들의 시선까지 따가웠다. 정 과장과 함께 당구를 치고 있는 군의관들도 종도를 알고 있었다. 그가 수술을 받고 의병 제대한다는 것까지도.

"강 하사! 그냥 맨입으로 가는 거야? 과장님께 인사도 없이…… 그 따위 인사법이 어딨어?"

정 과장 곁의 대위 계급장을 단 군의관이 큐대로 공을 겨눈 채, 종도를 향해 말했다.

그 말을 듣고 있던 종도는 점점 굳어져 갔다.

올라 서 있는 듯한 타워 전체가 아래서부터 흔들리며 자신의 몸이 추락하고 있다는 느낌이 들었지만, 이번에도 최 상병 때처럼 그물은 펼쳐지지 않았다. 그 대신 군의관과 위생병, 그리고 병실 동료들의 웃음소리가 맞물린 지퍼 이빨을 하나씩 하나씩 풀어 내기 시작했다.

사라져 가는 것들의 아름다움

- 김시일 소설의 세계

황정산
(문학평론가 · 나사렛대학교 교수)

1.

친구 김시일은 언제나 우리들하고는 달랐다. 중학교 때부터 우리들이 읽어 보지 못한 책을 읽고 우리들이 먼 발치에서나 볼 수 있는 사람들을 만나고, 그리고 무엇보다도 우리가 알 수 없는 기묘한 표정을 하면서 우리가 이해할 수 없는 말을 종종 하곤 했다. 그는 중고등학교 시절부터 적어도 우리보다 다섯 살은 더 들어 보이는 정신적 성숙을 보여 주고 있었다. 우리가 우리 나이의 현실에 매몰된 채 겨우 자기 앞가림에 분주하고 있을 때 그는 우리가 보지 못하는 다른 세상을 보고 있었던 것이다.

어느 날인가는 이런 일이 있었다. 목포 온금동 언덕받이에 있는 그의 집에 친구들과 함께 놀러 갔었다. 그는 찾아온 우리를 위해 녹슨 화덕 위에 오랜 된 솥을 얹고 장작을 때서 밥을 지어 주었다. 장작이라 해 봐야 해체한 폐선에서 가져온 삭은 나무토막들이었다. 불을 지피면서 그는 우리들에게 이 나무는 특별한 나무라 냄새가 그만이라고 하면서 지금은 이름도 기억할 수 없는 나무의 이름을 가르쳐 주는 것이었다. 연탄도 없어 폐선의 나무쪼가리로 연명하는 주제에 무슨 냄새 타령이냐고 우리 모두는 핀잔 어린 눈길을 보냈지만 그는 연기 속에 머리를 박고 불을 지피며 냄새에 심취하고 있었다.

더 오랫동안 아니 지금까지도 우리는 그가 이렇게 소중하게 여기는 것들이 무엇인지 이해하지 못했다. 어쩌면 먹고살기 위해 뿔뿔이 흩어져 일상의 삶들을 살면서 그런 것들에 대해서는 관심도 가지지 못했다고 말해야 더 맞는 말일 게다.

2.

최근 다시 그의 소설들을 읽으면서 그가 끊임없이 관심을 가지고 소중하게 여기던 것들이 무엇인지 조금은 이해할 듯하다. 한 마디로 그것은 사라져 가는 것들이 가지고 있는 아름다움이다.

김시일의 소설 속에 등장하는 많은 인물들은 사라져 가야 할 존재이거나 사라지는 것들에 관심이 많은 사람들이다. 이 소설집에 실린 작품 「불과 소금의 노래」의 주인공이 바로 그런 인물이다. 주인공 '사내'는 자신의 삶의 현장에서 밀려나 인생의 막다른 사람들이 모여드는 염전에서 일을 하고 있다. 그것도 이 땅의 최남단 목포에서 '딴섬'으로 이어지는 길목에 있는 염전이다. 그는 거기에서 염부들의 품삯을 착취하려는 염전 주인에 맞서 염부들을 결집하려는 중요한 일을 앞에 두고 있다.

그런데 여기서 그가 택한 염부라는 직업에 대해 생각해 볼 필요가 있다. 사실 그것은 사라져 가는 직업이다. 이미 염전들이 사라져 몇 개 안 남아 있을 뿐만 아니라 아직 남아 있는 염전조차도 시설을 현대화하면서 염부가 점점 필요 없어지고 있다. 주인공이 바로 이런 염전과 염부에 애착을 갖는 것은 따지고 보면 사라져 가는 것들에 대한 애정 때문이다.

하지만 주인공 역시 사라져 갈 운명에 놓여 있다. 염전 주인의 계략에 휘말려 결국 자신의 일과 정체성마저 소멸해 버

리고 만다. 이 작품 말미의 아름다운 문장이 이를 잘 보여 주
고 있다. "사내는 벌써 그 순백의 능선 깊숙이, 자신을 아무
런 흔적도 남기지 않게 녹여 버리려는 듯이 파묻고 있었다."
　여기에서 소금의 이미지는 눈의 이미지로 바뀐다. 모든 것
을 변치 않게 만들어 주는 소금은 자신의 열정과 자신의 존
재마저도 녹아 없어지게 만드는 눈이 되어 버린다. 소금이
되어 세상을 지키고 변치 않으리라는 생각은 눈석임처럼 속
으로 녹아 내리는 허망한 것이 되어 버린다. 소금이 눈이 되
는 것은 바로 소금을 만들어 내는 불, 즉 사랑이 사라지기 때
문이다. 주인공 '사내' 는 경진이와의 사랑을 이루어 낼 수 없
다. 딴섬집을 운영하는 최 영감 역시 딸과의 사랑을 되찾을
수 없다. 단지 막연한 기다림 속에 눈석임처럼 녹아 내릴 뿐
이다.
　이렇게 중요한 것을 상실하고 점차 무너져 가는 존재로 세
상의 마지막 언저리에 살고 있는 주인공들의 삶의 모습은 최
영감의 생각을 통해 다음과 같이 표현되고 있다.

　　최 영감은 명절 때면 도선을 타려는 사람들로 선창이 꽉 메
　어지는 걸 떠올렸다. 건너 섬을 떠나 객지 생활을 하는 귀성객
　들은 언제나 환해 보였다.
　　그 누구도 섬이나 뒷개 선창 바닥에서 뿌리를 내리려거나 머
　무르려 하지 않았다. 설령 머무른다 하여도 잠시뿐. 늙은이나
　젊어도 무능력한 사람들만 남아 떠도는 것처럼만 느껴졌다.
　　　　　　　　　　　　　　（「불과 소금의 노래」 중에서）

현실에서 살아남을 강력한 힘을 상실하고 점차 피폐해져 가는 주인공들의 모습을 그려 냄으로써 작가가 말하고자 한 것은 무엇일까? 많은 비약을 무릅쓰고 간단히 이야기하자면 그것은 '강한 것이 아름답다'로 요약되는 강인한 근대의 자본주의적 미학에 대한 반감이다. 이들 주인공들을 사라져 갈 운명으로 몰고 간 것들은 현상적으로는 현실적인 삶의 가혹함이지만 그 배후에 자리잡은 진정한 원인은 끊임없이 우리의 삶을 황폐화시키는 근대적 생활 방식의 완고함이다. 모든 것을 무화시켜 돈이라는 강력한 힘으로 변화시켜 버리고, 모든 아름다움과 가치마저 돈으로 환원해 버리는 자본주의적 폭력 앞에 많은 것들이 좌절하고 사라져 감을 이 작품은 우리로 하여금 알게 모르게 깨닫게 해 준다.

사라져 가는 존재들의 모습을 가장 아름답게 보여 주는 작품은 「꽃게와 폐선」이다. 이 소설 속의 주인공 '나'는 사회에 적응하지 못하고 가족들에게까지 떠밀려 친구네 아버지가 주인인 꽃게 양식장 관리인으로 와 있다. 거기서 그는 폐선과 폐선 주인을 만난다. 폐선과 폐선 주인은 몰락해 조금씩 무너져 가는 삶을 보여 준다. 과거의 영광도 미래에 대한 막연한 희망도 세월과 현실의 힘 앞에서 무력하게 사라져 가는 것을 말해 주고 있다. 주인공은 이런 존재가 자신의 삶을 되돌아보게 해 주는 것 같은 느낌에 사로잡혀 폐선에 불을 지르려고 하나 어떤 힘에 이끌려 그만두고 만다. 그것은 사라져 가는 존재가 불러일으키는 아름다움 때문일 것이다.

바람이 심한 날 꽃게를 구하기 위해 양식장으로 가던 주인공은 바람에 휩쓸려 쓰러져 있다가 폐선 주인 딸에 의해 구해진다. 거기서 그는 죽어 가는 꽃게의 모습을 본다. 꽃게는 바로 자신의 모습이다. 꽃게는 약한 것의 상징이라 할 수 있다. 쉽게 죽고 약하지만 분명한 생명을 가진 존재이다. 자신을 폐선이라 생각하는 주인공은 바로 이 꽃게에서 희망을 본다. 폐선 주인의 딸에 의해 자신이 구해지듯 폐선을 바라보면서 폐선이라는 의식을 넘어서면서 꽃게가 가진 미약한 생명력처럼 약하지만 분명한 삶의 의미를 되찾게 되는 것이다.

그리고 그는 깨어나 폐선이 해체되는 광경을 목격한다. 그리고 그는 생각한다.

내게 쏟아져 내리는 햇살을 털면서 뛰기 시작했다. 꽃게 양식장을 끼고 돌아가는데 꽃게 몇 마리가 헤엄치는 게 어른어른 반짝거렸다.

목수들로 보이는 사람들이 폐선 위로 올라가 있어, 마치 언젠가 죽어 밀린 꽃게에게 붙어 있는 갯강구들처럼 보였다.

그것들이 나를 쪼아 먹고 있다는 생각이 들자 소름이 끼쳤다. 그리고 남은 부분은 완전히 산산조각을 내 버릴 기세였다.

(「폐선과 꽃게」 중에서)

자신의 목숨을 갉아먹고 있는 것들이 무엇인지 해체되는 폐선을 통해 생각한다. 그것은 유용성이라는 사회적 가치이다. 여기서 유용성이란 것에 대해 생각해 보자. 우리가 살고 있는 자본주의 사회에서 유용성은 경제적 가치를 말한다. 다시 말하면 돈이거나 그것을 조직해 나가는 권력을 말하는 것이다. 이렇게 보았을 때 폐선이 유용성이 없어 해체되어야 하듯 주인공 역시 유용한 어떤 것도 가지지 못해 가족과 사회에서 밀려나 꽃게 양식장에 의탁하고 있다. 이렇게 삶의 현장인 사회적 현실이 자신에게서 떠나 있다고 느껴지고 자신을 먹이고 키운 사회가 가치 있다고 인정하는 그 어떤 것도 자신이 더 이상 만들어 내지 못한다는 좌절감에 주인공은 빠져 있다.

그런데 세상에 유용한 것만 있다면 세상은 완전한 통제 사회가 될 것이다. 유용하고 경제적 가치가 있는 것만이 살아 남고 그것으로만 가치가 평가되고 그것만이 사회적 의미를 갖기 때문이다. 자본주의 사회는 특히 이러한 유용성에 대한 믿음이 모든 것을 지배하는 사회이다. 모든 것이 경제적인 것으로 환원된다, 인간까지도. 이렇듯 유용성은 그 자체로 인간을 억압한다. 물질과 권력에 대한 추구는 누구나 다 알고 있듯이 인간을 억압할 뿐 아니라 그것에 도달하려는 인간 역시 그 자체로 억압된다. 질적 추구나 또는 사회적 권력의 추구는 그 자체가 인간을 억압하기도 하고, 그것에 도달하려는 인간 역시 그 자체 때문에 억압된다. 돈 못 버는 인간, 직업이 없는 인간은 끊임없이 사회에서 밀려나고 억압받고, 사회 안에서도 가정 안에서도 능력 없는 자, 가치 없는 자로 낙인찍힌다. 유용성은 그것이 유용한 것이기 때문에 인간을 억압한다.

작가는 폐선의 이미지를 통해 바로 이런 것들을 우리에게 말하고 있다. 무용하고 약한 것들이 가지는 아름다움을 통해 유용성의 힘이 가지는 억압과 폭력을 넘어서고 싶었던 것이다. 어쩌면 그것은 그가 지향하는 문학 세계이기도 하다. 근대 이후 문학이란 애초에 사회적 유용성을 갖지 못하는 존재이다. 더 이상 권력에 봉사하지도 그렇다고 교환 가치를 가진 확실한 상품이 되지도 못한다. 점점 사회적 힘을 상실해 가는 미약한 존재, 언젠가는 사회적 요구에 의해 사라지고 말 그런 존재인지도 모른다. 하지만 소설 속의 주인공이나 작가는 바로 이런 존재가 가지는 그 약한 아름다움에 집착한다. 이를 통해 "강한 것이 아름답다"라는 자본주의적 가치관에 정말 미미한 방식으로 저항하고 있는 것이기도 하다.

3.

사라져 가는 것의 아름다움에 매달려 있는 김시일 소설의 주인공들은 모두 극단에 내몰려 있기도 하다. 사라지고 현실에 적응하지 못하는 것을 추구한다는 것은 결국 현실에서 밀려나는 일이기에 그것은 너무도 당연한 귀결이다.

그것을 가장 극명하게 보여 주는 인물은 「귀환불능점」의 주인공이다. 주인공 '나'는 사회로부터 철저하게 밀려나는 그 경계선에서 힘겹게 버티고 있는 인물이다. 회사는 부도로 파산하고 다른 직장은 구해지지 않는다. 여기저기 제안서를 제출하지만 받아 주는 곳은 없고 현실적인 문제 때문에 사랑하는 여자와의 관계도 계속하기 곤란한 지경에 놓여 있다. 잘 연결되지 않고 자주 끊어지는 모뎀처럼 조금씩 그는 사회에서 소외되고 잊혀지는 존재가 되어 가고 있다. 주인공은 그런 자신을 보고 이륙이거나 추락이거나 둘 중 하나일 수밖에 없는 귀환불능점에 도달했다고 생각한다. 하지만 그 지점에서 날아올라 승천을 하리라고는 주인공 자신도 소설 속의 다른 인물도 또 독자들까지도 생각지 않는다. 주인공은 그렇게 추락의 과정을 겪을 것이다. 그리고 어쩌면 우리 인생이 귀환불능점에서 더 이상 날지 못하는 이런 추락의 과정이기도 하다는 것을 이 작품은 말해 주고 있다.

극단에 내몰린 인간의 모습을 가장 잘 보여 주는 작품은 「안경 닦기」이다. 일인칭 관찰자 시점으로 쓰여진 이 소설 속의 주인공은 '배낭고래'라는 노숙자들의 큰 형님이다. 하지만 세상을 벗어나는 도사이기도 하고 몽상가이기도 하다. 철저히 사회에서 배척되어 삶의 코너에 내몰려 있다. 그는 낭만적인 환상가이며, 아무것도 두려워하지 않는 용맹한 투사이기도 하며, 현실을 자유자재로 넘어설 수 있는 도사이기도 하다. 적어도 주인공의 눈에는 그렇게 비친다. 주인공 '내'가 현실의 삶에 내몰려 서울역 지하도에까지 왔지만 완전히 파멸의 구렁텅이에 빠지지 않고 자신을 지키며 희망을 잃지 않는 것은 바로 이 '배낭고래'를 통해서이다. 배낭고래는 자신의 마음의 고향인 지리산 자락의 약초 캐는 마을의 모습을 설명함으로써 주인공으로 하여금 삶에의 희망을 포기하지 않게 한다. 소설 속에 이 부분은 이렇게 아름답게 서술되어 있다.

배낭고래는 손바닥만한 화집을 펼쳐, 점심시간이면 잠깐씩 들렀던 회사 지하의 카페에 걸려진 패널 그림을 보여 주며 말했다. 나는 그때까지 낯익은 그림이 고흐의 〈별이 빛나는 밤〉이라는 걸 모르고 있었다.

"거긴 정말 살 만해. 이젠 다른 거 없이 교통비만 생겨도 갈 수 있을 거 같은데…… 우리가 비록 여기에 난장을 폈을망정, 이 책 속에 있는 어떤 그림 제목처럼 〈밤의 카페〉에 앉아 소주 한 잔 마시는 셈치면 돼. 〈별이 빛나는 밤〉이라는 제목도 말야, 내가 보기에는 빛나는 게 아니라 자꾸만 흐르는 밤으로 느껴져. 〈별이 흐르는 밤〉으로 말야."

(「안경 닦기」 중에서)

하지만 주인공은 나중에 알게 된다. 배낭고래가 자신의 자존심을 지키기 위해 낮에 몰래 나가 잡역을 하고 있었다는 것을, 그리고 그의 꿈인 약초 마을이 사실은 실현될 수 없는 환상이라는 것을. 결국 배낭고래는 남대문 지하보도에 주검으로 발견된다.

이 소설 속의 배낭고래는 작가가 추구하고자 하는 예술적 아름다움의 표상이다. 현실적으로 무능하여 사회의 어두운 뒷골목으로 쫓겨났지만 품위와 당당함을 잃지 않은 배낭고래는 끊임없이 예술적인 진정성을 몰아내는 이 현대 자본주의 사회에서의 마지막 예술가이다. 그는 비록 현실적으로 무력하고, 소유하고 있는 것이라고는 고흐의 화집밖에 없지만 바로 그의 존재로 인해 소설 속의 '나'는 희망을 잃지 않고 힘든 나날을 견딜 수 있게 된 것이다.

김시일의 다른 작품에서 예술가는 좀더 어둡게 그려지기도 한다. 「날갯짓의 행방」에서 화자의 형이 바로 그런 인물이다. 조각을 하는 형 역시 김시일의 작품에 등장하는 많은 주인공들처럼 사회적 무능력자이다. 가난한 식구들을 건사하지 못하고 사회로부터 인정받지 못하고 사랑하는 여자도 가난 때문에 떠나 보낼 수밖에 없다. 그런 형이 추구하는 것이 무엇인지는 그가 남긴 편지를 통해 말해지고 있다.

> 태호 보거라.
> 이제 더 이상 복권을 사지 않기로 하였다. 무려 석 달째 맞은 건 꼴찌 다섯장뿐. 특등이 당첨된다 할지라도 별 의미는 없어.
> 단돈 얼마씩이라도 내 손으로 벌 것이다. 내 아직 어둠 속에 갇혀 있다고 가정할 때 밝음은 그리 멀지 않아. 결코 제복에 대한 얘기가 아니다. 또다른 형태의 불효를 하게 되는 것과 어쩌면 내 자신이 전락하고 있는지도 모른다는 느낌이 자꾸만 파고 들어 두렵게 한다.
>
> (「날갯짓의 행방」 중에서)

내 손으로 돈을 번다는 것은 예술가적 자존심의 표현이다. 누구를 위해 봉사하는 예술도 아니고 그렇다고 팔리는 예술도 아닌 예술을 하는 예술가는 그런 자신의 예술 세계를 지키기 위해서는 자기 손으로 돈을 벌어야만 한다. 제복은 떠나간 간호사 애인을 말하는 것이기도 하지만 제복으로 표현

되는 안정된 삶을 의미하기도 한다. 자신이 고뇌하며 어둠 속에서 밝음을 찾는 것은 안정된 삶이 아니라 예술적 완성을 의미하는 것임을 말한다. 때문에 그것은 가족을 팽개치는 불효이기도 하고 사회가 요구하는 삶의 방식에서 보면 전락이기도 하다. 그것은 물질적 가치가 횡행하는 현대 자본주의 사회에서는 약하기 짝이 없는 것임은 물론이다.

4.

이렇듯 김시일의 작품들은 약한 것들에 대한 기록이다. 세상에서 밀려나고 세상에 적응하지 못한 것들이 가지는 슬프지만 아름다운 모습을 그리고 있다. 그것은 강한 것들이 가지지 못한 삶의 잉여들을 보여 주기 때문이다. 지금 우리 사회에서는 그중 가장 대표적인 것이 김시일 소설 속에 자주 등장하는 예술이고 예술가일 게다.

강한 것들은 사실 단순하다. 사회가 요구하고 현실의 삶이 바라마지 않는 가치, 그것은 현대 자본주의 사회에서는 돈이라는 유일한 존재이다. 자본주의 사회는 모든 것을 이 하나의 강력한 가치로 환원시켜 버리기 때문에 작고 가냘프고 섬세한 것들은 무화되거나 내몰리고 사라져야 할 운명을 맞이하게 된다. 김시일의 소설은 그것들에 대한 짠한 집착이다. 바로 그것을 바라보는 작가의 시선에 김시일 소설의 아름다움이 놓여 있다.

빈약한 날들을 위한 변명

첫 소설집이다. 작품을 쓰기 시작하면서부터 최근까지 발표한 작품들 중에서 단편 여덟 편과 중편 한 편을 골라 싣기로 했다. 그중에는 내 청춘의 격정이 물살 짓던 20대의 작품들도 들어 있다. 1978년 『월간 교육』에 「퇴원기」를 발표한 이후 작품들 중 제목만 초고대로 본문 수정 없이 몇 편을 싣기로 한 것이다. 열아홉 이후 나를 분열시키지 않고 지탱시켜준 시절의 작품들이다. 부끄럽게도 치기 넘치던 시절의 자화상임을 부정할 수 없다. 최종 교정을 보면서까지 작품들을 바꾸고 싶었지만, 스스로 부끄럽지 않은 첫 소설집이 어디 있으랴 싶어 결국 그대로 두었다.

그 작품들을 쓰던 시절 시대는 어려웠고 바람은 그치지 않았다.

어떤 시대의 막이 저리 내려지는구나 하는 감탄을 채 거두기도 전에 등장한 시대 역시 여전히 암흑이었다. 그 세월 동안 아무것도 아닌 듯하게 존재한 청춘의 영혼은 빈약할 수밖에 없었다. 거기에 나태함까지 더했으니 오죽했으랴.

나머지는 그 이후의 작품들에서 골라 묶었다.

여전히 빈약하기 짝없는 듯한 날들의 연속선상에 서 있다. 그럼에도 불구하고 부끄럽지만 문학을 향한 열정만큼은 변함없다. 지금도 나는 새벽 강변에서 자맥질해 대는 세월 저편의 열아홉을 본다. 이 첫 소설집은 내가 소설을 쓰는 한 거울삼을 것이다. 다시 그 치열한 삶 속으로 되돌아가 볼 요량이다. 이제야말로 시작이니까.

이제야 첫 소설집을 묶게 되는 저간의 변명들이 너무 장황한 느낌이 든다.

끝으로 애정 가득한 시선을 아직 떼지 않고 지켜봐 주시는 분들과 유별나게 무더웠던 지난 여름 마다하지 않고 졸고를 읽고 해설까지 써 준 친구 황정산의 우정 그리고 선뜻 궂은 일을 맡아 준 살림터 송영현 사장과 편집부에 고마움을 전한다.

2004년 9월
마포 강변에서 김시일

불과 소금의 노래

처음 찍은날 · 2004년 9월 10일
처음 펴낸날 · 2004년 9월 15일

지은이 · 김시일
펴낸이 · 송영현
펴낸곳 · 살림터
주소 · 122-806 서울시 은평구 갈현동 541-1
전화 · 3141-6553 (대표)
전송 · 3141-6555
전자우편 · sltslt@chol.com
신고번호 · 제313-1990-000007호 (1990년 5월 15일)

제판 · 으뜸애드래픽
인쇄 · 해성인쇄
제본 · 성용제책사

값 9,000원

ⓒ 김시일, 2004
▶ 이 책은 2004년도 문예진흥기금 지원으로 제작되었습니다.
▶ 잘못된 책은 바꾸어 드립니다.
▶ 지은이와 협의하여 인지를 붙이지 않습니다.
▶ ISBN 89-85321-82-X (03810)